Veit Etzold

SPIEL DER ANGST

Veit Etzold

SPIEL DER ANGST

1. Auflage
© 2013 INK
verlegt durch EGMONT Verlagsgesellschaften mbH,
Gertrudenstraße 30–36, 50667 Köln
Alle Rechte vorbehalten
Die Auszüge aus dem Alten Testament stammen aus: Die Bibel, Einheitsübersetzung der Heiligen Schrift, hrsg. im Auftrag der Bischöfe Deutschlands, Stuttgart, 1980; und aus: Die Heilige Schrift in deutscher Übersetzung, Würzburg, 1962
Umschlag: Sandra Taufer, München
unter Verwendung von Motiven von
© AMR Image / iStockphoto (Tunnel);
© happykanppy / shutterstock (Muster);
© yienkeat / shutterstock (Linien);
© Rachael Arnott / shutterstock; © Orhan Cam / shutterstock; © pio3 / shutterstock;
© littleny / shutterstock (U2/U3)
Satz: Greiner & Reichel, Köln
Printed in Germany (670421)
ISBN 978-3-86396-049-0

www.egmont-ink.de

Die EGMONT Verlagsgesellschaften gehören als Teil der EGMONT-Gruppe zur **EGMONT Foundation** – einer gemeinnützigen Stiftung, deren Ziel es ist, die sozialen, kulturellen und gesundheitlichen Lebensumstände von Kindern und Jugendlichen zu verbessern. Weitere ausführliche Informationen zur EGMONT Foundation unter
www.egmont.com.

Hoffnung ist der Beginn von Unglück.

PROLOG

Der Tod, dachte er, war der Augenblick der Klarheit. Der Moment, in dem man all die Antworten findet, nach denen man ein Leben lang gesucht hatte.

Im Tod wurde alles klar.

Er war das Skalpell, das die Lügen zerschnitt.

Er war der Hammer, der den Spiegel zerschlug.

Er war das Licht, das die Schatten durchdrang.

Schatten, dachte er, während er rannte.

Überall war pechschwarze Finsternis. Nur vereinzelt leuchteten trübe Lampen wie erblindete Augen eines riesigen Fisches. Kabel verliefen oben und erinnerten ihn an Schläuche oder Arterien im Leib eines gewaltigen Monsters. Und der Lärm, dieses Grollen, das unheilvoll anhob, war wie die Geräusche im Inneren eines gigantischen Körpers. So musste sich jemand fühlen, dachte er, der mit einem kleinen Boot ins Innere eines Wales geraten war. Doch er wusste, woher die Geräusche kamen, oder besser das Geräusch. Das Pfeifen, Donnern und Grollen, das sich allmählich in seinem Bewusstsein nach vorne schob, immer näher kam und den sicheren Untergang für jeden brachte, der zu sehr in seiner Nähe blieb.

Es hatte sie nicht gehindert, einfach in den Gang hineinzulaufen.

Emily.

Sie war auf die Schienen gesprungen und in der Finsternis verschwunden.

»Wenn ich sterbe, dann ist der Sinn deines Lebens verloren. Denn du existierst nur, um mich zu verletzen.« *So etwas Ähnliches hatte sie gesagt und war von der Bahnsteigkante auf die Schienen gesprungen und in der filzigen Dunkelheit verschwunden.*

Wer tot ist, den kann man nicht mehr terrorisieren, *dachte er. Damit hatte sie recht gehabt. Dann wäre all das, wofür er in den letzten Tagen gekämpft hatte, ausgelöscht. Vom Angesicht der Erde gefegt, zermalmt von den stählernen Rädern des Monstrums, das sich gleich schnaufend und zischend durch den engen Gang bewegen würde, um alles zu fressen, was sich ihm in den Weg stellte.*

Er sah den Schatten vor seinen Augen, den Schatten des Mannes, der Emily gefolgt war.

Sah die Silhouette von dem Mädchen, das ihn faszinierte und gleichzeitig antrieb, sie zu jagen, sie zu finden und schließlich zu töten.

Er sah den Schatten von dem, der ihr folgen sollte, der ihr willenlos hinterherlief, ihr auf der dunklen Spur der Schienen folgte, ohne sich um den eisernen Koloss zu kümmern, der alles vernichten würde – alles, was nicht schneller war als er.

Er kam näher.

Immer näher.

Dann hatte er das Geräusch gehört, das hässliche Knirschen und Knacken, das Kreischen der Bremsen …

Der Mann, der sie verfolgt hatte, war tot.

Und sie?

Emily?

Sie war verschwunden.

Nichts deutete darauf hin, dass sie jemals in diesem Schacht gewesen war.
War sie tot?
War sie weg?
War sie ein Geist?

Er wollte dort bleiben. Am liebsten für Stunden. Für Tage.
Sein Geist war so voller dunkler Verzweiflung wie die unendliche Finsternis des U-Bahn-Schachts.
Er wollte dort bleiben, die Finsternis in sich aufnehmen, so als könnte er dadurch seine eigene Dunkelheit besiegen.
Feuer mit Feuer bekämpfen.
Doch er konnte nicht bleiben.
Denn bald würden sie kommen. Die Polizisten, die den Ort abriegeln würden. Die Feuerwehr, die dann die letzten Reste von den Schienen kratzte. Die Seelenklempner, die sich um den Fahrer kümmerten.
Er würde verschwinden müssen.
Doch ein paar Minuten gestand er sich noch zu.
Blieb auf den Schienen sitzen – in seinen Ohren klang der Nachhall des Zuges und der kreischenden Bremsen, die Geräusche der Zerstörung – und schloss die Augen, um nicht zu sehen, was die Bahn mit dem anderen gemacht hatte.
Er wollte schreien, doch das konnte er nicht.
Denn dann würden die anderen ihn hören.
Und so saß er voller Hass und Verzweiflung auf den Schienen und fraß seine Wut in sich hinein.
Er hatte eine Schlacht verloren, aber nicht den Krieg.
Sollte sie sich in Sicherheit wiegen, er würde sie finden, wo auch immer sie hingehen würde.
Er würde sie in der Illusion lassen, dass alles in Ordnung sei.

Und dann würde er zuschlagen.

Aus der Dunkelheit, in der er jetzt gerade saß. Aus der Masse. Aus der Anonymität.

Und dann würde sie sehen, dass es ihn noch gab. Dass er sie nicht vergessen hatte. Und dass sie ihn auch nicht vergessen konnte.

Und das jetzt alles anders werden würde. Schlimmer. Viel schlimmer.

Bisher wollte er sie nur töten, doch von jetzt an würde er etwas tun, was ihr noch viel mehr wehtun würde.

Denn der Tod war endgültig. Er war ein klarer Schnitt. Und meist merkte man gar nicht, dass man starb.

Daher war er als Strafe eigentlich viel zu milde.

Eine Zeit lang würde er sich gedulden müssen.

Rache war wie Wein.

Sie wurde mit den Jahren besser.

Das Spiel war noch nicht beendet.

Es hatte gerade erst begonnen.

1

Meine Damen und Herren, unser Flug British Airways BA 0185 von London Heathrow nach New York John F. Kennedy Airport wird in zwanzig Minuten landen. Wir bitten Sie, alle elektronischen Geräte auszuschalten, die Tische vor sich hochzuklappen und sich wieder anzuschnallen. In New York sind es derzeit achtzehn Grad Celsius, das entspricht ...«

Die monotone Ansage aus dem Cockpit mit einem Schwall von Vorschriften und Anweisungen plärrte durch das Flugzeug, doch Emily hörte gar nicht mehr hin. Sie war unsagbar glücklich.

Der Schrecken der letzten Tage war vorbei. Der Psychopath, der sie durch London gejagt hatte, Jonathan, war tot. Zermalmt von der U Bahn, die ihn mit donnernden Rädern erfasst hatte, getötet in dem Schacht, in den er Emily selbst hineingelotst hatte.

Emily griff nach Ryans Hand.
New York, dachte sie. Ein neues Leben.
Eine neue Welt.
Mit Ryan.
Mit dem Mann, den sie liebte.
An dem sie tatsächlich eine Zehntelsekunde gezweifelt

hatte. Damals, in London, als Jonathan es geschafft hatte, Ryan als Schuldigen dastehen zu lassen. So als wäre es Ryan gewesen, der sie gejagt, terrorisiert und beinah in den Tod getrieben hatte.

So groß, wie ihre Liebe zu ihm war, so gewaltig waren ihr Schock und ihre Enttäuschung gewesen, als Ryan aus dem Polizeiauto gestiegen war und die Polizei gesagt hatte: »Er war es.« Inspector Carter hatte mürrisch dreingeblickt, mit seiner Zigarette gespielt und Ryan abschätzig angeschaut. »Einen schönen Freund haben Sie sich da angelacht, Ms Waters«, hatte Carter gesagt.

Der Schmerz damals war unglaublich gewesen. Und je mehr sie versucht hatte, diesen Schmerz zu verdrängen, desto größer war er in ihr geworden. So als würde sie Salzwasser gegen den Durst trinken.

»New York, New York«, summte Ryan und blickte sie mit einem verschmitzten Lächeln aus seinen dunklen Augen an, die sie schon am ersten Tag fasziniert hatten, während er ihre Hand fester drückte. »Gleich sind wir da!«

Sie nickte und strahlte ihn an.

New York erwartete sie. Die Stadt, die niemals schlief. Doch hier würde sie schlafen.

Besser als in London. Viel besser. Und die Columbia University in New York erwartete sie. Dort würde sie ihr Studium fortsetzen. Und nicht nur sie. Denn Ryan hatte keine Sekunde gezögert. Klar komme ich mit, hatte er gesagt. Und dafür hatte sie ihn noch mehr geliebt.

Auch Emilys Eltern hatten eingewilligt, auch wenn sie ihre einzige Tochter sonst immer wie ein rohes Ei behandelten. Sie wussten, dass es der richtige Schritt war. Sie hatten gemerkt, dass Emily Abstand von London brauchte. London war der

Ort ihrer größten Angst und ihres schlimmsten Albtraums gewesen. London hatte Emily beinah getötet. *Die Hölle ist eine ähnliche Stadt wie London,* hatte Percy Shelley gesagt. Und damit hatte er recht gehabt. Sie brauchte Abstand. Abstand von der Jagd durch U-Bahn-Schächte, Bibliotheken und nächtliche Straßen. Abstand von Jonathan, dem Psychopathen, der mit ihr ein grausames Spiel gespielt hatte und der – obwohl tot – allgegenwärtig war. Und vor allem Abstand vom Spiel. Dem Spiel des Lebens, das sie zu spielen gezwungen worden war. Auch wenn dies gleichzeitig Abstand zu ihrer Familie bedeutete.

Ihre Mutter, Patricia Waters, war da um einiges ängstlicher als ihr Vater. Sie arbeitete als Künstlerin, malte großformatige Bilder, die sie auch dann und wann einmal verkaufte, allerdings nicht so häufig und kaum für so hohe Summen, wie sie es sich erhoffte. Trotz allem führten sie ein sehr angenehmes Leben, was aber nicht an Patricias Kunst lag, sondern an dem Job von Thomas Waters, Emilys Vater, der Investmentbanker war und als Managing Director in der Abteilung für Fusionen und Übernahmen bei der amerikanischen Investmentbank Silverman & Cromwell in London arbeitete.

»Ich bin auch öfter mal in New York«, hatte ihr Vater vor ihrer Abreise gesagt. Möglich war das, da er ohnehin mehr im Flugzeug als auf der Erde wohnte. »Dann gehen wir mal im Trump Tower zu Abend essen. Und vorher darf sich mein großes Mädchen bei Tiffany, gleich um die Ecke, etwas aussuchen.«

Wer's glaubt, wird selig, hatte Emily gedacht. Sie kannte ihren Vater. Sein Job ging vor, das hatten sie und ihre Mutter immer wieder zu spüren bekommen. Er würde es auch hinkriegen, nach New York zu kommen und so mit Terminen vollgekleistert zu sein, dass er, ohne Emily zu treffen, wieder abreisen würde. Manchmal flog er auch morgens nach New York und abends ohne Übernachtung wieder weg.

Erst hatte Emily ihre Mum immer für übertrieben vorsichtig gehalten, doch nach den schrecklichen neun Tagen, die sie in London erlebt hatte, konnte sie ihre Mum mehr und mehr verstehen. Sie hatte zu Recht unglaubliche Angst um ihre Tochter, nach alldem, was passiert war. Emily selbst allerdings befand sich immer noch in diesem merkwürdigen Zustand, über den sie einfach nicht Herr wurde. Irgendwie war ihr klar geworden, dass es so oder so kein Entkommen gab, auch wenn sie das seltsame und makabre Spiel, das da mit ihr gespielt worden war, noch nicht vollkommen begriffen hatte. Es kam ihr vor, als liefe sie über eine Brücke, auf beiden Seiten der Brücke waren irgendwelche Feinde, und die einzige Möglichkeit, denen zu entkommen, war, von der Brücke zu springen – tausend Meter in die Tiefe.

Am Ende war es ihr gelungen, von der Brücke zu springen. Und sicher zu landen. Und dem zu entkommen, der sie gejagt hatte. Und dafür war sie immer noch dankbar.

Jonathan.

Der sie gejagt hatte.

Und der sich *Der Spieler* genannt hatte.

Ganz verschwommen war noch die Erinnerung an ihn, als sie ihn zum ersten Mal gesehen hatte, damals, als sie noch ganz klein gewesen war. Wann immer sie versuchte, die Erinnerung herbeizuführen, verschwand diese wie ein scheues Tier. Wie ein Traum, der sofort wie eine Seifenblase zerplatzt, sobald man ihn zu laut bei seinem Namen ruft und dadurch aufwacht.

Vor ihrem inneren Auge sah sie das Auto. Und sie war in dem Auto. Und Fremde waren dabei. Draußen standen ihre Eltern. Doch sie waren nicht bei ihr. Und sie wollten sie offenbar auch nicht begleiten. Sie schauten nur. Schauten in das Auto hinein. Dann sah sie den Jungen.

Jonathan.

Er stand dort bei ihren Eltern. Und lächelte sie an. Und sie weinte. Konnte nur weinen, während der Junge, den sie nicht kannte, dort mit ihren Eltern stand und lächelte. Lächelte. Lächelte.

Sie hatte es fast vergessen.

Bis er zurückgekommen war.

Mit dem seltsamen Bild der Sternennacht von van Gogh in ihrem Postfach in London.

Mit der Botschaft, die sie gelesen hatte.

DU HAST MIR MEIN LEBEN GESTOHLEN. UND ICH HOLE ES MIR ZURÜCK.

So tickte Jonathan. Oder so hatte er getickt.

Beide, sie und Jonathan, verband ein grausames Geheimnis. Und je weiter entfernt sie von London war, desto mehr würden dieses Geheimnis und die Erinnerung daran verblassen und hoffentlich irgendwann endgültig verschwinden. Verschwinden in die tiefsten Winkel ihres Bewusstseins, wie radioaktiver Giftmüll in einer Bleikammer, der dort niemandem mehr schaden kann.

SIEG ODER TOD, hatte Jonathan in seiner ersten Nachricht geschrieben.

Sie hatte gewonnen.

Und er hatte den Tod gefunden.

Das Flugzeug verlor sanft an Höhe. Eigentlich mochte Emily das Fliegen nicht, doch hier und jetzt, neben Ryan, der ihre

Hand hielt, war es etwas anderes. Sie hatten sich unterhalten, hatten gelacht und sich Fremdenführer von New York und Prospekte der Columbia angeschaut. Einen Film hatten sie auch gesehen, irgendeine Komödie. Und dann waren die acht Stunden des Fluges auch schon fast vorbei gewesen.

Die Zeit verfliegt, wenn man Freude hat, sagte man in London. Und auch wenn Fliegen für Emily nicht unbedingt Spaß war – dazu fühlte sie sich im Flugzeug zu eingeengt –, so war doch der Moment des Abhebens, des Fliegens und des Sichfortbewegens wie eine Befreiung aus ihrer dunklen und bedrückenden Vergangenheit.

Sie drehte sich zu Ryan. »Mein Vater sagte übrigens auch, man müsse, kurz bevor das Flugzeug landet, etwas besonders Geistreiches sagen.« Sie lächelte. »Dann hat man Glück und Erfolg bei dem, was man am Boden vorhat.«

Er lächelte wieder sein Lächeln, das sie schon am ersten Abend verzaubert hatte.

»Ich denke, bevor das Flugzeug abhebt? Hast du jedenfalls vorhin gesagt.«

»Vor dem Start. Und auch zur Landung.« Emily grinste.

»Soll ich mir schon wieder was ausdenken?« Seine dunklen Augen blitzten sie amüsiert und ein wenig verwundert an.

»Wer sonst?«, entgegnete Emily und zupfte an seinem Arm. »Du bist der Zeremonienmeister des Fluges.«

»Seit wann?«

»Seit jetzt.«

Er nestelte an den Ecken der *New York Times*, die auf seinem Platz lag, und schien eine Weile nachzudenken.

»Äh, tja, also ...« Er starrte angestrengt den Gang hinunter. »Columbus hat Amerika entdeckt. Und wir entdecken die, äh, Columbia.«

Die Maschine verlor an Höhe, unten war das Blitzen des Meeres und die Landmasse der Ostküste zu sehen.

Emily hob eine Augenbraue. »Besonders einfallsreich war das nicht.«

»Aber rechtzeitig«, verteidigte sich Ryan. »Was nützt der schönste Spruch, wenn das Flugzeug schon längst gelandet ist?«

Sie musste wieder lachen. Er brachte sie immer zum Lachen. Sie küsste ihn und hielt seine Hand fester, als die Fahrwerke ausfuhren und das Flugzeug, mit drei Hüpfern, auf der Landebahn des John F. Kennedy Airports in New York landete.

»Meine Damen und Herren«, erklang die Stimme erneut. »Willkommen am John F. Kennedy Airport in New York City. Bitte bleiben Sie noch so lange angeschnallt, bis die Anschnallzeichen über Ihren Sitzen erloschen sind, und schalten Sie elektronische Geräte erst ein, wenn …«

Emily hörte nicht mehr hin und drehte sich zu Ryan.

»Willkommen in New York City, Ryan«, sagte sie.

»Willkommen in New York City, Emily«, sagte er.

Sie waren angekommen.

In einem neuen Kapitel ihres Lebens.

11 MONATE SPÄTER

2

FREITAG, 31. AUGUST 2012

Der Spätsommer hatte begonnen in der Stadt, die niemals schläft. Nächste Woche eröffnete die Footballsaison, und am Broadway starteten die neuen Theater- und Musicalstücke.

Sie waren durch Little Italy spaziert. Die *Festa di San Gennaro* bildeten den Höhepunkt farbenfroher Stadtteilfeste, von denen es in New York eine Menge gab. In drei Wochen ging es los, und dann herrschte für zehn Tage Ausnahmezustand in dem Viertel. Emily freute sich schon riesig darauf.

Emily und Ryan waren in einer kurzen Pause zwischen den Vorlesungen durch den Central Park gelaufen und nun zurück auf dem Campus der Universität. Es war Freitag, der 31. August. Morgen war der 1. September. Vor einem Jahr in London hatte alles angefangen, aber es erschien Emily so angenehm weit weg, dass sie sich kaum mehr daran erinnerte. Und außerdem war sie in New York, mit Ryan, und alles lief wunderbar.

Ein Jahr war vergangen, und es hatte sich wie ein einziger Monat angefühlt. Noch vor elf Monaten hatten Ryan und Emily ehrfürchtig der Campusführung durch einen älteren Studenten gelauscht. Die Columbia University war 1754 gegründet worden und damit älter als die USA selbst. Sie hatte 25 000 Studenten und war eine der besten Universitäten der Vereinigten Staaten, wie der Student, der sie herumführte, stolz verkündete. Ihr Motto *In lumine tuo videbimus lumen* – »In deinem Licht werden wir Licht sehen« – stand in klassischen Buchstaben über den Eingangsportalen.

King George II von England hatte das College, damals noch unter dem Namen King's College, gegründet.

»Wieder ein King's College«, hatte Ryan gewitzelt. »Und schon wieder die Engländer. Man wird sie einfach nicht los.«

Emily erinnerte sich an den Anblick der Low Library, die aussah wie das Pantheon in Rom, das sie in einem Urlaub mit ihren Eltern einmal gesehen hatte. Gegenüber stand die Butler Library, die die Hauptbibliothek war. Im Mittelpunkt des Ganzen erhob sich die St. Paul's Chapel. Mit dem Riverside Park in der Nähe und dahinter dem Hudson River und dem großflächigen Campus konnte man gar nicht glauben, dass man hier mitten in Manhattan war, einem der am höchsten gebauten und am dichtesten besiedelten Orte der Welt.

Jetzt waren sie nicht mehr die Frischlinge. Jetzt waren sie die Erfahrenen und die, die den neuen Studenten den Campus zeigten. So wie gerade eben. Danach waren Ryan und Emily noch ein paar Minuten durch den Central Park spaziert, hatten die Schönheit des Parks genossen, den sanften Wind des Spätsommers und die ruhige Oase mitten in der Hektik der Großstadt.

Es war perfekt.

Es war wunderschön.

War es zu schön, um wahr zu sein?

Doch diese Frage wollte Emily nicht beantworten.

Auch neue Freunde hatten sie im Wohnheim und am College kennengelernt. Einer hieß Marc, kam aus Los Angeles und war nahezu besessen von allem, was mit Film und Glamour zu tun hatte. Er studierte passend dazu Filmwissenschaften an der Columbia, wollte später aber unbedingt wieder zurück nach Los Angeles und Hollywood. Als Emily ihn fragte, warum er dann nicht gleich in Hollywood blieb, antwortete er: »In Hollywood wird das Geld ausgegeben, es kommt jedoch aus New York. Man muss auch da sein, wo das Geld ist. Kreativität allein reicht nicht.« Da hätte Emilys Vater sicher zugestimmt.

Die andere war Lisa. Sie hatte braune Augen, einen blonden Pferdeschwanz und stammte aus Deutschland. Vor der Columbia hatte sie an der Humboldt Universität in Berlin studiert und war jetzt ebenfalls mit Emily für Classical Studies eingeschrieben.

Mit ihren alten Freunden und Freundinnen war Emily nach wie vor in Kontakt. Vorhin hatte sie kurz mit Julia über Skype gesprochen. Julia war ihre beste Freundin und eine Draufgängerin. Ganz anders als Emilys. Und sie hatte miterlebt, wie Emily von dem Irren, der sie für sein Spiel ausgewählt hatte, durch ganz London gejagt worden war. Das hatte sie noch mehr zusammengeschweißt.

Mit ihrer Mutter telefonierte sie zwar regelmäßig, allerdings war das häufig eine eher lästige Pflicht. Auch wenn in Emilys Leben endlich Normalität eingekehrt war, konnte es ihre Mutter doch nicht lassen, Emily weiter wie ein rohes Ei zu behandeln. Ihre Eltern hatten sie zu Beginn des Jahres besucht, und immer noch war ihre Mum in großer Sorge, dass ihrer Tochter irgendetwas passieren könnte.

»Schön, dass du dich meldest, mein Kleines«, begrüßte sie Emily bei jedem Gespräch, und an den Schritten hörte Emily, dass ihre Mum beim Telefonieren mal wieder durchs Haus lief und irgendwelche Vasen und Figuren auf den Möbeln zurechtrückte. Es schien ihrer Mum schwerzufallen, mal eine einzige Sache zu machen und nicht alles auf einmal, aber da war Emily ihr nicht ganz unähnlich.

»Jetzt seid ihr schon ein Jahr da drüben«, sagte sie dann. »Läuft weiterhin alles gut? Wie sind die neuen Studenten? Wie geht es Ryan? Habt ihr noch neue Freundschaften geschlossen? Und wann gehen denn die Vorlesungen des Herbstsemesters los? Musst du dafür nicht noch viel vorbereiten?«

So oder so ähnlich liefen ihre Telefonate ab.

Emily verzog dann das Gesicht und beantwortete alle Fragen in der Reihenfolge, wie sie gestellt wurden. Ein wenig kam sie sich vor wie eine Politikerin auf dem Podium. Diesen Leuten wurden auch immer eine ganze Reihe von Fragen gestellt. Am liebsten hätte sie in einem Stil à la »Zu Frage eins … Zu Frage zwei …« geantwortet. Aber so war ihre Mum halt. Sie wollte immer alles auf einmal wissen und am Ende wirklich nur das Beste für Emily. Doch manchmal war *gut gemeint* das Gegenteil von *gut*.

»Was macht Dad?«, fragte Emily. »Geht's ihm gut?«

»Der ist sogar mal in London, aber natürlich immer noch nicht zu Hause«, sagte Mum.

Emily blickte auf die Uhr. Dort musste es fünf Minuten vor Mitternacht sein.

»Wieder ein Geschäftsessen?« Ihre Mutter lief noch immer irgendwo im Haus herum, jedenfalls klang das so.

»Ja«, antwortete ihre Mum. »Diesmal mit irgendwelchen Chinesen oder Indern. Ich steige da auch nicht mehr durch. Obwohl, das habe ich ja eigentlich noch nie.«

»Und Drake?«, fragte sie dann. »Wie geht's dem?«

Drake war Emilys Yorkshire Terrier, der sich besonders gern am Kinn kraulen ließ und der Emily allein schon dadurch glücklich machte, wenn er sie anblickte und wenn er über ihr Gesicht leckte, auch wenn das manchmal etwas ekelig war. Dann fühlte sie die Pfoten auf ihren Knien, roch den Geruch seines Fells und hörte das fröhliche Japsen und Gurren, das ab und zu von einem herzlichen Bellen unterbrochen wurde. Zu Weihnachten hatte sie ihn gesehen, und dann hatten ihre Eltern ihn bei ihrem letzten Besuch mitgenommen. Ansonsten war er bei ihren Eltern in London. Das war er auch schon, als sie am King's College studiert hatte, doch da war sie nur vierzig Minuten und ein U-Bahn-Ticket entfernt gewesen. Nun waren es mehr als sechstausend Kilometer, acht Stunden Flug und sechshundert Dollar für das Ticket, die sie von ihrem Hund trennten.

»Gut, dem geht es gut«, flötete Mum. »Der hat vorhin, als es noch hell war, im Garten herumgetollt.«

Meist war es dann so, dass Ryan irgendwann ihr Gespräch unterbrach, weil in den nächsten zwei Minuten irgendein Kurs losging, ein Termin beim Tutor anstand oder etwas anderes, was Emily in ihrer Zerstreutheit schon wieder vergessen hatte. So auch dieses Mal.

»Mum, ich muss Schluss machen«, sagte sie. »Ryan und ich gehen noch kurz in den Park. Die Luft ist so schön. Und dann müssen wir zur Vorlesung. Die Uni ruft. Grüß Dad und Drake von mir, und wir hören uns dann wieder.«

»Wie, du willst jetzt noch, um diese Uhrzeit ...«

»Mom, es gibt hier so etwas wie Zeitverschiebung. Wir haben noch sechs Stunden mehr Zeit als ihr.« Manchmal fragte sich Emily, auf welchem Planeten ihre Mutter lebte.

»Ach ja, stimmt ja.« Ihre Mum kicherte. »Pass gut auf, mein Kleines. Und denk daran, dass du ...«

Doch da hatte Emily schon aufgelegt.

Als sie später mit Ryan durch den nahen Riverside Park spazierte und sich auf dem Hudson River zu ihrer Linken behäbig die Fähren und Boote mit Touristen von Norden nach Süden bewegten, während die Sonne blitzende Diamanten auf die Wasseroberfläche zauberte, fühlte sie sich frei.

Frei und glücklich.

3

Er stand auf dem Woolworth Building, das Fernglas an den Augen. Sie war genauso schön wie damals. Ihre roten Haare, die im milden Herbstwind wehten, die grünen Augen, die neugierig, aber auch etwas unsicher in die Welt blickten.

Und er hasste sie noch immer. Doch irgendwie bewunderte er sie auch.

Sie war letztes Jahr noch einmal davongekommen. Ein Glückskind, das ganz am Ende von der Klippe des Abgrunds zurück aufs rettende Land gesprungen war.

Damals.

Und er dachte daran, warum er sie jagen musste. Warum er nicht anders konnte. Dachte an die Szene, die sich wie mit glühenden Lettern in sein Bewusstsein eingebrannt hatte.

Es war vor Jahren gewesen. Wenn nicht gar vor Jahrzehnten. Er hatte gedacht, dass es sein Geburtstag gewesen wäre, damals, vor langer Zeit. Doch er hatte das Auto nicht gesehen. Und die Menschen, die ihn entführt hatten.

Es war doch sein Geburtstag.

Und er wurde entführt.

Dann war der Wagen hinter ihm. Und zwei Arme hatten ihn ergriffen.

Er war entführt. Er war verschwunden. Am helllichten Tag. Und niemanden kümmerte es. Seine einzige Hoffnung war, zurückzukommen, zurück zu seinen Eltern, seiner Familie und dem wunderschönen Haus mit der großen Kuppel.

Sie hatten ihn entführt. Und schließlich hatten sie ihn gehen lassen. Und dann war er zurückgekehrt. Er hatte vor dem elterlichen Haus mit der hohen Kuppel gestanden. Der Schlüssel, der immer gepasst hatte, passte nicht mehr. Tränen standen in seinen Augen, und sein Hals war trocken. Sein Kopf schmerzte. Mit klopfendem Herzen war er in den Garten gegangen. Er sah es so deutlich vor sich, als wäre es gestern gewesen. Vielleicht war es der blaue Himmel, der wie eine Leinwand all das, was man darauf projizierte, zur Realität werden ließ.

Er war durch den Garten gegangen. War ins Innere des Hauses gekommen.

Aber sein Zimmer war verschwunden.

Stattdessen war dort ein neues Zimmer. Und noch etwas anderes passte nicht ins Bild. Selbst jetzt, nach so vielen Jahren, tauchte es vor seinen Augen auf. Auf dem Boden, inmitten von Spielsachen, Luftschlangen und Luftballons, saß ein kleines Mädchen, drehte sich um und sah ihn mit großen Augen an.

»Wer ist das?«, hatte das Mädchen gefragt, doch eigentlich hätte Jonathan diese Frage stellen sollen.

Jonathan hatte in die grünen Augen des Mädchens geschaut, die einen Stich von Blau hatten, ein ähnliches Blau wie der Himmel vor dem Fenster eines Flugzeugs. Hatte dann in die Augen seines Vaters und seiner Mutter geblickt, die beide so taten, als hätten sie ihn noch nie gesehen. Das Mädchen, das vielleicht vier Jahre alt war und zwischen den Luftballons hockte, wie ein Eindringling, blickte ihn gleichzeitig neugierig und misstrauisch an. Und er schaute zurück.

»Und du?«, hatte Jonathan gefragt. »Wer bist du überhaupt?« Er hatte das Mädchen unverwandt angestarrt.

Das Mädchen hatte Jonathan aus großen grünen Augen angeschaut.

»Ich?«, hatte sie gefragt, und ihre grünen Augen wurden noch größer. »Ich bin Emily. Und heute ist mein Geburtstag.«

Seine Eltern hatten ihn eingetauscht. Er hatte drei Monate so gelebt, wie er es eigentlich sein ganzes Leben verdient hatte. Und dann war er zurückgebracht worden. Zu denen, zu denen er niemals gehört hatte.

Und die, die die größte Schuld daran trug, hatte es geschafft, ihrer Strafe zu entkommen.

Emily.

Emily Waters.

Doch heute würde es anders werden.

Heute würde er sie kriegen.

Anders als damals. Noch perfider.

Denke bei allem, was du hast, daran, dass du es verlieren könntest, hatte ihm einmal ein weiser Mann gesagt.

Der Mann hatte recht gehabt.

Etwas gar nicht erst zu haben kann wehtun.

Doch etwas zu haben, das man dann weggenommen kriegt, ist das Schlimmste von allem.

Und das würde Emily erleben.

Sie, die immer noch glaubte, dass er vor einem Jahr in London von der U-Bahn erfasst worden war.

Sie hatte damals ihre Entscheidung getroffen.

Und sie hatte es getan.

Sie war die dunklen Schienen hinuntergerannt. Hinter sich musste sie die Stimme gehört haben. Die Stimme, von der sie glaubte, dass sie von ihm kam. Dass sie anders klang, irgendwie verzerrt, irgendwie aufgebracht und gar nicht so ruhig, wie sie sonst immer klang, wenn er sie angerufen hatte – das hatte sie in der Aufregung offenbar nicht bemerkt.

Dann musste sie noch etwas anderes gehört haben. Etwas Lauteres, Gefährlicheres. Die Bahn. Die Bahn, deren fauchender Lärm das Tapsen der Schritte hinter ihr übertönte.

»Bleib stehen, ich krieg dich! Bleib stehen!«

Er sah es vor sich, als wäre er es selbst gewesen. Und Emily war nach wie vor im Glauben, dass es sich so abgespielt hatte. Sie musste gespürt haben, wie die Schienen bebten, während sie durch die Dunkelheit nach vorn stürzte, weiter, weiter, dem rasenden Grollen entgegen, eine Mischung aus Donner und Kreischen, das, wenn es erst einmal da wäre, mit absoluter Sicherheit den Tod bringen würde. Den schnellen Tod.

Auch er hatte es fühlen können, obwohl er nicht dort gewesen war. Die Erde hatte gebebt, als würde sich ein Tsunami nähern, und das blasse Leuchten der Frontlampen der U-Bahn, ein Vorbote ihres sicheren Untergangs, tastete sich mit rasender Geschwindigkeit durch den Gang.

Das Gesicht ihres Verfolgers war eine Maske des Schmerzes und der Verzweiflung, und das, was er brüllte, konnte sie nicht mehr hören, weil der Lärm der Bahn nun alles erfüllte. Wahrscheinlich hatte sie ihn gesehen. Und er sie. Und davor die gigantische Silhouette der U-Bahn, die die ganze Breite des Tunnels einnahm – ein stählerner Wurm mit der Kraft eines riesigen Hammers, der alles fraß, was sich in dem Tunnel befand.

Emily war danach in irgendeinem anderen Tunnel verschwunden. Sie hatte überlebt. Und der, der sie verfolgt hatte, war mit einem hässlichen Knirschen zermalmt worden. Es musste so sein. Weil es nicht anders sein konnte.

Weil es nicht er war.

Sondern Bill.

Bill, den Emily schon öfter gesehen hatte. An der Brücke von Vauxhall, als sie fast den Squatter überfahren hatte.

Bill.

An dem Shard Building, als sie sich sicher gefragt hatte, wie er da so schnell hingekommen war.

Bill.

Und schließlich war er ihr gefolgt.

Tief in den U-Bahn-Schacht hinein.

Und das war das größte Geschenk, das er seinem Auftraggeber machen konnte.

Bill, der gestorben war, damit er, Jonathan, leben konnte.

Bill, der für die Drogen, die er von ihm bekam, alles tat.

Bill, der niemals Nein sagte.

Bill, der ihm so ähnlich sah.

Wie aus dem Gesicht geschnitten.

»Besuchen Sie Ihre Lieben in New York?«, hatte die Stewardess im Flugzeug gefragt, als er vor einem Jahr hierher geflogen war.

Meine Lieben, dachte er. *Meine Lieben wissen nicht, dass es mich gibt.*

Meine Lieben, dachte er und dabei besonders an zwei Personen, die er kannte, die er hasste, die er jagte und die er töten würde.

Meine Lieben glauben, dass ich tot bin.

4

Wanderer, kommst du nach Sparta. Gedenke derer, die hier liegen. Den Befehlen jener gehorchend.

Emily saß zusammen mit Lisa in einer Vorlesung. Professor Bayne erzählte vom Untergang vergangener Kulturen, von der Bronzezeit, von der Schlacht der dreihundert Spartaner an den Termophylen Felsen, die den Ansturm des persischen Heeres so lange aufgehalten hatten, bis die griechische Armee Athen evakuieren konnte. Er zeigte das Denkmal der dreihundert Spartaner und das Grabmal des Leonidas, des Anführers der Spartaner. In Stein gemeißelt stand dort auf Griechisch der Gedenkspruch an die dreihundert Gefallenen.

Wanderer, kommst du nach Sparta. Gedenke derer, die hier liegen. Den Befehlen jener gehorchend.

»Jene«, erklärte Bayne, »das war das Vaterland, was man auf Römisch *patria* nannte. Das war Athen. Und das war Sparta. Und es war der Wille, mit einer Armee von dreihundert Kriegern ein Heer von einer Million aufzuhalten.«

Banye war ein schlanker, etwas blasser Herr in Jeans und einem marineblauen Sakko, der zwischen den Vorlesungen immer unendliche Mengen Kaffee in sich hineinschüttete und meistens mit einem Take-away-Kaffeebecher zu sehen war.

»Unsere Pfeile werden den Himmel verdunkeln, hatte einer der Perser gesagt«, berichtete Bayne weiter und gestikulierte mit den Händen. »Und wissen Sie, was der Spartaner antwortete?« Er blickte in die Runde.

»Dann kämpfen wir eben im Schatten«, warf einer der Studenten in der zweiten Reihe ein.

Bayne nickte. »Richtig. Dieser Spruch stand genau so bei Herodot, viertes Jahrhundert vor Christi. Aber Sie kennen ihn wahrscheinlich eher aus dem Film *300*, habe ich recht?«

Der Student grinste und nickte.

»Wäre es damals anders gelaufen«, sagte Bayne, »dann sähen Europa und sicher auch die USA komplett anders aus.«

* * *

»Kommst du morgen Abend auch auf die Party?«, fragte Emily Lisa, als sie Richtung Cafeteria marschierten. Die Party war schon seit Tagen *das* Gesprächsthema an der Uni. Sie hatte schon einige Partys an der Columbia miterlebt, und sie waren nicht ganz so ekzessiv wie im *Tutus* in London gewesen, was Emily jedoch nicht sonderlich störte.

Lisa verzog das Gesicht. »Weiß nicht. Ich hab noch so viel zu tun.«

Emily war bereits aufgefallen, wie gut Lisa sich mit all den antiken Themen auskannte. Da sah Emily eigentlich wenig Notwendigkeit, dass Lisa noch mehr lernen musste. Doch das schien Lisa anders zu sehen und versuchte, auf jede Spitzenleistung noch einen draufzusetzen. Ganz im Gegensatz zu Emily, die manchmal zu Faulheit und Minimalismus neigte, was sie selbst hin und wieder ärgerte.

Lisa sprach perfekt englisch mit leichtem deutschen Akzent

und hatte das, was die Engländer immer *German Efficiency* nannten. Alles so gut wie möglich zu machen. Dummerweise litt darunter oft der Spaß.

»Ich muss unbedingt fertig werden«, meinte Lisa. »Ich habe ein Stipendium. Im Sommer werde ich die Master Thesis abgeben müssen, weil dann auch die Förderung ausläuft. Ich hab bei der Studienstiftung noch ein Jahr Verlängerung gekriegt, aber im Juli fällt dann endgültig der Hammer. Ob ich dann hier bleibe oder wieder nach Deutschland gehe, das weiß ich noch nicht. Könnte mir vorstellen, irgendwas in der Wissenschaft zu machen.«

»Ich dachte, du wirst bestimmt Professorin«, sagte Emily. In den Classics-Kursen hatte Lisa fast immer alles gewusst.

»Das ist ja auch das Ziel, nur ist das nicht mehr ganz so einfach. Will ja irgendwie jeder machen. Ich habe mich da auch schon umgeschaut, und es gibt sogar ein paar Sachen, die klappen könnten, aber das sind halt alles so blöde halbe Stellen. Wobei es von den Anforderungen eher ganze Stellen sind, die nur halb bezahlt werden.«

»Überleg's dir noch mal mit der Party«, bettelte Emily. »Ab und zu muss man auch mal entspannen.« Sie lächelte. »Sonst geht es einem wie den Spartanern.«

Lisa musste ebenfalls lachen. »Du meinst, gestorben im Dienst für das Vaterland?«

»Oder für die Uni.« Emily nickte.

5

»Du hast ja bald Geburtstag. Vielleicht feiern wir schon einmal ein bisschen vor, sozusagen als Vorbereitung auf das große Fest?«, schlug Ryan vor, als sie am Freitagabend gemeinsam in ihrer neuen Wohnung, wie Emily sie nannte, saßen. Das Wort »Zimmer« klang in ihren Ohren etwas zu schmucklos, auch wenn man sich als Student in New York nur ein Zimmer leisten konnte. Immerhin war es ein gemeinsames Zimmer und um einiges größer als die kleinen Einzelzimmer, in denen sie vorher gewohnt hatten. Vor drei Tagen waren sie eingezogen, und beide hatten schon überlegt, ob sie nicht bald eine Einweihungsparty machen sollten.

Ryan sprach weiter. »Du wirst neunzehn, also nach europäischem Standard bist du schon erwachsen, nach US-Standard wirst du es in zwei Jahren.«

Emily erschrak. *Der Geburtstag!* Und der war ja wirklich bald! Den hatte sie fast vergessen – oder verdrängt. In jedem Fall hatte es sie nicht sonderlich gestört, dass sie ihn vergessen hatte. Doch Ryan hatte recht.

»Weißt du, Ryan, ich wäre nicht traurig, wenn der Geburtstag ausfallen würde.« Sie sah ihn an. »Meine Eltern haben da immer eine Riesenshow abgezogen. Das können sie jetzt nicht, obwohl ich es ihnen auch zutrauen würde, dass sie extra nach New York kommen. Ich fände es viel schöner, einfach nur mit guten Freunden etwas zu trinken und sonst nichts.«

»Vielleicht gekühlten Sekt?«

»Ja. Zum Beispiel. Wieso?«

Emily trank auch gern mal etwas, aber niemals so viel, dass sie vollkommen die Kontrolle verlor. Denn Kontrollverlust war etwas, das sie fürchtete. Es war genau so, als wenn immer irgendjemand hinter einem herschlich, einen ins Fadenkreuz nahm. Jemand, der unberechenbar war, überall. So einer wie dieser Verrückte, der sie in London gejagt hatte. Der überall war. Und gleichzeitig nirgends. Kontrolle zu haben hieß, sein eigenes Schicksal bestimmen zu können, nicht eingesperrt zu sein, nicht bevormundet zu werden. Ein Vollrausch war so ziemlich das Gegenteil davon. Und auf den Kater am nächsten Tag konnte Emily auch gut verzichten. Vermeiden ließ sich das allerdings nicht immer. Doch hier mit Ryan war das anders. Hier fühlte sie sich sicher. Und zu Hause.

»Wir können, wie gesagt, ja schon mal vorfeiern«, sagte Ryan und kniff ein Auge zu. »Damit du auf andere Gedanken kommst und dich nicht immer wegen des ersten Septembers sorgst.«

Er legte ihr die Hände auf die Schultern.

»Es ist vorbei. Der Typ ist tot. Und zwar seit mehr als einem Jahr!«

Sie nickte und küsste ihn. »Du hast wahrscheinlich recht. Ich bin halt eine blöde, hysterische Kuh.« Dann rückte sie näher an ihn heran. »Was meinst du mit gekühltem Sekt?«

»Was ich damit meine?«

Sie nickte.

»Dass es welchen gibt.« Er grinste. »Bin gleich wieder da.«

Nach zwei Minuten kam er wieder ins Zimmer, in der Hand ein paar Kerzen und eine Flasche gekühlten Sekt mit zwei Plastikbechern. Er stellte die Kerzen ans Fenster und zündete sie an.

»Es sollte hier doch mal ein bisschen gemütlich werden, oder?« fragte er. »Wir sind jetzt fast ein Jahr hier. Das müssen wir feiern.«

Emily lächelte. »Dass ein Kerl das sagt, ist interessant. Eigentlich achten ja die Frauen immer mehr auf Gemütlichkeit. Aber du hast recht.« Sie blickte sich um. Er hatte wirklich recht. Eigentlich wollte sie die Woche nutzen, ihr Zimmer ein wenig einzurichten, aber daraus war natürlich nichts geworden.

»Wo kommt denn der Sekt her?«, wollte sie wissen.

»Habe ich aufbewahrt«, antwortete Ryan und öffnete den Verschluss. »Für Anlässe wie diesen. Leider …«, er goss den Sekt in die zwei Plastikbecher, »… leider habe ich nur diese Becher auf die Schnelle im Supermarkt gefunden.«

»Ryan, das ist so süß!« Sie umarmte ihn. »Auf was trinken wir denn?«

Er überlegte.

»Auf uns? Oder ist das zu kitschig?«

»Überhaupt nicht«, entgegnete Emily. »Natürlich auf uns. Auf wen denn sonst?«

Sie tranken, und Emily spürte eine wohlige Wärme, die im eigentümlichen Kontrast zu dem kalten Sekt stand. Es war einer der Momente, die man als perfekt bezeichnen konnte, obwohl oder vielleicht gerade, weil alles so improvisiert war. Und vielleicht auch gerade deswegen, weil es eigentlich nicht viel zu feiern gab. Doch sie und Ryan waren hier zusammen. Vielleicht reichte das ja schon? Sie setzte sich neben Ryan aufs Bett.

»So könnte es immer sein«, sagte sie.

»Wird es auch«, versprach Ryan.

Sie saß dort, während er sie in den Armen hielt, und spürte den Sekt, der kühl ihre Kehle hinunterlief. Der Sekt, den er noch irgendwo aufgetrieben hatte, die Plastikbecher, die er mit einem verschmitzten Grinsen hervorgeholt hatte, so als wäre es ihm peinlich, nichts Besseres als billigen Schaumwein vom Kiosk und Plastikbecher vom nächsten Supermarkt anbieten zu können. Manchmal, und das fand sie süß, manchmal war er noch so unbeholfen wie am ersten Tag.

Es war sicher nicht der beste Sekt – genauso wenig wie das Essen in London, das er in der ersten Woche für sie gekocht hatte, nicht das beste gewesen war, das sie je gegessen hatte –, doch manchmal zählte es nicht, *was* man bekam. Es zählte, *wie* man es bekam. In diesen Plastikbechern steckte mehr Freundschaft, Hingabe und Liebe als in allen Champagner-Kristallkelchen auf irgendwelchen Partys, zu denen sie ihre Eltern mitgeschleppt hatten.

Und das war gut so.

6

TAG 1: SAMSTAG, 1. SEPTEMBER 2012

Emily und Ryan waren mit Lisa von Little Italy Richtung Battery Park am Südzipfel Manhattans geschlendert. Ihr Ziel war Soho, das genauso hieß wie das Viertel in London und wo man hervorragend, viel und günstig frühstücken konnte.

Lisa hatte sich überreden lassen, mit ihnen zusammen zu frühstücken, anstatt wie üblich in die Bibliothek zu gehen.

Vor einer Statue in der Nähe von South Ferry blieben sie stehen.

»Wisst ihr, wer das ist?«, fragte Lisa.

Emily las den Namen auf dem Sockel.

»Amerigo Vespucci.« Sie zuckte die Schultern. »Nie von ihm gehört.«

»Er muss aber eine bedeutende Persönlichkeit sein«, meinte Ryan. »Sonst würde er kaum hier stehen.«

»Ist er auch.« Lisa nickte. »Normalerweise ist es ja immer wichtig, der Erste zu sein. Ist im Film auch so. *Schnell* schlägt immer *besser.*«

Alle sahen sie verständnislos an.

»Wer war der erste Mann auf dem Mond?«, fragte Lisa.

»Neil Armstrong, wer sonst?« Das war Ryan.

»Wer war der zweite?«

Alle zuckten die Schultern.

»Seht ihr?«, sagte Lisa. »Was ist der Name des höchsten Berges auf dieser Welt?«

»Einfach«, antwortete Emily. »Der Mount Everest.«

»Okay, und der zweithöchste?«

Wieder Schweigen.

»Also«, triumphierte Lisa, »da seht ihr es. Die Ersten werden die Letzten sein. Das ist Quatsch. Meistens bleiben die Ersten auch die Ersten. Es sei denn, der Erste macht etwas falsch. Und der Zweite macht etwas richtig.«

Aha, dachte Emily. Lisas Erfolgsrezept.

Die sprach weiter. »Doch auch als Zweiter kann man am Markt Erfolg haben, wenn der Erste bestimmte Fehler gemacht hat, die man sich dann selbst verkneift. Und dieser Zweite war …« Sie zeigte auf Amerigo. »Der hier!«

»Und was genau hat er gemacht?«

»Gegenfrage«, sagte Lisa und grinste leicht. »Wer hat Amerika entdeckt?«

»Kolumbus«, erwiderte Ryan wie aus der Pistole geschossen.

»Quatsch«, widersprach Emily. »Der Erste war Leif Eriksson.«

Lisa nickte. Wenn es mit der Professur nicht klappen sollte, könnte sie auch Showmasterin werden. Doch dafür müsste sie sich einmal aus der Bibliothek herausbewegen.

»Ist nach Kolumbus ein Land benannt worden?«, fragte sie.

»Ja«, sagte Emily, »Kolumbien.«

»Und nach Leif Eriksson wurde gar nichts benannt«, warf Lisa ein. »Der hat schlechtes Marketing gemacht.«

»Und was hat das jetzt mit diesem Typen hier zu tun?« fragte Ryan und zeigte auf die Statue.

»Dazu kommen wir jetzt.« Lisa öffnete die Hände wie ein

Zauberkünstler. »Warum heißt Amerika *Amerika*, auch wenn es Kolumbus entdeckt hat? Nach Kolumbus wurde ein relativ kleines Land, nämlich Kolumbien, benannt.«

»Ahhh«, sagte Ryan, bei dem der Groschen als Erster gefallen war. »Amerika heißt *Amerika* wegen diesem *Amerigo*.«

»Richtig!« Lisa nickte gütig. »Amerika ist benannt nach demjenigen, der erst fünf Jahre nach Kolumbus hier war. Nord- und Südamerika, der ganze Kontinent. Amerigo Vespucci machte einiges richtig, während Kolumbus einiges falsch machte. Kolumbus war auf Gold aus und verkaufte seine Mission schlecht. Außerdem ging er immer noch hartnäckig davon aus, er habe Indien entdeckt, was nur dazu führte, dass die Ureinwohner der USA ab dann *Indianer* genannt wurden. Mehr passierte nicht.«

»Schön und gut«, sagte Emily, »aber über Kolumbus wurde ein Film gedreht, über Amerigo nicht.«

»Kommt wahrscheinlich noch«, gab Lisa zurück.

»Lasst uns endlich weitergehen«, sagte Ryan, »ich kriege langsam Hunger.«

* * *

Die Riverside Bakery in Soho war bereits gut besucht, als sie eintraten. Sie war besonders für die riesigen Kaffee- und Orangensaftportionen sowie für die Eier Benedikt bekannt.

Die drei ließen sich an einem der Tische am Fenster in die plüschigen Sessel fallen.

»Noch zwei Jahre und das Bachelorstudium ist vorbei«, sagte Lisa. »Was habt ihr dann so vor?«

Emily lächelte. »Da wird mir schon was einfallen.« Eigentlich war ihr noch gar nichts eingefallen. Sie hatte nicht die geringste

Ahnung, was nach dem Studium kommen sollte. Es schien, als habe sie alle Möglichkeiten der Welt. Und gleichzeitig gar keine. Und das Einzige, was sicher war, war ein Haufen Studienschulden. Sie konnte schon wieder ihren Vater hören, der ihr vorhalten würde, nicht gleich etwas Vernünftiges studiert zu haben.

»Na ja«, meinte Emily und trank von ihrem Kaffee. »Das sind eh kleine Sorgen. Jedenfalls, wenn ich an das letzte Jahr zurückdenke.«

Lisa nickte. »Ja, du sagtest mal, dass da einiges nicht so optimal lief.«

»*Nicht so optimal* ist gut«, sagte Ryan. Aber woher sollte Lisa auch wissen, was genau passiert war? Das Ganze war schließlich so unglaublich gewesen, dass es selbst Emily schwerfiel zu glauben, dass diese Vergangenheit einmal real gewesen war.

»Da war so ein Psychopath, der dich gestalkt hat, oder?«, erkundigte sich Lisa. »Und der dir ständig seltsame Rätsel gestellt hat, irgendwie so etwas?«

»Nicht nur gestalkt. Und nicht nur Rätsel. Er hat Menschen umgebracht. Und er hat mir Bilder davon geschickt.« Irgendwie fand sie es an der Zeit, Lisa in die Geschichte einzuweihen. In dem Jahr war sie so etwas wie ihre zweite beste Freundin geworden, so ähnlich wie Julia in London. Da war es nur richtig zu erfahren, warum Emily über manche Witze nicht lachen konnte. Und warum sie manchmal so nachdenklich und ernst dreinschaute.

»Und die Polizei? Die hat mal wieder nichts gemacht?«, wollte Lisa wissen.

»Fast nichts«, sagte Emily. Ryan nickte. Ihm war wohl noch die Verwechslung in guter Erinnerung, als Inspector Carter in London meinte, *er, Ryan,* wäre der irre Stalker.

»Die konnten gar nicht so viel machen, weil der Typ zu schlau war.« Emily biss sich auf die Lippen, als sie daran zurückdachte. »Er war überall. Und nirgends. Wie eine, eine … Krankheit.«

»Und jetzt …?«, fragte Lisa.

»Jetzt ist er tot.« Emily nickte zur Bestätigung. »Er ist von einer U-Bahn überrollt worden.«

»Um Gottes willen!« Das hatte Lisa dann doch nicht erwartet.

Sie schwiegen alle drei eine Weile und schauten nach draußen in die Spätsommersonne und das bunte Treiben vor den Fenstern des Cafés.

»Was machen wir eigentlich heute Abend vor der Party?«, fragte Ryan nach einer Weile, um die bedrückende Stille zu durchbrechen.

»Na, uns schön machen, was denn sonst?«, meinte Emily und zwinkerte ihm zu.

Lisa nickte.

»Wir könnten noch auf eine Vernissage gehen«, schlug Ryan vor. »Ein Kumpel von Marc hat eine Galerie in der Upper East Side, und da gibt es einen Empfang vorher.«

Lisa und Emily blickten sich an, so als wollten sie sagen: *Warum nicht?*

Emily hatte ohnehin keine klare Meinung dazu. Solange es nicht allzu seltsame, moderne Kunst war, war es ihr sowieso egal, was sie da sah.

Was sie viel mehr verstörte, war, wie sehr sie das kurze Gespräch über das vergangene Jahr in London mitgenommen hatte.

Komm schon, sagte Emily zu sich, dieser Wahnsinnige ist tot. Er kann dir nichts mehr tun.

Doch die Vergangenheit war wie eine Narbe.
Die Wunde war längst verheilt.
Doch die Narbe war noch da.

7

Emily rannte nach Hause.
Sie hatte mal wieder die Zeit vergessen.
Sie hatte sich mit Ryan für sieben Uhr in ihrer Wohnung verabredet. Sie blickte auf die Uhr. Schon fünf nach. Sie hatte sich zu lange mit einigen Studentinnen in der Bibliothek verquatscht und war dann noch ein paar Minuten am Hudson River entlanggelaufen. Jetzt, wie so oft, war die Zeit viel schneller vergangen, als sie geplant hatte.

Unterwegs hatte sie kurz den Flyer der Ausstellung überflogen, bei der sich Ryan und sie gleich mit Lisa und Marc treffen wollten. Und wieder einmal hatte sie sich gewundert, was heutzutage alles so als Kunst bezeichnet wurde.

Das Nichts ist abstrakt war der Titel der Ausstellung. Da kam sich der Künstler wohl ganz schlau vor.

Der Künstler war jemand, der schwarze und weiße Leinwände mit Farbe und irgendwelchen Krebsviechern vom Strand beworfen hatte, die dann auf der Leinwand festgetrocknet waren. In einigen Ausstellungen fertigte er diese Bilder auch live vor dem Publikum an. Dabei, so der Katalog, trug er meist nur einen Pullover. Einen Pullover, den er wie eine Hose angezogen hatte.

Das war New York, dachte Emily. Während sie sich in London schon über den seltsamen Geschmack mancher Leute wunderte, so vermochte New York dabei immer noch einen draufzusetzen.

»Man muss auffallen in unserer Welt. Sonst ist man tot«, sagte ihr Dad immer.

Sie rief Ryan an.

Der Pullover als Hose?, dachte sie noch mal.

Doch bei Ryan meldete sich nur die Mailbox.

Verdammt, war er vielleicht schon losgegangen? Oder war er noch zu Hause, hörte über Kopfhörer Musik und deshalb das Handy nicht?

Sie sprang die vier Treppen zum Wohnheim hinauf und rannte den Korridor entlang.

8

Sie stürzte in ihr Zimmer. Sie war spät dran, und Ryan würde bestimmt schon warten. Ryan, der sich ohnehin immer gern darüber lustig machte, wie lange Emily im Bad brauchte.

Sie blieb wie angewurzelt stehen.

In der Mitte des Raumes sah sie Ryans Klamotten.

Die Hose. Die Schuhe. Den Pullover.

Und eine Schirmmütze, die er öfter trug.

Doch es war nicht Ryan, der die Kleidung trug.

Es war eine Schaufensterpuppe.

Die Puppe zeigte mit einer Hand nach draußen. So als wollte sie sagen: *Ich bin dann mal weg.*

In der anderen Hand hielt die Puppe einen Zettel.

Emily riss ihr den Zettel aus der Plastikhand und las mit zitternden Fingern die mit Feder geschriebene Schrift:

ER IST WEG. ABER ICH BIN ZURÜCK!
WILLKOMMEN, EMILY, IM SPIEL DER ANGST.

Alles in Emily sträubte sich dagegen, doch der Gedanke drang bedrohlich in ihr Bewusstsein – schwarz, grausam und unaufhaltsam, wie die U-Bahn vor einem Jahr, die sie fast ins Jenseits befördert hätte.

Der Irre ist zurück, dachte sie, der Spieler.

Es war völlig unmöglich. Es konnte nicht sein. Er war tot. Er musste tot sein.

Doch offenbar war dem nicht so.

Offenbar lebte er.

Oder er lebte weiter als Toter.

Sie griff zum Handy. Wählte Ryans Nummer.

Es klingelte.

Sechsmal. Siebenmal. Achtmal. Neunmal.

Dann die Mailbox.

»Ryan, wo immer du bist, bitte ruf mich sofort zurück!«

Sie legte auf. Wählte noch einmal. Wieder das Freizeichen.

Dann wieder die Mailbox.

Sie legte entnervt auf.

Sie wählte die Nummer von Julia.

Wenn sie jetzt jemand beruhigen konnte, dann war das ihre beste Freundin.

Auch nur die Mailbox.

Sie sah auf die Uhr. Es war Mitternacht in London. An einem Sonntag. Wahrscheinlich schlief Julia schon und hatte das Handy ausgeschaltet. Oder sie feierte. Und hörte es nicht. Das konnte sich Emily eher vorstellen.

Verdammt, dachte sie.

Dann fiel ihr die Galerie ein, von der Ryan gesprochen hatte

Vielleicht war Ryan dort?

Und wenn nicht?

Daran wollte sie erst einmal nicht denken.

9

Es geht los, dachte er. Der erste Tag.
Er ließ seinen Blick durch die Straßenschluchten schweifen, während die schwarze Limousine, in der er saß, katzenhaft durch die breiten Straßen glitt. Aus dem verspiegelten Fenster blickte er an der Fassade hoch.

In einem ähnlich teuren Penthouse hatte auch der andere gewohnt – derjenige, der ihn als Kind erniedrigt und gequält hatte und der ihn aus dem Himmel von Notting Hill wieder zurück in die Hölle gebracht hatte. Und jetzt wohnte sie, die er gleich besuchen würde, in einem ähnlichen Penthouse. Nicht in London, sondern in New York, nicht sein Pflegevater, sondern seine Pflegemutter. Doch eines hatten sie beide gemeinsam: Sie hatten ihn mit sadistischer Freude gequält. Einer war bereits dafür gestorben. Und sie, die andere, würde es heute tun. Mochte sie sich noch so sehr an ihr nutzloses Leben klammern, heute würde es vorbei sein.

Die meisten Menschen, dachte er, wussten nicht, wann es für sie an der Zeit war zu gehen. Sie klammerten sich an ihr Scheißleben, wie sich Politiker an ihre Posten klammern. Doch die er heute besuchen würde, würde sich noch so sehr wie ein Affe an ihren Ast klammern können, es würde nichts helfen. Er würde *einfach ihren Ast absägen, und sie würde trotzdem in die Tiefe fallen und unten in tausend Teile zerschmettert werden, ganz egal, ob sie den Ast festhielt oder nicht.*

Irgendwo dort draußen war sie. Ob sie noch Angst vor ihm hatte? Es war mittlerweile ein Jahr her, aber die Angst war auch wie Wein. Der wurde mit dem Alter besser. Und Angst wurde mit der Zeit noch intensiver.

Und für Emily würde es einen kleinen Vorgeschmack bedeuten: Was er, den sie immer als den Irren oder den Spieler bezeichnete, mit Leuten machen konnte, wenn er wollte. Und dass er nach wie vor bereit war, zu töten.

Und dass er es konnte.

Nicht nur bei der Frau, die er gleich besuchen würde.

Sondern bei allen.

Er sah sein Gesicht in der gespiegelten Scheibe der Limousine.

›Dressed to kill‹, dachte er.

Oder ›Dressed for Emily‹.

Emily.

Er würde schon bald sehen, ob sie noch immer Angst vor ihm hatte.

Und sie würde sehr schnell merken, dass diese Angst berechtigt war.

10

Ryan war verschwunden.
Dann dieser Zettel.
Willkommen im Spiel der Angst.
Und sie konnte Ryan nicht erreichen.
Sie hatte noch mehrmals versucht, Julia anzurufen. Doch da war immer nur die Mailbox angegangen. Emily konnte sich nicht vorstellen, dass sie schon schlief. Wahrscheinlich war sie wirklich irgendwo auf Tour und hatte das Handy ausgestellt, oder sie hörte es nur nicht.

Endlich war sie in der Galerie angekommen. Third Avenue, Ecke East Street 62, nahe der Lexington-U-Bahn-Station.

Hoffentlich war Ryan bereits da.

Emily bahnte sich mühsam und durchgeschwitzt einen Weg durch die Menschenmenge in der Galerie. Von den Kunstwerken war vor lauter Leuten so gut wie gar nichts zu sehen. Die Gäste hielten alle ihre Sektgläser nahe am Körper, um nichts zu verschütten, während Emily sich weiter vorkämpfte. Sie schob sich an allen möglichen Typen vorbei, und endlich hatte sie das Gedränge durchquert.

Da entdeckte sie Marc und Lisa. Lisa sah Emily überrascht an. »Da bist du ja schon. Früher, als Ryan angekündigt hat.«

Ihr Atem ging schwer. »Ryan ...«, sagte Emily. »Ryan ... wo ... wo ist er?«

»Ryan?« Marc hob die Augenbrauen.

Emily wusste, was jetzt kommen würde. *Wir wissen nicht, wo er ist. Warum ist er nicht bei dir? Seid ihr nicht zusammen ...?*

Und sie wusste, dass der Irre wieder da war. Dass er sie weiter jagen würde. Dass er es konnte, obwohl er tot war.

»Ryan«, sagte Marc. »Der ist da, wo sogar der Bürgermeister von New York zu Fuß hingeht.«

Er bewegte seinen Kopf Richtung Toilette.

Die Tür öffnete sich.

Und heraus stolzierte mit seinen dunklen Augen und seinem verschmitzten Lächeln, während er sich die Hände an der Hose abtrocknete ...

... Ryan.

11

Er kam auf Emily zu und grinste. Dann begrüßte er sie mit einem Kuss. »Du hast es doch früher geschafft, wie schön.«
»Ryan«, legte Emily los, »pass auf, du warst eben –«
»Was ist denn los? Du bist ja total aufgewühlt.« Ryan sah sie besorgt an.
»Komm mit!«
Sie zog ihn einige Meter von der Gruppe weg, um in Ruhe mit ihm sprechen zu können.
»Wieso bist du die ganze Zeit nicht ans Handy gegangen? Und warum hast du nicht auf mich gewartet, wir wollten doch zusammen hierhergehen?«, wollte Emily wissen.
Ryan zog sein Handy hervor und schaute mit belämmertem Blick auf das Display.
»Oh, es ist lautlos.« Er zuckte die Schultern. »War vorhin noch kurz in der Bibliothek. Da habe ich es wahrscheinlich stumm geschaltet.«
Emily blickte ihn eine Weile an. Das mit dem Handy klang plausibel. Auch wenn es sie ärgerte, dass Ryan den Ton nach dem Besuch der Bibliothek nicht sofort wieder angeschaltet hatte und so tat, als sei es nicht so wichtig, für seine Freundin erreichbar zu sein. Und man schaut doch von Zeit zu Zeit

auch mal auf sein Handy. Da musste er gesehen haben, dass Emily angerufen hatte, oder nicht? Vor allem, weil sie verabredet gewesen waren.

»Aber wir wollten doch zusammen hierhingehen?«

»Ja, aber du hast mir doch bei Facebook geschrieben, dass ich schon vorgehen soll und du erst später nachkommen kannst, weil du noch wegen einer Hausarbeit mit deinem Professor sprechen musst.« Jetzt schaute er sie entrüstet an.

»Ich dir bei Facebook geschrieben?«

Ryan drückte auf sein Smartphone. »Kann ich dir zeigen!«

Sie sollte etwas geschrieben haben? Wie kam Ryan darauf?

»Nein, ist egal«, erwiderte Emily. Und sie merkte, wie ihr das Grauen den Rücken hinaufkroch. Denn wenn sie nichts geschrieben, Ryan aber etwas gelesen hatte, dann hatte sich vielleicht jemand in ihren Facebookaccount gehackt und in ihrem Namen Mails verschickt.

»Jetzt«, sagte Emily und schaute ihn mit festem Blick an. »Jetzt musst du ganz ehrlich zu mir sein!«

»Womit?« Sie sah, wie er blass wurde. »Wegen Facebook?«

»Nein! War das deine bescheuerte Idee mit der Kleiderpuppe in unserer Wohnung?«

Er blickte sie so verständnislos an. »Welche Kleiderpuppe?«, fragte er verdutzt.

Er war es also nicht gewesen. Doch die Alternative war umso furchterregender. Dass sich irgendjemand anders diesen Scherz erlaubt hatte, vielleicht sogar der, der sich schon vor einem Jahr in London *ähnliche Scherze* mit Emily überlegt hatte.

»In unserer Wohnung«, begann Emily, »stand eine Kleiderpuppe. Mit deinen Klamotten!«

Er hob die Augenbrauen.

»Und in der Hand hielt die Puppe diesen Brief. Hier!«

Sie zeigte Ryan den Brief, den er mit immer sorgenvollerer Miene las.

ER IST WEG. ABER ICH BIN ZURÜCK!
WILLKOMMEN, EMILY, IM SPIEL DER ANGST.

Er las den Inhalt leise vor und schaute Emily schockiert an.

ER IST WEG. ABER ICH BIN ZURÜCK.

»*Er* …«, begann er. »Soll *ich* das sein?«
»Wer sonst?«, fragte Emily. »Da war diese Kleiderpuppe. Mit deinen Klamotten. Und in der Hand hielt diese Puppe diesen Brief!«
Sie sah, wie Ryan allmählich kalkweiß wurde. Endlich hatte er es geschnallt.
»Was soll das bedeuten?«, wollte er nun wissen. »Heißt das, dass der Irre, der …«
»Ich habe keine Ahnung. Ich fürchte nur …«
»Du fürchtest was?«
Emily wollte gar nicht sagen, was sie fürchtete.
»Spiel der Angst«, sagte er dann. »In London nannte er es …«
»Spiel des Lebens«, vollendete Emily flüsternd seinen Satz. Diese drei Wörter würde sie für den Rest ihres Lebens wie einen Mühlstein um den Hals tragen.
Ryan ließ den Zettel sinken.
»Die Kleiderpuppe hatte diesen Zettel in der Hand?«
Emily nickte. Sie hatte ihm zwar schon alles erklärt, aber manchmal musste man mehrfach fragen, bis man eine Wahrheit akzeptierte. Besonders, wenn dies eine so unerfreuliche

und beängstigende Wahrheit war. Nämlich dass der Psychopath, der ihnen das Leben zur Hölle gemacht hatte, höchstwahrscheinlich noch am Leben war. Dass er nicht tot war.

Sie atmete tief durch. Das half ihr, sich ein wenig zu beruhigen.

»Ich dachte …«, begann sie.

»Du dachtest was?«

»Ich dachte, du seist …« Es fiel ihr schwer, den Satz zu beenden, weil er so furchtbar war. »Ich dachte, du seist entführt worden. Er hat so getan, als hätte er dich entführt«, sagte Emily und blickte Ryan an.

Und sie sah an seinen geweiteten Augen und an der Farbe seines Gesichts, dass ihm die furchtbare Wahrheit gerade in den Sinn gekommen war. *Wer behauptet, er hätte jemanden entführt, würde es vielleicht auch tatsächlich tun.*

»Entführt?«, fragte er. »Von wem denn?«

Emily stemmte die Hände in die Hüfte und bewegte ihre Füße hin und her. »Wenn ich das wüsste. Ich habe eigentlich nur eine … Nein.« Sie wandte den Kopf ab. »Nein, eigentlich habe ich keine Idee, wer das sein könnte.«

Ryan nahm ihren Kopf in beide Hände. Jetzt blitzte die Besorgnis auch in seinen Augen. »Ich weiß, wen du meinst«, sagte er. »Aber es ist völlig unmöglich.«

Sie wusste, dass er wusste, wen sie meinte. Den Verrückten. Den Spieler. Den Wahnsinnigen.

Sie schmiegte sich an ihn und zog dann ihren Kopf zurück, um Ryan angucken zu können. »Er ist tot, richtig?«

»Natürlich ist er tot«, bestätigte Ryan, wirklich überzeugt klang er jedoch nicht.

»Wissen wir das genau?« Emily sah Ryan fest an.

Ryan blickte zur Decke. »Wir wissen von der Polizei, dass

sie die Leiche gefunden haben.« Er hielt sie weiterhin fest an sich gedrückt. »Wir wissen, dass er von der U-Bahn zerstückelt worden ist.« Er schaute sie an. »Ich glaube nicht, dass er das überlebt hat.«

»Und was ist das jetzt?« Sie hielt den Brief hoch. »Du bist weg, und in unserer Wohnung steht nur noch diese Puppe da mit deiner Kleidung. Dann weiß irgendjemand anscheinend, dass du dein Handy auf lautlos geschaltet hast. Und dann diese komische Nachricht.« Sie löste sich von ihm, um den Zettel nach oben halten zu können. »Dann die Art, wie er schreibt. Weißt du noch vor einem Jahr? Da war diese Nachricht in meinem Postfach.« Sie hielt kurz inne, als müsste sie sich selbst darauf vorbereiten, die verfluchten Worte noch einmal auszusprechen. »*Willkommen im Spiel des Lebens, Emily. Du hast die Wahl. Sieg oder Tod.* Genau wie vor einem Jahr. Weißt du noch?«

»Natürlich weiß ich, was du meinst!«

»Und?«

»Ich weiß noch eine andere Sache.«

»Und die wäre?«

»Dass Jonathan tot ist. Und tot bleiben wird.« Er sah Emily an. »Denn wenn jemand von der U-Bahn überrollt und für tot erklärt wird, bleibt er das in der Regel auch.«

Emily biss sich auf die Lippe. »Dann bleiben zwei unangenehme Möglichkeiten.«

Ryan nickte. Er schien zu ahnen, was sie sagen wollte.

»Es gibt einen anderen Spinner hier, der auch Scherze mit uns treibt«, sagte er.

»Und woher weiß er, was der Irre damals geschrieben hat?« Emily schaute ihn durchdringend an. »*Spiel des Lebens. Spiel der Angst.* Das klingt doch sehr ähnlich.«

»Oder ist das Zufall?« Emily hörte aber an Ryans Stimme, dass er auch nicht so ganz daran glaubte.

»Das ist die angenehmere Alternative«, sagte Emily. Sie konnte sich nicht vorstellen, dass es einen noch größeren Psychopathen geben konnte als Jonathan.

»Die zweite Möglichkeit«, fuhr Emily fort, »ist leider noch viel unerfreulicher.«

»Du glaubst wirklich, dass er …?«

»Ich glaube es nicht«, fiel sie ihm ins Wort. »Ich weiß es nicht, und ich hoffe es nicht. Es sieht nur ganz danach aus, dass Jonathan Harker …«

Es fiel ihr unendlich schwer, diese grausame Annahme auszusprechen, die so schrecklich war, dass ihr die letzten Monate der Ruhe wie eine naive Zeit des Träumens vorkamen.

»Es sieht so aus, als könnte Jonathan Harker … *überlebt haben.*«

Ryan nahm ihre Hand. »Und was willst du jetzt tun?«

»Ich muss«, stammelte Emily, »ich muss Klarheit haben über das, was geschehen ist. Ich muss …« Sie schaute sich um, als wäre sie in einem viel zu engen Käfig.

»Erst einmal muss ich hier weg. Ich … ich kann nicht in solch einer pseudofröhlichen Atmosphäre sein, wenn ich kurz davor bin zu glauben, dass der Albtraum meines Lebens wieder losgeht.« Auf die Party hatte sie erst recht keine Lust mehr. »Und dann muss ich noch …«

»Carter?«, fragte Ryan, der Emily mittlerweile ohne Worte verstand.

Emily nickte. »Ja, ich muss Inspector Carter anrufen.«

12

Er stand ihr gegenüber.

Im dreißigsten Stockwerk der riesigen Penthousewohnung, die sie sich von dem Geld gekauft hatte, das sie von ihrem toten Mann auf die Seite geschafft hatte.

Die Stadt blitzte unter ihnen in bläulichem Licht. Zu seiner Linken der Hudson River, auf dem hier und da beleuchtete Schiffe hin- und herfuhren. Im Süden die riesige Baustelle des Freedom Towers – der jetzt offiziell »One World Trade Center« hieß, aber überall noch Freedom Tower genannt wurde –, der der Nachfolger für das am 11. September 2001 zerstörte World Trade Center war. Gedämpft wie durch einen Wattebausch klang von unten der Lärm des Verkehrs, das Aufheulen der Motoren und das Hupen der Autos, zu ihm nach oben.

Er stand ihr gegenüber.

Ihr, die sein Leben zur Hölle gemacht hatte.

Die Rache an ihr war eigentlich nur Nebensache.

Doch jetzt, wo er hier war, konnte er es auch erledigen.

Und seiner kleinen Emily zeigen, zu was er in der Lage sein würde.

Emily würde es sehen. Und sie sollte es sehen.

Einfach war es nicht gewesen, zu ihr vorzudringen. Sie hatte sich versteckt, eine falsche Identität angenommen, Papiere gefälscht. Doch in der heutigen digitalen Welt gab es keine Geheimnisse mehr. Keine Auswege. Und keine Verstecke. Technologie kann tödlich sein.

Sie stand dort vor ihm. Trotzdem schien sie sich nicht so zu fürchten, wie sie sich fürchten sollte.

Was sicherlich an den drei kleiderschrankartigen Männern lag, die neben ihr standen und bei denen niemand wusste, was für Waffen sie im nächsten Moment aus der Tasche zaubern würden. Leibwächter, die sie sich angeschafft hatte.

»Ich warne dich«, sagte sie und wich einen Schritt zurück. »Eine falsche Bewegung und du bist tot.«

»Langfristig gesehen«, erwiderte er, »sind wir alle tot. Die Frage ist nur, wann und wie wir sterben.«

»Lass uns das kurz und schmerzlos lösen«, fuhr sie fort und versuchte, wie die Mutter zu klingen, die sie nie gewesen war. »Wir tun einfach so, als wären wir uns nie begegnet.«

»Und was sollte das bringen?«, fragte er.

»Dass du hier lebend herauskommst«, antwortete sie, »das sollte das bringen.« Sie schaute ihn an wie damals, als sie ihn immer in die Besenkammer gesperrt hatte.

»Ansonsten ...«

»Ansonsten was?«

»Ansonsten werde ich den Sicherheitsdienst anrufen. Die werden dich festnehmen. Und damit du nicht wegläufst, werden meine drei Freunde hier dich festhalten.« Sie funkelte ihn an. »Dann wanderst du in den Knast. Und dann ist deine selbstherrliche Mordparade vorbei, du mieser kleiner Wichtigtuer.«

»Nur zu«, sagte er. »Ruf den Sicherheitsdienst!«

Sie blickte ihn einen Moment lang verstört an.

»Ich ...« Sie ergriff ihr Handy. »Gut, du hast es nicht anders *gewollt.«* Sie ging noch einen Schritt zurück, während die drei Gorillas sich schützend vor sie stellten. Dann tippte sie eine Nummer ein.

Es klingelte.

Laut und deutlich.

Doch das Klingeln kam aus seiner Tasche!

Er hob das Handy in die Höhe.

»Soll ich rangehen?«, fragte er und grinste.

Ihr Gesicht wurde dunkel vor Bosheit. Die drei Gorillas schauten sich unsicher an.

»Schön, was du so alles kannst, mein kleiner, hochbegabter Wichser«, sagte sie schließlich, steckte das Handy ein und fixierte ihn, während sie zurücktrat und die drei Gorillas nach vorn rückten. »Egal, wo du jetzt das Handy vom Sicherheitsdienst herhast, egal, ob du dich mir haushoch überlegen fühlst. Du hast einen riesigen Fehler gemacht. Du hast in deiner Selbstüberschätzung die Gesetze der Mathematik vergessen.«

Die drei näherten sich ihm, der sie aufmerksam betrachtete, aber keine Anstalten machte, zu fliehen oder zu reagieren. Er blickte nur in die dunklen Ecken des riesigen Penthouses, in die das Mondlicht und der Schein der umliegenden Wolkenkratzer hineindrangen. Manchmal, wenn man in die Dunkelheit schaute, glaubte man, dunkle Schatten würden sich darin bewegen. Meist war das jedoch eine Einbildung …

»Denn«, sagte sie und grinste in Vorfreude auf das, was jetzt kommen würde, »dein arithmetisches Verständnis scheint genau so schwach ausgeprägt zu sein wie dein Selbsterhaltungstrieb. Wir sind drei zu eins. Genau genommen vier zu eins.«

Die drei Kerle bewegten sich weiter langsam auf ihn zu, und er tat noch immer so, als würde ihn das alles nichts angehen, starrte weiter in die dunklen Ecken des Penthouses, die Ecken und Winkel, die so dunkel wirkten, dass man nicht hineinblicken konnte, die Ecken, wo sich die Schatten bewegten ...

Sein anfänglich nur angedeutetes Lächeln verbreiterte sich, und er grinste genauso diabolisch zurück, wie sie ihn angegrinst hatte.

»Nein«, sagte er und schüttelte den Kopf, »ihr seid drei zu sechs.« Er grinste diabolisch. »Genau genommen vier zu sieben. Aber ich habe nicht vor, mir die Hände schmutzig zu machen.«

Er trat zurück.

Heute Nacht waren die Schatten lebendig. Sechs schwarze Gestalten kamen aus den Ecken des riesigen Wohnzimmers hervor wie aus den Enden eines Hexagramms und bewegten sich auf die drei Leibwächter zu. Sie kamen, die jahrzehntelang dafür trainiert hatten, stundenlang bewegungslos an einem Ort zu verharren und dann blitzschnell zuzuschlagen. Die, denen er dafür viel Geld gezahlt hatte.

Ihr eben noch höhnisches, diabolisches Grinsen war verschwunden, hatte sich in eine Maske des Entsetzens gewandelt.

Er fixierte sie. Sicherlich dachte sie an die Maxime, die ihr Mann ihr beigebracht hatte. Auch wenn sie beide nicht danach gelebt hatten: *Ein Fehler kann in unserem Geschäft tödlich sein.*

Ein einziger Fehler reichte ...

Zum Beispiel, einen Gegner nicht ernst zu nehmen und sich selbst zu überschätzen.

Die sechs Schatten bewegten sich mit langsamen Schritten vorwärts und umkreisten die drei Leibwächter wie eine Feuerwand, aus der es kein Entkommen gab. Sie waren loyal, und sie waren tödlich. Das reichte.

Auch in den Augen der Leibwächter war das selbstsichere, höhnische Grinsen blankem Entsetzen gewichen.

Manchmal war man schon tot, obwohl man noch lebte.

»Macht sie fertig«, sagte er tonlos und trat zurück. »Alle.« Sein Lächeln war verschwunden. »Und seht zu, dass die Leichen verschwinden.«

13

Sonntag am frühen Morgen, 1:35 Uhr. Inspector Raymond Carter lag zufrieden schlafend im Bett.

Er ahnte nicht, dass er noch genau zehn Sekunden hatte, bis etwas seinen Schlaf unterbrechen würde. Die rote Sendediode seines Blackberrys, der neben ihm auf dem Nachttisch lag, blinkte bereits in lauernder Vorfreude …

10, 9, 8, 7, 6, 5, 4, 3, 2, 1 …

Carter wachte sofort auf. Er hatte zwar etwas getrunken, doch wenn er zu diesem Zeitpunkt dieses Geräusch hörte, wusste er, dass irgendetwas passiert war. Irgendetwas, das keinen Aufschub duldete.

Er griff nach dem Gerät.

»Carter.« Seine Stimme klang, als hätte er mit Eisenspänen gegurgelt.

»Inspector Carter, hier ist Emily Waters«, sagte die Stimme am anderen Ende. »Erinnern Sie sich noch an mich?«

In einer Sekunde auf die andere war er hellwach. Und ob er sie noch kannte.

»Was ist denn so wichtig, dass Sie mich jetzt – «, begann er.

»Jonathan Harker«, sagte Emily. »Sagt Ihnen der Name noch etwas?«

Sie hörte ihn am anderen Ende der Leitung gähnen. »Das war doch der, der Sie im letzten Jahr gejagt hat und dann …« Er hielt einen Moment inne. »Sind Sie nicht nach New York gezogen?«

»Ja«, antwortete Emily. »Bin ich. Kurz danach.« Sie machte eine Pause.

»Hoffe, es gefällt Ihnen in New York. Sie haben wahrscheinlich schon mal was von Zeitverschiebung gehört, hier ist es nämlich …« Er schien Anstalten zu machen, das Gespräch zu beenden.

»Moment«, unterbrach Emily ihn rasch. »Dieser Irre, dieser Jonathan Harker …« Sie suchte nach Worten, weil sie es selbst nicht glauben konnte. »Ich fürchte, er lebt noch.«

»Er tut was?« Jetzt schien Carter wirklich bei der Sache zu sein. »Ms Waters«, sagte er dann, »er ist von einer U-Bahn überfahren worden. Er ist tot! Wir haben die Leiche gesehen. Wir haben sogar seine DNA geprüft. Der Kerl ist mausetot.«

Emily schaute Hilfe suchend Ryan an. Sie wollte es auch gerne glauben, dass dieser Irre tot war. Doch was war das dann für ein dummer Scherz mit der Puppe? Das sah doch ganz klar nach Jonathan aus. Konnte es sein?

»Wieso glauben Sie, dass er noch lebt?«, fragte der Inspector dann.

Emily erzählte ihm mit knappen Worten, was geschehen war.

»Und Sie glauben, das soll er gewesen sein?« Carter schien das nicht ganz zu glauben. »Das kann doch jeder gemacht haben. Und Sie sind in New York. Erstens ist er tot, und außerdem, warum sollte jemand in New York …«

»Weil er komplett wahnsinnig ist. Das wissen Sie so gut wie ich.«

Sie hörte, wie Carter sich am Kopf kratzte. »Ja, das ist er in der Tat. Oder besser gesagt, das war er.«

»Können Sie das mit der DNA noch einmal prüfen?«, fragte Emily. »Bitte?«

Carter atmete hörbar aus. »Okay, ich kläre das morgen mit der Rechtsmedizin, aber die werden uns nur sagen, was wir eh schon wissen. Dass es Jonathan Harker ist und dass er tot ist.«

»Ich wäre Ihnen trotzdem sehr dankbar.«

»Geht schon klar«, sagte Carter. »Und grüßen Sie Ihren Freund.«

»Mache ich. Danke.« Sie legte auf.

»Schöne Grüße von Carter«, sagte Emily.

Ryan streckte ihr die Zunge heraus. Nachdem Carter Ryan in London kurzzeitig festgenommen hatte, weil er glaubte, Ryan sei der Irre, mochte er ihn nicht besonders.

»Und sonst?«, fragte er. »Prüfen die das?«

Emily seufzte. »Ja.« Sie schaute Ryan an. »Was machen wir jetzt?«

»Wollen wir nicht doch zu der Party?«, schlug Ryan vor. »Oder willst du wegen der Sache Anzeige erstatten? Vielleicht war es ja wirklich nur ein dummer Scherz.«

Sie seufzte noch einmal. »Wahrscheinlich hast du recht.« Sie nahm seine Hand. »Aber zu der Party? Nein, ich ertrage es nicht, jetzt künstlich fröhlich sein zu müssen, während ich nicht weiß, was als Nächstes passiert. Lass uns noch irgendwo was trinken, aber nicht zu der Party. Okay?«

Ryan kniff die Lippen zusammen und nickte.

»Die müssten in London doch morgen Bescheid wissen wegen der DNA, oder?«, fragte Emily. »Das kann doch nicht so lange dauern.«

»Ich denke schon.«

In Emilys Kopf arbeitete es.

Inspector Carter hatte ihr schon in London gesagt, dass Jonathan Harker ihr auf die U-Bahn-Schienen gefolgt war, doch im Gegensatz zu ihr hatte er sich nicht mehr in eine Nische retten können. Bei dem Versuch, der Bahn auszuweichen, war er mitgerissen worden und auf der Stelle gestorben. Die Leiche war so zugerichtet gewesen, dass sie anhand des Aussehens nicht mehr identifizierbar gewesen war, aber der DNA-Befund der Gerichtsmedizin soll eindeutig gewesen sein.

Damals schon hatte Emily sich schwer damit getan, wirklich zu begreifen, dass Jonathan tot war. Und jetzt stellte sich ihr diese Frage erneut.

Wenn Jonathan wirklich tot war, gab es dann einen anderen, der sich diese Scherze mit ihr erlaubte?

Und wenn er noch lebte, seit wann war er in New York? Und würde er wieder seine abgründigen Spielchen mit ihr treiben? Würde es jetzt wieder losgehen? Am ersten September? *Dem ersten Tag,* wie er damals in London immer gesagt hatte?

Beide Aussichten waren gleich schrecklich. Entweder passierte ihr aus unmöglichen und unerfindlichen Gründen noch mal genau das Gleiche mit einem anderen Spinner. Das wäre entsetzlich. Oder Jonathan lebte tatsächlich noch und jagte sie jetzt ein Jahr später wieder. Das wäre noch entsetzlicher.

14

Einer der schwarz gekleideten Männer hielt den verbleibenden Leibwächter von ihr in eisernem Griff und bog ihm die Arme auf den Rücken. Der andere hielt Mary fest. Jonathan beobachtete ihn. Er musste Schmerzen haben. Der Arm schien gebrochen zu sein. Marys Handy, das sie instinktiv ergriffen hatte, als die Schatten aus den Winkeln des Zimmers aufgetaucht waren, war zu Boden gefallen. Ein Stiefel war stampfend auf das Telefon getreten und hatte es zu einer silbrig glänzenden Masse zertrümmert.

Das Licht einer Mag-Lite-Taschenlampe blendete sie.

Mary schrie und brüllte mit hoher Stimme, was sie Jonathan alles zahlen würde, wenn er sie am Leben ließ. Als das nichts half, brüllte sie weiter, was sie alles könnte und wen sie alles kannte und dass sie Jonathan und seinen Leuten die Hölle heißmachen würden, dass bald die ganze New Yorker Polizei hinter ihnen her wäre, dass sie Auftragskiller engagieren würden, wenn er sie töten würde, dass Jonathan keine ruhige Minute mehr hätte, dass hinter jeder Ecke jemand mit einer 45er auf sie lauern, dass seine Freundinnen und Freunde verschwinden und getötet werden würden.

»Ich habe keine Freundinnen und Freunde«, erwiderte Jonathan. »Und selbst wenn, könntest du ihnen sehr wenig antun, weil du in nicht einmal einer Minute tot sein wirst.«

Plötzlich hatte einer von Jonathans Leuten ein Messer in der Hand, dessen Klinge im Licht der Taschenlampe und des flackernden Feuers blitzte.

»Falls es dich interessiert«, fuhr Jonathan fort, »sterben fühlt sich so an.«

Das Messer blitzte auf.

Und das war das Letzte, was Mary sah.

Jeder Teufel findet irgendwann seinen Meister.

Mary Barnville war soeben daran erinnert worden, dass sie da keine Ausnahme war.

15

TAG 2: SONNTAG, 2. SEPTEMBER 2012

Es war Sonntag, und Emily fiel wieder auf, wie wenig sie Sonntage mochte. Daran hatte sich seit London nichts geändert. Einerseits war es ein ruhiger Tag, an dem man »frei« hatte, doch andererseits war der Sonntag schon wieder so nahe am Montag dran, dass es eigentlich kein wirklicher Feiertag war.

Es lag an dieser besonderen Atmosphäre, dieser Ruhe vor dem Sturm, ähnlich wie die drückende Schwüle vor einem Gewitter.

Doch eigentlich war es heute ein schöner Tag. Die Sonne schien, der Wind des Spätsommers – der Sommer, den man hier »Indian Summer« nannte – trug bereits eine Spur von Kühle mit sich und wehte um die ehrwürdigen Gebäude des Campus. Hier und da flogen schon vereinzelt bunt gefärbte Blätter durch die Gegend.

Ryan schlief noch, aber Emily konnte nicht mehr schlafen.

Das hatte ihr ihre Mum auch von ihrem Dad erzählt. Egal, ob etwas Schlimmes passiert war oder ob man sich gestritten hatte: Männer legten sich einfach ins Bett und schliefen sofort ein. Auch wenn Ryan der erste Mann war, mit dem sie in einem Bett schlief, traf das auf ihn anscheinend auch zu.

Es war sieben Uhr morgens. Sie trat vor die Tür ihres Wohnheimzimmers.

Und erstarrte.

Dort lag ein Brief auf der Fußmatte.

Eigentlich nichts Ungewöhnliches, doch manchmal haben Dinge etwas Unheimliches, wenn man sie in einem bestimmten Kontext sieht. Ein Messer, mit dem ein Mensch ermordet wurde, hört auf, ein normales Messer zu sein. Eine letzte Voicemail, die jemand auf einem Handy hinterlassen hat, bevor er von einem Auto überfahren wird und an den Folgen stirbt, hört auf, eine normale Voicemail zu sein.

Und ähnlich war es mit diesem Brief.

Die Stille des Sonntags, dachte Emily. Die drückende Schwüle vor dem Gewitter. Die Ruhe, bevor der Schuss fällt.

Sie hob den Brief auf. Sie zog ihre Bluse über die Hand, öffnete den Brief und achtete darauf, keine Fingerabdrücke zu hinterlassen.

Er war wieder handschriftlich, mit einer geschwungenen Schrift in blauer Tinte.

Dir, König Nebukadnezar, sei gesagt: Die Herrschaft wird dir genommen. Man wird dich aus der Gemeinschaft der Menschen ausstoßen. Du musst bei den wilden Tieren leben und dich vom Gras ernähren wie die Ochsen.

So werden sieben Zeiten über dich hingehen, bis du erkennst, dass der Höchste über die Herrscher bei den Menschen gebietet und sie verleiht, wem er will. Noch in derselben Stunde erfüllte sich dieser Spruch an Nebukadnezar ...

Man verstieß ihn aus der Gemeinschaft der Menschen, und er musste sich vom Gras ernähren wie die Ochsen. Der Tau des Himmels benetzte seinen Körper, bis seine Haare so lang wie Adlerfedern waren und seine Nägel wie Vogelkrallen.

Nebukadnezar, dachte Emily. Sie ging wieder rein.

Ryan schlief immer noch und schnarchte leicht dabei. Dafür, dass er gestern auch sichtlich beunruhigt gewesen war, schlief er den ruhigen Schlaf der Gerechten. Emily wünschte, sie könnte das auch.

»Ryan«, sagte sie, erst leise, dann etwas lauter.

»Hmmmm«, grunzte er.

»Ryan, wer ist Nebukadnezar?«

Er öffnete kurz und blinzelnd die Augen.

»Wer ist wer?«

»Nebukadnezar!«

»Nebukadnezar?«

»Ja!« Emily verdrehte ungeduldig die Augen.

»Das ist doch …«, nuschelte Ryan, während er kurz davor war, wieder einzuschlafen, »… das ist doch das Hovercraft in *Matrix*, oder?«

Emily schüttelte den Kopf. Mit Leuten zu sprechen, die im Halbschlaf waren, war manchmal genauso wie mit Betrunkenen zu sprechen. Sie sprang auf.

Vielleicht sollte sie lieber mit der Person sprechen, die sich mit solchen Themen viel besser auskannte und sie über den seltsamen Zettel und den Inhalt aufklären konnte, besonders, was das mit Nebukadnezar auf sich hatte.

Und diese Person war wahrscheinlich gestern auch nicht mehr ewig auf der Party gewesen und jetzt vielleicht schon wach.

Sie zückte ihr Handy, um Lisa anzurufen.

16

Er lächelte. Das Bild würde morgen in allen Zeitungen zu sehen sein.

Die Medien würden ihre Story haben.

Die Polizei würde aufwachen.

Und Emily würde es als eine der Ersten sehen.

Sie würde sehen, dass es ihn noch gab und zu was er fähig war.

Dagegen war die Sache mit der Kleiderpuppe läppisch gewesen.

Sie würden sehen, zu was er fähig war. Fähig war zu tun mit Menschen wie Mary Barnville.

Und bald auch anderen.

Mary, dachte er, sie, die doch immer ganz nach oben wollte. Jetzt war sie ganz oben.

Er schaute in das Gesicht der Toten, während sich im Osten über dem East River schon die ersten Andeutungen der Morgensonne abzeichneten.

Sie hatte sich dem Geld untertan gemacht und hatte ihn darunter leiden lassen.

Nun sah sie hinunter auf die Hauptstadt des Geldes. Gefesselt an die riesige Antenne auf dem höchsten Punkt des Wolkenkratzers, blickte sie mit toten Augen auf die Stadt hinunter.

Babylon, du große Hure, dachte er und schaute ebenfalls auf die glitzernde Stadt, *der Herr wird dich mit seinen Schwingen erschlagen.*

So würde auch Emilys Welt untergehen, ihre Welt des Friedens und der Freude, von der sie glaubte, sie würde ewig so weiterbestehen.

Doch man sollte schöne Dinge genießen, so lange sie dauerten. Lange dauerten sie nämlich nie.

Er sortierte die Fotos, die er von der Leiche in seinem Smartphone gemacht hatte. Eines davon würde er verschicken. Sehr bald.

Und er wusste auch schon, an wen.

17

Lisa war tatsächlich schon wach gewesen.
Sie saßen gemeinsam bei einem Kaffee in der Butler Library am Südende des Columbia Campus. Lisa hatte ein Buch über antike Religionen und Kulte gefunden, darunter auch einiges über die babylonische Mythologie.

»Und dieser Typ hat euch in London immer auf so seltsame Schnitzeljagden geschickt?«, wollte Lisa wissen.

Emily nickte. »Wir mussten immer unter Zeitdruck irgendwelche komplizierten Rätsel lösen. Und wenn uns das nicht gelungen ist ...« Sie schluckte. »Wenn uns das nicht gelungen ist, hat er gedroht, jemanden umzubringen. Und diese Drohung hat er tatsächlich ein paar Mal wahr gemacht.«

»Ach du Scheiße! So eine Art Geocaching für Psychopathen?«

Geocaching, dachte Emily. Ja, das traf es. Beim Geocaching ging man auch auf digitale Schnitzeljagd. Ausgestattet mit einem GPS-Handy und den Koordinaten eines versteckten Schatzes aus dem Internet, konnte man diese Schätze finden und sich ungewöhnliche Orte anschauen. Ruinen, Waldlichtungen, Bunker und anderes. Und es hing von der eigenen Cleverness ab, ob man den Schatz fand oder nicht.

Nur, bei diesem Spiel handelte es sich um eine ganz besondere Art von Geocaching. Es war ein Spiel, bei dem die Konsequenz für das Nicht-Finden des Schatzes der Tod anderer Menschen war. Oder der eigene Tod.

»Und was steht in dem Brief?«, fragte Lisa. »Lies mal vor.«

Emily nahm eine Kopie des Briefs zur Hand. Sie hatte das Original vorhin kopiert und in eine Klarsichthülle gesteckt, damit sie der Polizei mögliche Fingerabdrücke des Verrückten zeigen konnte. Wobei sie nicht glaubte, dass derjenige, der den Brief geschrieben hatte, so dumm gewesen war, Fingerabdrücke zu hinterlassen.

Dir, König Nebukadnezar, sei gesagt: Die Herrschaft wird dir genommen. Man wird dich aus der Gemeinschaft der Menschen ausstoßen. Du musst bei den wilden Tieren leben und dich vom Gras ernähren wie die Ochsen.

Lisa nickte. »Weiter.«

So werden sieben Zeiten über dich hingehen, bis du erkennst, dass der Höchste über die Herrscher bei den Menschen gebietet und sie verleiht, wem er will. Noch in derselben Stunde erfüllte sich dieser Spruch an Nebukadnezar …«

»Nebukadnezar?«, wiederholte Emily. Sie kniff die Augen zusammen. »Ryan sagt, so hieße das Hovercraft in *Matrix*.«

Emily hatte *Matrix* zwar gesehen, erinnerte sich aber nicht mehr so genau daran.

Lisa lächelte. »Das ist typisch Mann. Ich glaube, er hat recht, das Hovercraft hieß auch Nebukadnezar. Aber vor allem hieß so der König von Babylon.«

»Babylon!« Emily zog die Augenbrauen hoch.

»Aber weiter im Text«, sagte Lisa. »Was steht denn hier noch?«

Man verstieß ihn aus der Gemeinschaft der Menschen, und er musste sich vom Gras ernähren wie die Ochsen. Der Tau des Himmels benetzte seinen Körper, bis seine Haare so lang wie Adlerfedern waren und seine Nägel wie Vogelkrallen.

»Das klingt so, als wäre es aus der Bibel«, sagte Lisa. »Irgendwas im Alten Testament. Aber frag mich nicht, wo.« Sie schaute Emily an. »Meinst du, er ist auch von –«

»Von *ihm*?« Sie schauderte, als sie es aussprach. »Ehrlich gesagt, ich weiß es nicht. Aber da ist noch etwas anderes.« Sie rückte auf ihrem Stuhl hin und her.

»Dieser Brief«, sagte sie. »Er handelt von jemandem, der verstoßen wird. Der plötzlich weg ist. Und genau das ist gestern Abend passiert. Da, wo Ryan sein sollte, war nur noch eine Kleiderpuppe mit Ryans Klamotten.«

»Aber Ryan war doch noch da.«

»Ja, aber es könnte eine ...« Sie wollte es nicht aussprechen, weil sie nicht wollte, dass das, was sie aussprach, wirklich passieren würde. *War der Geist erst einmal aus der Flasche,* sagte ihr Vater immer. Sie druckste herum. »Es könnte doch eine Warnung sein, dass es wirklich passieren wird.«

Sie schwiegen beide und tranken bedächtig ihren Kaffee. Dann schaute Emily auf das Buch, das Lisa auf dem Tisch vor sich liegen hatte. Sie schielte auf den Titel.

Sumerische Mythologie.

»Was ist das?«

»Das scheint ziemlich grausig zu sein«, antwortete Lisa und las vor. »Ein Buch über die sumerischen Götter. *Bel, der Sonnengott, zerteilte das Universum in Himmel und Erde, Tag und Nacht, Sonne, Mond und Sterne. Als die urweltlichen Ungeheuer, die das Licht nicht ertragen konnten, zugrunde gegangen waren und die Erde keine Bewohner hatte, hat sich Bel selbst den Kopf abgerissen und den Göttern befohlen, sein Blut mit Erde zu vermischen, woraus sie Menschen und Tiere formten.«*

»Klingt nicht schön«, sagte Emily. »Und was ist jetzt mit diesem Nebukadnezar?«

»Nebukadnezar war der König von Babylon«, erklärte Lisa. »Im Alten Testament lesen wir die Geschichte vom Propheten Daniel, der zu Gast war am Hofe von König Nebukadnezar, dem Herrscher des antiken Babylons.«

»Babylon?«, überlegte Emily laut. »Wird das nicht oft mit New York verglichen?«

Lisa nickte. »Oder New York mit Babylon. Jedenfalls war Babylon eine der größten Städte in Mesopotamien, dem sogenannten *Zweistromland,* in dem angeblich auch Adam und Eva herumgetigert sind.«

»Das ist heute im Irak oder?«

Lisa nickte. »Babylon heißt übersetzt »das Tor Gottes« und ist der Ort, der auch den berühmten Turm zu Babel hervorgebracht hat.« Sie blätterte weiter. »Dieser Turm galt als das Symbol für menschliche Hybris. Wann immer es um irgendein großes Bauprojekt geht, muss meistens der Turm von Babel herhalten, zum Beispiel wie bei dem World Trade Center und vor Kurzem dem Burj Khalifa in Dubai.«

»Du kennst dich ja gut aus.« Emily beugte sich über das Buch.

»New York wird, wie du sagst, daher oft mit Babylon in Verbindung gebracht, allein schon wegen der Skyline«, sagte Lisa. »Manche nennen es daher auch *New Babylon.*«

»Und diese Passage auf dem Zettel, den ich gefunden habe«, wollte Emily wissen. »Was bedeutet sie? Kommt sie aus dem Alten Testament in der Bibel?«

»Das können wir ja googeln«, sagte Lisa. Emily verfluchte sich, dass sie darauf nicht selbst gekommen war. Schnell hatten sie die Passage aus dem Alten Testament gefunden, die Emily heute Morgen gleich nach dem Aufwachen den Schrecken des Tages eingejagt hatte.

»Die Stelle ist auch von dem Propheten Daniel«, meinte Lisa. »Buch 4, 25–30.« Sie schaute Emily an. »Die Frage ist nur, was will er uns damit sagen?«

»Vielleicht will er gar nichts sagen«, sagte Emily. »Vielleicht will er nur –«

In dem Moment ging eine SMS auf ihrem Handy ein.

Sie schaute auf das Display, das eine neue Nachricht mit Anhang anzeigte. Und wieder hatte sie das Gefühl, dass sich etwas Schreckliches dahinter verbergen könnte. Es war eine unbekannte Nummer. Und sie hatte keine Ahnung, wer es sein konnte, auch wenn sie eine Befürchtung hatte, die sie aber nicht einmal zu denken wagte. Zu wahrscheinlich erschien es ihr, dass diese Befürchtung wie eine selbsterfüllende Prophezeiung wahr werden würde. Schon wie damals riet ihr der logische Menschenverstand, den Anhang nicht anzusehen und stattdessen sofort die Polizei aufzusuchen. Aber zu wem sollte sie gehen? Sie wartete noch immer auf die Nachricht von Carter, doch der war weit weg und würde sicherlich Emilys Befürchtungen nicht allzu ernst nehmen, denn für ihn war Jonathan tot, ein Haufen zerfleischter Matsch unter einer U-Bahn, der schon seit einem Jahr bestattet war. Wie schon damals in London wollte sie unbedingt wissen, was sich im Anhang befand. Sonst würde sie auf der Stelle wahnsinnig werden. Sie fühlte ihren Herzschlag, merkte, wie ihre Finger einen schweißigen Film auf der Oberfläche des Smartphones hinterließen und ihre Hände so zitterten, dass sie nicht einmal die SMS öffnen konnte, so als wollte ein gnädiger Mechanismus verhindern, dass sie deren Inhalt überhaupt sah.

Doch dennoch tat sie es.

Und sah das Bild.

Das Bild von der Frau.

Ganz weit oben.

Die Hände ausgebreitet.

Der Mund aufgerissen.

Das Gesicht verzerrt.

Die Augen voller Panik.

Sie kannte das Gesicht dieser Frau.

Mary!

Mary Barnville!

Mary hatte für ihren Vater gearbeitet.

Mary war die Frau, von der Emily als kleines Mädchen entführt worden war.

Und Mary war es, die Jonathan in Emilys Leben gebracht hatte.

Sie schaute wieder auf ihr Handy.

Auf das Foto von Mary Barnville.

War sie tot?

War sie lebendig?

Und darunter nur sechs Worte.

DAS SPIEL DER ANGST GEHT WEITER!

Er war wieder da, es gab keinen Zweifel mehr.

Lisa schaute sie mit großen Augen an. »Du siehst aus, als hättest du ein Gespenst gesehen«, sagte sie. »Ist *er* es?«

»Wenn es nur ein Gespenst wäre ...«

Was sollte das Bild von Mary? Würde er sie umbringen? Würde jetzt wieder eine grausame Schnitzeljagd beginnen? Würde er …

In dem Moment klingelte ihr Telefon.

18

Eine unbekannte Nummer.
Sie überlegte nicht eine Sekunde, sondern nahm den Anruf an.

In der gleichen Sekunde hörte sie die verzerrte Stimme.

»Babylon, du große Hure«, sagte die Stimme. »Babylon musste untergehen, weil es voller Sünde war. Genauso wie die Welt vorher, aus der nur Noah und andere gerettet wurden. Gehe also zu dem Jonas, dort, wo die Reste der anderen sind. Wenn wir dich nicht innerhalb von dreißig Minuten dort sehen, wird die Person, die du gerade auf deinem Display gesehen hast, sterben!«

Mary! Mary Barnville! Sie hatte ihr die Hölle auf Erden bereitet, doch sollte sie ihretwegen sterben? Weil Emily das Rätsel nicht gelöst hatte? Würde sie jemals gut schlafen können, wenn schon wieder ein Mensch ihretwegen grausam ermordet worden wäre?

»Halt«, schrie Emily. »Wer bist du. Warum – «

Doch da hatte der unheimliche Anrufer schon aufgelegt.

Emily zog hastig einen Zettel und einen Stift aus der Tasche und kritzelte einige Notizen auf das Papier.

»War das – «, fragte Lisa.

»Ruhe«, zischte sie und schrieb weiter. »Entschuldige«, sagte sie dann. Lisa konnte schließlich nichts dafür. »Aber ich musste das schnell aufschreiben. Sonst vergesse ich das …« An die zweite Hälfte des Satzes wollte sie lieber nicht denken.

Wenn wir dich nicht innerhalb von dreißig Minuten dort sehen, wird die Person, die du gerade auf deinem Display gesehen hast, sterben!

»Verdammter Mist«, sagte Emily, »ich muss sofort Ryan anrufen!«

Sie sprang auf und schaute auf die Uhr. Nur noch achtundzwanzig Minuten.

* * *

»Jonathan«, sagte sie knapp zu Ryan, als dieser kurz darauf in die Bibliothek eilte. »Er ist es.« Sie biss die Zähne zusammen und schaute auf die Uhr. »Und wir haben weniger als eine halbe Stunde Zeit.«

»Wofür?«

Sie las Ryan die Fragestellung vor.

Der sah sie ratlos an. »Babylon ging unter«, wiederholte er. »Weil es voller Sünde war.« Er schaute sie an. »So wie die Welt vorher. Meint er die Welt vor Babylon?«

Emily zuckte die Schultern. »Wahrscheinlich. Er bezieht sich ja auf einen Noah. Wenn das *der* Noah ist …«

»Du meinst den mit der Sintflut und der Arche?«, ergänzte Lisa.

»Klar! Wer sollte das sonst sein?« Emily nestelte hektisch an ihrem Smartphone herum. »Noah hatte doch alle Tiere mit sich in die Arche genommen. Und dann kam die Sintflut und hat alles Leben ausgelöscht.«

Sie blickte sich aufgeregt um.

»Lass uns mal langsam los«, sagte sie. »Die Zeit ist bald um.«

Er hielt sie am Arm. »Aber wir wissen doch gar nicht, wo wir hinmüssen! Vielleicht fahren wir in die völlig falsche Richtung.«

»Verdammt!« Emily musste sich beherrschen, nicht mit dem Fuß aufzustampfen. »Wir müssen doch … Was kann er nur …? Vielleicht – «

»Was?«, unterbrach Ryan sie. »Hast du die Lösung?«

»Nein, aber lass uns trotzdem ein Taxi nehmen. Sobald wir mehr wissen, sagen wir dem Fahrer, wo er hinfahren soll. Uns läuft die Zeit davon, wir können nicht in aller Seelenruhe weiter herumtüfteln.«

Sie sprang auf. »Also, Ryan, los geht's. Lisa, bis später!«

Sie rannten nach draußen auf die Straße und winkten ein Taxi herbei. Der gelbe Wagen bremste mit quietschenden Reifen. Schnell stiegen sie ein.

»Wo soll's hingehen?«, fragte der Fahrer Kaugummi kauend.

»Das wissen wir noch nicht.« Sie schaute auf die Uhr. Noch zwanzig Minuten.

»Was?« Er drehte sich um. »Lasst mich raten: Ich soll mit lauter Musik einfach so um den Block fahren, richtig?«

»Nein!« Emily griff in ihre Tasche. »Hier sind zwanzig Dollar. Die reichen ja wohl fürs Erste. Um den Block fahren sollen Sie in der Tat, aber ohne Musik.« Der Fahrer nahm verdutzt das Geld entgegen. »Wir müssen nachdenken. Und wenn wir nachgedacht haben, wissen wir auch, wo wir hinwollen.«

Der Fahrer schüttelte den Kopf. »Die meisten wissen das vorher. Aber was soll's? Geld ist Geld.« Er bog links ab und fuhr um den Häuserblock.

»Also«, sagte Emily. »Die anderen. Was meint er damit?«

Gehe also zu dem Jonas, dort, wo die Reste der anderen sind.

»Die anderen können doch nur die sein, die übrig geblieben sind, weil sie mit Noah unterwegs waren.«

»Stimmt.« Emily nickte. »Und das waren doch fast alles Tiere, oder?«

»Also ein Zoo?«, schlug Ryan vor. »Kann das sein?«

»Gibt es hier in der Nähe einen Zoo?«, fragte Emily den Fahrer.

Der hob die Augenbrauen. »Hier gibt's 'nen Haufen Zoos. Gleich im Süden der Central-Park-Zoo. Dann gibt es noch – «

»Gibt es auch einen Jonas-Zoo?«, fiel Emily dem Fahrer ins Wort. Sie erinnerte sich an den ersten Satz des Irren.

Gehe zu dem Jonas. Vielleicht gab es einen Zoo, der so hieß?

Doch der Fahrer schüttelte den Kopf. »Jonas-Zoo, nie gehört.«

Sie blickte wieder auf die Uhr und schaute Ryan an. Nur noch achtzehn Minuten. Und sie mussten die Taxifahrt auch noch einrechnen. Und ob es Stau gab oder Baustellen, das wussten sie auch noch nicht. Sie merkte, wie ihre Hände zu zittern begannen und sich ein trockener Kloß in ihrer Kehle bildete.

»Zu dem Jonas«, wiederholte sie, »was kann das sein?«

Ryan zog sein Smartphone. »Ich schaue mal, was für ›Jonase‹ es in New York gibt.«

Der Taxifahrer schaute sie durch den Rückspiegel mit offenem Mund an. Sie konnte sich denken, was er dachte. *Was für Verrückte sind das?*

»Was hätten wir denn da anzubieten?« Ryan begann vorzulesen. »Jonas Furniture. Hans Jonas, Joan Jonas.« Er schaute nach vorn zum Fahrer.

»Sind das irgendwelche Orte, wo es auch einen Zoo gibt?«

Der blickte noch verwunderter drein. »Jonas Furniture? Ein Zoo in einem Möbelgeschäft? Scheiße, nein!«

»Okay«, sagte Ryan, »was haben wir noch?«

Emily blickte ihm über die Schulter. »Hier ist von einem Jonas Bronck die Rede.«

»Na und?«, fragte Ryan. »Das ist eine Person. Eine Person wird ja wohl kaum ein Zoo sein.«

»Wenn es ein Zoo ist.«

»Gehen wir mal davon aus, es ist ein Zoo. Was haben wir noch?«

»Dr. Darrell Jonas, New York Jonas Team, die gibt es auch auf Twitter, und Joe Jonas.« Er scrollte weiter. »Dann wird es immer diffuser.«

Emily blickte angestrengt nach draußen, wo sie in der seltsamen Rundfahrt des Taxis immer und immer wieder den großen Häuserblock von allen Seiten sah. »Was unterscheidet Jonas Furniture und Hans Jonas von Jonas Bronck?«

Ryan blinzelte zur Decke. »Zweimal ist es der Nachname, einmal der Vorname. Aber ein Name kann doch kein Ort sein.«

»Falls ich euch helfen kann«, mischte der Fahrer sich ein. »Früher sagte man oft: Wir gehen zu den Wilsons. Oder wir gehen zu den Johns.« Er schaute sich um. »Dann kann es auch ein Ort sein.«

»Sie meinen, so wie *Johns Hopkins*? Das Universitätsklinikum?« Das war Ryan.

»Vielleicht.« Der Fahrer schob das Kaugummi in die andere Backentasche. »Dachte, ich helfe euch mal etwas, sonst fahren wir hier morgen noch im Kreis.«

»Ergibt das Sinn?«, fragte sich Emily. »Wir gehen zu den Jonases oder Johns? Nein, das macht keinen Sinn. Was haben wir

dann? Jonas Bronck, hast du eben gesagt. Wir gehen zu den …«
Ihre Augen öffneten sich. »Zu den *Broncks*?«

Zu den Broncks?

Sie wandte sich wieder an den Taxifahrer. »Kann man das sagen? Zu den Broncks?«

Seine Augen weiteten sich. »Klar, Mann! Das ist die Bronx!«

Zu den Broncks. In die Bronx.

Sie schaute Ryan an. »Kann das sein? Check das mal schnell!«

Er tippte in sein Smartphone.

»Scheint zu stimmen«, meinte er dann. »Jonas Bronck war ein schwedischer Einwanderer, der eine Farm nahe der Innenstadt von Manhattan hatte. Wenn man die Farm besuchen wollte, sagte man: ›Wir gehen zur Broncks-Farm‹ oder nur ›zur Broncks‹. Danach wurde dann das Viertel benannt: The Bronx.« Er scrollte weiter. »Ist seit dem ersten Januar 1874 die nördlichste Gemeinde von New York.«

»Ab in die Bronx!«, rief Emily dem Fahrer zu.

Der nickte, erleichtert, das er dem Brummkreisel-Rhythmus entkommen war.

»Und wohin dort?«, fragte Emily und sah erst den Fahrer und dann Ryan an. »Gibt es da einen Zoo?«

»Klar, Lady, was denken Sie denn?«, antwortete der. »Den New York Botanical Garden. Auch genannt Bronx-Zoo.«

Sie schaute auf die Uhr.

»Nur noch fünfzehn Minuten. Schaffen wir das?«

Der Fahrer lachte und zeigte seine weißen Zähne. »Wenn *ich* fahre, schon!«

19

Der Fahrer war schon gerast wie der Teufel, doch Emily hatte trotzdem das Gefühl, dass sie zu spät war. Sie rannte zum Eingang vom Bronx-Zoo und stellte sich direkt vor das Eingangstor. Wenn sie noch im Zeitrahmen war, dann gerade so eben.

»Hier bin ich, hier!«
Da summte ihr Handy.
Wieder eine SMS.

ZU SPÄT EMILY, stand dort. EIN OPFER STIRBT! UND DAS SPIEL DER ANGST GEHT WEITER.

Spiel der Angst.
Emily merkte, wie ihr schlecht wurde.
Dann sah sie das Foto.
Das Gesicht von Mary.
Ganz weit oben.
Die Hände ausgebreitet.
Der Mund aufgerissen.
Das Gesicht verzerrt.
Die Augen voller Panik.

Die Kehle nur noch ein blutiger Schnitt.
Er hatte sie umgebracht!
Das Spiel des Lebens war beendet. Der Irre hatte mit einem neuen Spiel begonnen.
Jetzt gab es keine Ausflüchte mehr.
Sie musste Carter anrufen.

* * *

Er beobachtete sie durch sein Fernglas, zusammen mit Ryan, ihrem irischen Märchenprinzen. Sie standen vor dem Eingang des Zoos.

Gut, dachte er, sie hat den Auftrag erfüllt, und das sogar ziemlich schnell. Aber leider nicht schnell genug. Allzu stark nachgelassen hat sie nicht in dem einen Jahr. Aber viel besser ist sie auch nicht geworden. Schauen wir mal, was für Aufträge wir noch für sie auf Lager haben. Babylon ist groß, und bevor es fällt, wird es für unsere Emily noch viele schöne Überraschungen parat haben.

Er nahm das Fernglas von den Augen, steckte das Handy in die Tasche und stieg in ein Taxi Richtung Süden.

20

Emily war verzweifelt. Sie erklärte Carter nun schon zum dritten Mal die ganze Geschichte. Der schien erst langsam wach zu werden und zu begreifen. In London war es erst kurz vor sieben Uhr morgens.

»Er muss es sein«, wiederholte sie zum vierten Mal. »Er stellt mir ähnliche Rätsel. Dann diese Jagden. Und er hat Mary Barnville ermordet. Ich habe das Bild gesehen. Von ihrer Leiche.«

Sie hörte, wie Carter sich am anderen Ende der Leitung räusperte.

»Weiß die New Yorker Polizei schon davon?«

»Sie muss davon wissen, wenn sie nicht ganz blöd ist«, schnappte Emily. »Ich habe im Internet nachgeschaut, das Bild ist bereits in verschiedenen Zeitungen. Dieser Irre wollte mit seiner Tat die ganze Stadt schockieren.«

Ryan stand bei ihr und sah sie aufmerksam an.

»Na ja, in New York nicht so einfach«, murmelte Carter, »die sind einiges gewohnt.«

»Aber nicht das, was dieser Irre macht!«

»Was heißt, dieser Irre?« Carter schien sie nicht verstehen zu wollen. »Das ist New York! Da gibt es eine Menge Irre. Auch wenn die mit der Zero-Tolerance-Politik aufgeräumt haben, gibt es da immer noch – «

»Nein!« schrie Emily fast. »Es ist Jonathan!«

»Ms Waters«, sagte Carter nun in beschwörendem Tonfall, wie ein Psychologe, »wir haben doch die DNA von diesem Jonathan Harker analysiert«, beteuerte Carter. »Er ist ganz sicher tot. Von einer U-Bahn zerstückelt. So tot, wie man nur sein kann! Der steht nie wieder auf. Und er könnte auch gar nicht laufen. Ohne Beine!«

»Sehr witzig«, sagte Emily. »Was haben Sie denn für Beweise, dass er es *nicht* ist?«

»Wir haben die DNA der Leiche mit Vergleichsproben abgeglichen«, fuhr Carter fort. »Die haben wir aus der Wohnung von Jonathan genommen. Von der Haarbürste, dem Rasierer und der Zahnbürste. Wie man das halt macht.«

Emily blickte aus dem Fenster ihrer Wohnung auf den Riverside Park und den Hudson River, der träge und beschaulich gen Süden floss.

»Die DNA, die wir in der Wohnung von Jonathan Harker gefunden haben, war absolut identisch mit der von der Leiche.« Carter schien sich richtig zu bemühen, Emily überzeugen zu wollen. »Die Chance, dass es da Verwechslungen gibt, liegt bei null.«

»Ich verstehe das nicht«, sagte Emily. »Haben wir es hier mit einem Phantom zu tun? Und überhaupt: Ist es nicht etwas viel Zufall, dass es nun gerade Mary Barnville erwischt? Die, an der Jonathan sich höchstwahrscheinlich ohnehin noch rächen wollte? Und deren Lebensgefährten er letztes Jahr in London umgelegt hat?«

»Vielleicht«, erwiderte Carter. Offenbar war endlich der Groschen gefallen. »Ich werde mit den Kollegen in New York sprechen, damit die ein Auge auf Sie haben. Denn Sie haben recht.« Er zögerte einen Moment. »Von der Herangehensweise klingt das sehr nach *ihm*.« Er machte eine Pause. »Haben Sie was zu schreiben?«

»Ja.«

»Dann sollten Sie mit Detective Robert Jones vom New York Police Department Kontakt aufnehmen. Und sagen Sie ihm auch, dass Sie ein Bild von dieser Leiche, dieser Mary, bekommen haben. Ich kenne ihn, und wenn ich ihn vorher anrufe, wird das schneller gehen. Bringen Sie ihm das Foto mit. Und halten sie mich auf dem Laufenden. Mary Barnville ist schließlich britische Staatsbürgerin.«

»Mach ich«, sagte Emily.

Er diktierte ihr die Nummer von Detective Jones.

Sie beendete das Gespräch und blickte Ryan an.

»Das ist doch einfach unglaublich«, regte sie sich auf. »Ein Jahr ist vergangen, und jetzt geht es von vorne los. Wahrscheinlich läuft das jetzt so bis zu meinem Geburtstag und dann wird er wahrscheinlich …«

Ryan nahm sie in den Arm. »Das weißt du doch gar nicht«, versuchte er sie zu beruhigen. »Vielleicht ist es wirklich ein Trittbrettfahrer. Und er hat uns ja nichts getan. Er hat uns nur diese SMS geschrieben und einmal durch die Stadt gejagt.«

»Und das willst du jetzt jeden Tag haben?«, fragte Emily. »Dass uns irgendein Geisteskranker anruft und SMS schickt und wir dann machen müssen, was der will? Ist das deine Traumvorstellung von einem Studium in New York?«

Ryan schaute betreten drein. »Natürlich nicht«, gab er zu. »Hast du schon mit deinen Eltern gesprochen?«

Sie schüttelte den Kopf. »Nein.« Sie sah das sorgenvolle Gesicht ihrer Mutter bereits vor sich. »Die würden mich doch sofort nach London zurückholen. Und würde das etwas ändern? Nein! Der Irre würde bestimmt sofort hinterherkommen. Er ist ... er ist wie die Pest.« Sie merkte, wie Tränen ihre Augen füllten. »Er ist überall, und nirgends ist man vor ihm sicher.«

21

Er hatte das Gespräch zwischen Emily und Carter abgehört. Sie hatten also die DNA-Profile abgeglichen. So, so. Von der Leiche und von der Haarbürste, der Zahnbürste und dem Rasierer in seiner Wohnung. Tüchtig.

Das hatten sie gut gemacht. Bravo und hurra!

Was würde man als Bürger nur tun, ohne diese schlauen und fleißigen Polizisten von Scotland Yard?

Dumm nur, wenn die Haarbürste, die Zahnbürste und der Rasierer gar nicht von Jonathan Harker sind, sondern von Bill.

Armer Bill, dachte Jonathan.

Als ich ihn gebeten habe, mir seine Toilettenartikel zu geben, hat er noch nicht gewusst, dass er damit sein eigenes Todesurteil unterschrieben hat.

Das Leben ist halt nicht immer gerecht.

Nur der Tod kommt für jeden.

Für manche früher, für manche später

Und für unsere kleine Miss Waters oder ihren Freund vielleicht eher früher als später.

22

Sie waren zur Polizei gegangen, so wie es Carter ihnen empfohlen hatte. Im New York Police Department, auch genannt NYPD, hatten sie Detective Jones das Bild gezeigt. Die Kollegen hatten herausgefunden, wo das Bild mit der Leiche aufgenommen worden war. In der Nähe des Woolworth Building in Süd-Manhattan.

Für die Polizei war das Bild offenbar nichts Neues. Die Kollegen ermittelten bereits, und die Bilder, die irgendwie an die Presse gelangt waren, hatten ihre Schockwirkung nicht verfehlt. Auch wenn sich in New York einiges schneller drehte und bewegte als in anderen Städten und sich die Menschen ebenso schnell wieder beruhigten, wie sie sich aufregten.

»Sie kennen diese Dame?«, hatte der Detective gefragt, der sich als Detective Jones vorgestellt und gleich hinterhergeschoben hatte: »Aber Sie können mich Robert nennen. Oder ganz einfach Bob.«

Emily hatte ihm einen Teil der Geschichte erzählt. Ein wenig wusste Jones offenbar schon von Carter, mit dem er vorher telefoniert hatte. Ob sie sich bedroht fühlen würde, hatte Jones gefragt. Und dann hatte er ihr geraten, sich sofort zu melden, wenn etwas Ähnliches wieder passieren würde. Vorher wollte er aber mit Carter telefonieren, um sich über den aktuellen Stand des Falls zu informieren.

Doch in einem Punkt biss Emily auch hier auf Granit, dass derjenige, der sie belästigte, auch der sein sollte, der Mary Barnville umgebracht hatte, das wollte auch hier keiner wahrhaben. Und Emily wusste schon, warum sie sich erst so gesträubt hatte, zur Polizei zu gehen. Vielleicht war der Zusammenhang für einen Polizisten in New York ja wirklich nicht zu sehen? Vielleicht musste Carter erst dabei helfen, dass seine New Yorker Kollegen den Zusammenhang sahen, denn er hatte den Irren ja in London selbst erlebt.

Vielleicht aber waren Bob und seine Jungs einfach nur faul und wollten nicht noch mehr Arbeit, als sie ohnehin schon hatten.

»Da können wir nichts machen«, sagte Jones, als Emily ihn noch einmal auf die fingierte Entführung von Ryan angesprochen hatte.

Das, was Jonathan oder wer auch immer mit der Kleiderpuppe in ihrem Zimmer gemacht habe, sagte er, sei leider nicht strafbar, es sei eher das, was man »groben Unfug« nennt. Allenfalls Hausfriedensbruch. Emily sollte doch überlegen, ob sie nicht die Schlösser auswechseln lassen solle, wenn Unbefugte einfach so in ihre Wohnung eindringen würden.

»Was ist mit Stalking?«, hatte Emily verzweifelt gefragt. Irgendwie musste doch diesem Jonathan beizukommen sein, wenn sie nicht schon wieder ihre Eltern anrufen wollte und sich dann entweder in Gesellschaft von irgendwelchen Leibwächtern oder gleich im Flugzeug zurück nach London wiederfinden würde.

»Nein«, hatte Jones widersprochen. »Gegen Stalking können wir erst vorgehen, wenn dieser Typ sich Ihnen zu sehr nähern sollte.« Er hatte sie angeschaut. »Wie nahe ist er Ihnen denn gekommen? Konnten Sie ihn sehen?«

Emily musste den Kopf schütteln. »Nein, und das ist es ja gerade. Er nähert sich nicht. Er nähert sich nie, aber er ist trotzdem da.«

Dadurch war er schlimmer als jeder Stalker. Und genau deswegen war er auch nicht zu schnappen. Es war zum Mäusemelken.

Jones blätterte derweil in seinen Unterlagen. »Und Sie meinen, dass der Typ, der diese Kleiderpuppe in Ihr Zimmer gestellt hatte«, Jones hatte sie fragend mit seinen wasserblauen Augen angeblickt, »Sie meinen, dass es derselbe war, der Mary Barnville an der Antenne aufgehängt hat?«

»Ich meine es nicht, ich weiß es!«

Detective Jones hatte die Schultern gezuckt. »Schön, dieser Jonathan, wenn er es denn war, hat Ihnen eine SMS geschickt – mit dem Foto der Leiche. Das kann aber auch ein Versehen sein, vielleicht gab es einen Zahlendreher.«

»Es ist aber kein Versehen!« Emily hätte am liebsten mit dem Fuß aufgestampft. »Ich biete Ihnen an, in einem Mordverfahren zu helfen, und Sie wollen meine Hilfe einfach nicht!«

Jones hob beschwichtigend die Hände. »Wir freuen uns immer, wenn uns der Bürger tatkräftig bei unserer Arbeit unterstützt!« Das hatte er wahrscheinlich von der NYPD-Website abgelesen.

»Offenbar ja nicht!«, fauchte Emily. Es fiel ihr zusehends schwer, ihre Wut unter Kontrolle zu halten.

»Es gibt noch etwas, was dagegen spricht.« Jones kratzte sich am Kopf und sortierte seine Akten. »Laut Scotland Yard ist dieser Mann, dieser Jonathan Harker, seit mehr als einem Jahr ... tot.«

23

TAG 3: MONTAG, 3. SEPTEMBER 2012

Am Sonntag hatte sich nichts mehr ereignet. Hinter Emily lag allerdings eine lange, unruhige Nacht. Völlig übermüdet stand sie nun während der kurzen Pause zwischen zwei Vorlesungen in der Cafeteria der Columbia University mit einer kleinen Gruppe von Leuten zusammen, zu der auch Lisa und Marc gehörten. Ryan war nicht dabei, er hatte gerade ein Gespräch mit einem Professor wegen einer Seminararbeit.

Da klingelte plötzlich Emilys Handy.

Eine anonyme Nummer.

Ihr blieb fast das Herz stehen.

Sie nahm den Anruf an.

»Hallo, Emily.«

Sie hörte die verzerrte, metallische Stimme und entfernte sich von der Gruppe. Rasch holte sie ihr Schreibheft heraus und einen Stift, um sich alles aufzuschreiben, was dieser Irre wieder an Rätseln auf sie abfeuern würde.

»Die Menschen von Babylon bauten einen riesigen Turm. Und wurden deswegen von Gott gestraft«, sagte die Stimme. »Und auch heute noch geht diese Gigantomanie weiter.« Die Stimme sprach weiter. »Gehe also zum großen Johannes und hinterlege an dem apokalyptischen Eingang den Betrag, für den dieser Ort gekauft worden ist.«

Emily kritzelte hastig die Wörter in ihr Heft.

»Welchen Betrag?«, schrie sie.

Alle drehten sich zu ihr um.

»*Den* Betrag, Emily«, antwortete die Stimme. »Wenn du nicht dumm bist, dann wirst du wissen, was wir meinen. Ach ja ...« Die Stimme machte eine Pause. »Du hast wieder dreißig Minuten Zeit. Bin ich nicht gnädig?«

Gnädig, dachte Emily. Der war in etwa so gnädig wie ein Scharfschütze.

»Und was ist der große Johannes?«, platzte es dann aus ihr heraus. Vielleicht gelang es ihr, diesen Psychopathen eine Zeit lang am Telefon zu halten und noch mehr herauszufinden.

»Er ist, was er ist. Ach ja ...«

»Was?«, fragte Emily panisch. Vielleicht bekam sie ja doch noch eine Information.

»Ich schicke dir gleich noch ein Bild«, sagte die Stimme. »Darauf siehst du, was passiert, wenn du *nicht* tust, was ich will.«

Die Verbindung endete.

Emily schaute eine Zeit lang wie hypnotisiert auf ihr Handy.

Dann kam die SMS.

Es war ein Foto. Es war ein Foto von ihrem Zimmer. In der Mitte des Zimmers stand ein Kanister. Mit einem Zünder. Und einem Explosivzeichen.

JA, DU HAST RECHT, stand darunter. DAS IST EINE BRANDBOMBE. IN EUREM ZIMMER. WENN DU VERSAGST, WIRD DIE BOMBE EXPLODIEREN. UND NOCH

ETWAS: SOLLTEST DU JETZT IN DEIN ZIMMER RENNEN, EXPLODIERT DIE BOMBE SOFORT. ICH SEHE DICH!

Sie versuchte die aufkeimende Panik zu unterdrücken.
Dann nahm sie ihr Handy und rief Ryan an.

24

Ryan und Emily waren in der Bibliothek und blätterten hektisch durch verschiedene Bücher.

»Der große Johannes«, sagte Emily. »Was kann das sein? Wir brauchen eine schnelle Lösung!« Sie schaute auf die Uhr. »Nur noch fünfundzwanzig Minuten!«

Ryan blies die Backen auf und atmete aus. Sie hatte ihn vorhin kaum davon abhalten können, in die Wohnung zu stürmen. Der Irre wäre sicher ohne Weiteres in der Lage gewesen, die Bombe sofort zu zünden.

»Der erste Johannes, den ich kenne, ist entweder Johannes der Täufer oder Johannes der Evangelist.«

»Also eine Kirche?«

»Vielleicht.«

Emily sprang auf und klickte sich an ihrem Laptop durch die Google-Einträge.

»Aber es gibt doch bestimmt Dutzende von Johannes-Kirchen in New York«, sagte sie. »St. John the Baptist, St. John on the Hill, St. John was auch immer.« Es war zum Ausrasten.

»Großer Johannes«, meinte Ryan. »Vielleicht ist diese Kirche besonders groß.«

Emily nickte. »Und er hat die Story ja mit dem Turm von

Babel eingeleitet. Der dürfte auch nicht allzu klein gewesen sein.«

Sie sprang auf und rannte zu einem der Regale. Dort holte sie ein Buch mit den Kirchen New Yorks hervor. »Vielleicht haben wir ja hier eine Übersicht, was die Größe angeht.«

»Trinity Church«, murmelte sie. »Die steht an der Wall Street. Und heißt auch ganz anders. Die wird es nicht sein. Grace Church, besonders bekannt für ihre präraffaelitischen Fenster, was auch immer das sein mag, dann, ah, hier ...« Sie hielt einen Moment inne. »St. John the Baptist Church. Johannes der Täufer. Liegt am Herald Square. Hier steht: *Die kleine katholische Kirche wirkt im Herzen des Fur District fast verloren.*« Sie schaute Ryan enttäuscht an. »Das klingt nicht nach *großem Johannes.*«

Ryan nickte und schaute auf die Uhr. »Wir haben nicht mehr viel Zeit.«

»Das weiß ich auch!« Emily wurde zornig. »Nur noch zwanzig Minuten.« Wie sie das schaffen sollten, war ihr ein Rätsel. Vor allem, wenn die Kirche am anderen Ende der Stadt lag. Was sie nicht wundern würde.

»Was haben wir noch«, las sie weiter. »St. Patricks Cathedral. Die muss es sein! Hier!« Er rückte näher zu ihr. »Sie ist die größte katholische Kirche der Vereinigten Staaten. Und außerdem das prächtigste neugotische Bauwerk in New York. Aber das Wichtigste ist, dass sie die größte Kirche New Yorks ist. Verstehst du? Die *Größte.* Wo ist die noch?«

Sie blätterte hektisch zum Stadtplan.

»Emily ...«, setzte Ryan an.

»Upper Midtown«, unterbrach sie ihn. »In der Nähe der Lexington Avenue. Wir müssen runter Richtung Central Park und dann ... Wir könnten es schaffen – «

»Emily«, sagte Ryan noch einmal. »Ich weiß nicht, ob das richtig ist.«

»Warum nicht?«

»Da steht *größte katholische Kirche der USA*. Es kann aber doch sein, dass der *große Johannes* eine evangelische Kirche ist?«

Emilys Gesicht verfinsterte sich. Jetzt war sie der Lösung so nahe, und die sollte nicht stimmen?

»Und außerdem«, fuhr Ryan fort, »heißt diese hier St. Patrick und nicht St. John. Das kann doch nicht sein!«

Emilys Mundwinkel sackten weiter nach unten. Männer konnten wirklich Spielverderber sein. Sie blickte wieder auf die Uhr. Nur noch achtzehn Minuten!

»Verdammter Mist«, schimpfte sie, »schauen wir also weiter.«

Sie sah gleichzeitig auf die Uhr und auf die Seiten des Buches, während der Minutenzeiger der Uhr sich unbarmherzig fortbewegte. Dann blieb ihr Blick haften.

»St. John the Divine«, murmelte sie. »Johannes der Göttliche.«

»Was?« Ryan reckte seinen Kopf nach vorn.

»Der Bau«, las Emily vor, »wurde 1892 begonnen und ist schon zu zwei Dritteln abgeschlossen. Wenn sie dann einmal fertig ist«, sie blickte Ryan an, als wäre sie schon eine Professorin, »ist sie hundertachtzig Meter lang und fünfundvierzig Meter breit und damit, halt dich fest, die größte Kathedrale der Welt!«

»Wie bitte?« Ryan beugte sich noch weiter vor.

»Hier steht: Selbst wenn man das Geld für die Vollendung zusammengekratzt kriegt, wird es wohl noch fünfzig Jahre dauern, bis sie fertig ist.«

Ryan blickte kritisch drein. »Ist sie dann wirklich die größte? Oder wird sie nur die größte, wenn sie dann mal fertig ist?«

»Völlig egal!« Emily zuckte die Schultern. »Gehen wir doch einfach davon aus, dass sie es ist.« Sie schaute wieder auf die Uhr. »Außerdem haben wir nur noch fünfzehn Minuten. Wir sollten uns also beeilen. Wo ist die denn?«

Ryan schaute auf das Buch.

»Glück im Unglück«, sagte er.

»Wieso?«

»Die ist gleich um die Ecke. Du erinnerst dich doch? Dieses riesige, halb fertige Ding im Süden des Campus an der Amsterdam Avenue.«

»Das ist hier?« Emily merkte die Erleichterung. »Dann können wir ja sofort – «

»Wir wissen noch nicht alles«, fiel Ryan ihr ins Wort. Emily ärgerte sich manchmal über ihn. Männer konnten einem so schnell die Freude vermiesen.

Er schaute auf Emilys Notizen.

Gehe zum großen Johannes und hinterlege an dem apokalyptischen Eingang den Betrag, für den dieser Ort gekauft worden ist.

»Was ist der apokalyptische Eingang?«, fragte Ryan.

Emily stand auf. »Woher soll ich das wissen? Das klären wir unterwegs. Vielleicht sehen wir es, wenn wir da sind?«

Sie spurteten am Eingang der Bibliothek vorbei und rannten fast eine Gruppe von Studenten über den Haufen.

Noch zehn Minuten!

»Und der Betrag?«, fragte Ryan im Rennen.

Da fiel Emilys Blick auf Professor Bayne, der sich Richtung Hauptgebäude bewegte. Ohne lange zu überlegen, bog sie ab und blieb schnaufend vor ihm stehen. »Professor Bayne?«, sagte sie und versuchte sich die Erschöpfung nicht anmerken zu lassen.

Er drehte sich um. »Emily! Was gibt es? Waren Sie joggen? Da sollten Sie aber Sportkleidung anziehen und – «

»Nein«, unterbrach Emily ihn. »Wir, äh …« Sie wusste nicht, wie sie Professor Bayne die Story mit Jonathan beibringen sollte. Alles zu erklären würde viel zu lange dauern. Und die Uhr tickte. Vielleicht einfach eine Geschichte erfinden. Eine, die halbwegs glaubhaft klang. »Wir spielen mit ein paar Kommilitonen gerade ein New-York-Quiz und da, äh … ist eine Frage …«

Er drehte sich komplett um.

»Was für eine Frage?«

Emily kam sich selten blöd vor. Gleichzeitig hatte sie überhaupt keine Zeit für lange Erklärungen.

»Die Frage, ob es einen Betrag gibt, für den dieser gesamte Ort gekauft wurde.«

»Dieser gesamte Ort?«, fragte Bayne und hob die Augenbrauen. »Meinen Sie damit Manhattan?«

Das wusste sie selbst nicht.

Nun komm schon in die Gänge, dachte sie. »Ich vermute schon.«

Er schaute einen Moment in die Ferne. »Soweit ich weiß, war Manhattan früher mal eine indianische Siedlung mit dem Namen *Manna Hatta*, die von den Lenni Levape-Indianern bewohnt wurde. Ein holländischer Kaufmann hat ihnen die Siedlung abgekauft.«

»Für wie viel?« Mein Gott, das war doch die entscheidende Frage. Emily trat von einem Bein aufs andere. Aber woher sollte er auch wissen, dass es genau darum ging?

»Wie viel? Sie können Fragen stellen.« Bayne zuckte die

Schultern. »Das weiß ich leider nicht, aber ich bin sicher, dass sie es im Internet finden.«

»Danke«, sagte Emily und eilte zu Ryan zurück. »Vielen Dank!«

Und noch fünf Minuten!

* * *

Sechzig Gulden.

Für sechzig Gulden war die Siedlung gekauft worden. 1626. Das stand bei Wikipedia. Für so etwas Riesiges wie Manhattan war das trotz Inflation wie hinterhergeschmissen.

Sie rannten zum Südcampus, wo sich St. John the Divine riesig erhob. Vorher hatten sie sechzig Dollar aus ihren Portemonnaies zusammengekratzt. Es hatte gerade so gereicht. Noch eine Minute.

Gulden hatten sie nicht, aber vielleicht würden auch die Dollar ausreichen.

»Der apokalyptische Eingang«, sagte Emily außer Atem. »Wo ist der?«

»Hier ist der Haupteingang«, antwortete Ryan und schaute nach links und rechts. Ein Bettler saß nahe den Treppen und blickte sie kurz an. Emilys Blick flog hektisch über das Tor. Die Portale an der Westfront waren kunstvoll behauen. Einige der Motive waren Nachbildungen mittelalterlicher Skulpturen. Die Frage war nur, ob diese apokalyptisch waren. Daneben war eine New Yorker Skyline in den Sandstein gehauen. Wolkenkratzer wie das Woolworth Building und das Empire State Building waren zu sehen. Und dann noch zwei Türme: Die Türme des World Trade Centers. Die Türme, die es nicht mehr gab.

»Könnte es das sein?« Ryan blinzelte nach oben.

Emily blickte auf die Uhr. Nur noch dreißig Sekunden.

»Hat man nicht den 11. September oft mit der Apokalypse verglichen?«, fragte Emily.

Ryan nickte unentschlossen. »Aber wo sollen wir …?«

Emily schaute noch einmal auf die Uhr. Nur noch …

»Habt ihr nicht etwas für mich?«

Eine Stimme durchschnitt ihr Gespräch. Es war der blinde Bettler an der Treppe.

»Den Eingang habt ihr erkannt. Wo sind die sechzig Gulden?«

»Wir …« Emily blickte nach unten und wusste erst nicht, was sie sagen sollte. »Wir haben nur sechzig Dollar.«

»Auch gut!« Mit einem Mal sprang der Mann auf und ergriff die Scheine. Dann rannte er davon. Schneller, als man es einem Blinden zutrauen würde.

Bevor Emily auch nur ein Wort sagen konnte, war der Mann im Gewühl verschwunden.

Sie schauten eine Weile auf die Amsterdam Avenue und blickten sich dann ratlos an.

Da piepte ihr Handy.

Eine SMS.

GUT GEMACHT.

Mehr stand dort nicht.

Sie fluchte und steckte das Handy in die Tasche.

Kurz darauf klingelte ihr Telefon.

Sie erschrak, sah jedoch schnell, dass es keine anonyme Nummer war. Sondern ein Anruf aus London.

Sie nahm das Gespräch an.

»Hallo? Emily Waters hier.«

»Hier ist Inspector Carter von Scotland Yard«, sagte die Stimme am anderen Ende. »Ich fürchte, ich habe schlechte Nachrichten.«

25

»Was ist los?«, erkundigte sich Emily aufgeregt.

Carter druckste herum, so als wisse er nicht, wo er anfangen sollte.

»Die DNA am Tatort«, begann er. »Ich fürchte, Sie hatten … Na ja, ich fürchte …«

Emily überraschte gar nichts mehr.

»Sie fürchten, dass ich recht hatte?«

Emily konnte fast spüren, wie Carter am anderen Ende zerknirscht das Gesicht verzog.

»So ist es. Die DNA ist nicht von Jonathan Harker.«

»Sondern?«

»Von einem William Garrett, genannt Bill.« Carter nestelte am anderen Ende der Leitung an irgendetwas herum, wahrscheinlich fummelte er gerade eine Zigarette aus der Verpackung. »Der Kerl ist in einem Heim aufgewachsen, wurde mal auffällig, und deswegen hat man sein DNA-Profil gespeichert.«

»Und das fällt euch erst jetzt auf?« Emily war außer sich.

»Nun ja …« Carter war die Situation sichtlich unangenehm. »Wir hatten nur die DNA an der Leiche im U-Bahn-Schacht mit der in Jonathans Wohnung verglichen. Man schaut sich dann immer die naheliegenden Dinge an, wo sich DNA befindet. Kamm, Rasierer, Zahnbürste …«

Dieser Mistkerl, dachte Emily, er hat absichtlich Sachen mit der DNA von Bill in seiner Wohnung verteilt. Er wusste, wie die Ermittler ticken und was die Spurensicherung und die Rechtsmedizin sich als Erstes anschauen, vor allem, wenn die Leiche dermaßen deformiert ist, dass man kaum mehr etwas erkennen kann. Er hatte schon vorher gewusst, dass Bill vielleicht sterben muss. Und hat seine Badartikel wie Relikte, die man einem Toten vor seiner Reise ins Jenseits mitgibt, schon in seinem Badezimmer verteilt. Oh, dieser verdammte, durchtriebene Mistkerl.

»Das heißt, Sie haben zwar die DNA verglichen …«, begann sie.

»Ja. Aber wir haben sie nicht in der Datenbank gecheckt. Wir waren ja sicher, dass es Jonathan sein *muss,* der tot auf den Schienen liegt. Dass die DNA auf den Schienen von jemand anderem kommen könnte, das haben wir leider erst …«

»Sagen Sie es ruhig«, sagte Emily. »Das haben Sie erst ein Jahr später erfahren.«

Carter schwieg ein paar Sekunden. »So könnte man das sagen.«

»Glückwunsch!«

»Danke.«

»So war das nicht gemeint.«

»Ich weiß.«

Es gab eine kurze Pause.

»Was ich Ihnen nur sagen wollte«, begann Carter wieder, »und das sollten Sie auch den Kollegen in New York sagen …«

Emily wartete, welcher Geniestreich der Erkenntnis jetzt von Carter kommen würde.

»Es ist durchaus möglich, dass Jonathan Harker noch lebt. Und dass er sich vielleicht in Ihrer Nähe befindet. Und dass es damit möglicherweise auch wahrscheinlich sein kann, dass er für den Mord an Mary Barnville verantwortlich ist.«

Möglicherweise, wahrscheinlich, äffte Emily die Worte in ihrem Kopf nach. Toll, dachte sie dann. Was für eine grandiose Kombinationsgabe die heutigen Detectives so hatten.

»Dass er sich *vielleicht* in meiner Nähe befindet?«, fragte sie lauernd.

»Vielleicht schon«, sagte Carter leise.

»Wohl eher *bestimmt*, oder?«

»Vielleicht auch *bestimmt*«, entgegnete Carter zerknirscht.

»Danke für diese Information, ganz große Klasse!«, schimpfte Emily. Es war unglaublich, mit welcher Selbstverständlichkeit dieser Carter ihr da Sachen erklärte, die sie schon seit Tagen wusste und die er ihr nur nicht geglaubt hatte.

»Und was heißt das nun für mich konkret?«, fragte Emily. Sie erwartete eine Lösung, Hilfe, nächste Schritte. Und am liebsten einen Jonathan, der im Knast oder tatsächlich tot war.

»Das heißt für Sie, Ms Waters«, sagte Carter, »dass Sie weiterhin in Gefahr sind.«

»Oh, vielen Dank, Inspector Carter!« Jetzt reichte es Emily. »Darauf wäre ich allein nie gekommen.«

Sie presste ihren Finger auf den Knopf des Smartphones, um die Verbindung zu trennen. Mit viel mehr Kraft, als nötig war.

26

Emily und Ryan saßen in der Bar nahe des Campus. Vorher waren sie zunächst in ihr Zimmer geeilt. Zum Glück hatten sie dort keine Brandbombe vorgefunden. Entweder war sie nie dort gewesen oder man hatte sie wieder verschwinden lassen. Denn wie konnte sie sonst auf das Foto gekommen sein? Andererseits ließ sich mit Photoshop viel machen. Sie würden es wohl nie herausfinden.

Gemeinsam mit Ryan saß Emily nun in der Bar und versuchte, ein wenig zur Ruhe zu kommen. Das eigentümlich orange Leuchten nahm man schon von Weitem wahr, wenn man sich dem Campus von der Amsterdam Avenue kommend näherte. Dieses orange Licht bildete einen wohltuenden Kontrast zu dem Blauschwarz der angehenden Spätsommernacht. Ein Tisch am Fenster wurde gerade frei. Gespräche vom Nebentisch, an dem sich zwei Studenten unterhielten, schwappten herüber.

Die Bedienung kam an den Tisch, ein etwa fünfundzwanzigjähriges Mädchen mit orange gefärbten Haaren, ähnlich orange wie das Licht der Bar. Man sah ihr an, dass sie zur »Eigentlich«-Fraktion in New York gehörte. *Eigentlich studiere ich Kunstgeschichte und Tanz und bin zu Höherem berufen. Hier kellnern mache ich nur des Geldes wegen; also erwartet nicht zu viel Service.*

»Habt ihr euch schon entschieden?«, fragte sie Ryan und Emily.

»Ja, haben wir«, sagte Ryan. Sie bestellten zwei Colas. Die Bedienung verschwand.

Die beiden sahen sich an und schwiegen.

»Ich weiß nicht recht, was ich von alldem halten soll«, begann Emily schließlich. »Der Typ ist noch am Leben, er hat uns alle zum Narren gehalten. Und die Frage ist, was am neunten September wieder auf mich oder auf uns zukommt. Du weißt schon. An meinem Geburtstag.«

Ryan blickte aus dem Fenster. »Das Spiel des Lebens«, sagte er. »Und wie nennt er es jetzt? *Spiel der Angst?*«

Emily nahm Ryans Hände. »Ich hab über etwas nachgedacht und bin mir noch nicht ganz sicher, was ich machen soll.«

»Was denn?«, fragte Ryan.

Die Bedienung mit den orangenen Haaren kam und brachte die Getränke.

»Julia. Ich fände gut ...«, Emily zögerte kurz, »na ja, ich fände gut, wenn ...«

Ryan sah sie aufmerksam an. »Was denn?«

»Ich fände gut, wenn Julia uns bei dieser ganzen Sache hilft. Ich habe erst vorgehabt, sie aus allem rauszuhalten, sie hat ja schließlich in London viel gelitten. Aber ...« Sie suchte nach Worten.

»Sie ist halt deine beste Freundin«, ergänzte Ryan.

Emily nickte und lächelte. Schön, wenn man sich ohne Worte verstand.

»Ich würde sie gern anrufen und fragen, ob sie hierher

kommt und das alles mit uns gemeinsam durchsteht«, fügte sie hinzu.

Er zuckte wieder die Schultern. »Tja, dann mach das doch. Warum nicht?«

»Du hättest nichts dagegen?«, wollte sie wissen

»Warum sollte ich?«

Sie umfasste seine Hände jetzt fester. »Ryan, ich bin so glücklich mit dir. Ich wollte nicht, dass du den Eindruck hast, du seist unwichtig für mich und darum würde ich jetzt meine beste Freundin herholen, damit – «

»Schon verstanden«, sagte Ryan und küsste sie über den Tisch. »Manches braucht man halt doppelt.«

»Du bist süß. Es gibt da eine Vorwahl, mit der man günstiger nach England telefonieren kann.« Emily wühlte in ihrem Portemonnaie und ihrer Handtasche herum. »Wo ist denn diese Karte? Dann rufe ich sie gleich an. Ich weiß ja auch gar nicht, ob sie überhaupt kann und will und ob sie das Geld für den Flug hat. Sonst frage ich meinen Daddy, ob … obwohl, lieber nicht. Dann kommt gleich Mum, und ich muss wieder nach Hause.« Sie hatte ein kleines Kärtchen in der Hand und wählte eine Nummer.

Nach sechsmal klingeln meldete sich Julia. Und Emily fiel erst in diesem Moment ein, dass es dort früh am Morgen war.

Sie wechselten ein paar Worte, in denen Julia von völlig verschlafen zu hundertprozentig wach mutierte.

Nach sechs Minuten war das Gespräch beendet.

»Sie ist dabei«, teilte Emily Ryan mit. »*Die Psychopathenjagd ist eröffnet,* hat sie gesagt. Wäre doch gelacht, wenn wir diesen blöden Psycho nicht zusammen unschädlich machen könnten.«

»Werden wir«, stimmte Ryan zu. »*Three is company*, wie man in Irland sagt.«

»Zu dritt ist man eine Firma?«

Ryan nickte. »So ist es!«

Beide schwiegen.

»Irgendwann«, sagte Ryan nach einer Weile, »werden auch wir zu dritt sein. Oder noch mehr. Wir werden vielleicht zusammen ein Haus haben und Kinder und nur noch kopfschüttelnd an diese komische Zeit zurückdenken.«

»Das heißt, wir heiraten irgendwann?«, fragte Emily.

»Wahrscheinlich«, sagte Ryan und setzte wieder sein verschmitztes Lächeln auf, »würden alle sagen, es sei viel zu früh, um darüber nachzudenken. Aber ehrlich gesagt, freue ich mich schon darauf.«

Emily blickte aus dem Fenster. Draußen in der Nacht liefen einige Passanten mit schnellen Schritten durch die laue Spätsommernacht. Ihre Augen blickten auf irgendeinen unbestimmten Punkt, der weit entfernt war.

»Ich habe mal auf einem Ring bei *Tiffany* ein schönes Motto zum Heiraten gelesen«, sagte Ryan

»Und wie lautet das?«

Ryan lächelte sein Lächeln, das Emily schon immer fasziniert hatte. »Ich bin nicht so gut in so etwas, das weißt du!«

»Nun sag schon!«

Er wand sich eine Weile.

»Ewig dein, ewig mein … ewig uns.« Dann beugte er sich über den Tisch und küsste sie.

27

Emily kam nicht dazu, den Augenblick zu genießen. Den Kuss. In Ryans Armen zu liegen. Die Träume von einer gemeinsamen Zukunft.

Sie hörte das vertraute Piepsen ihres Handys, wenn eine SMS einging – einen Ton, der sie mittlerweile immer direkt in Panik versetzte.

Wie ein Roboter griff sie nach dem Handy.

Und öffnete die Nachricht.

IM ZWEITEN JAHR DER REGIERUNG NEBUKADNEZARS HATTE DIESER EINEN TRAUM. SUCHT DEN KOLOSS IN DIESEM TRAUM. IM SCHLIESSFACH MIT SEINER NUMMER FINDET IHR DEN SCHLÜSSEL. UND HALTET EUCH VON EUREN FREUNDEN BEIM NYPD FERN, BESONDERS VON DETECTIVE JONES. SONST BRAUCHT IHR KÜNFTIG KEINE POLIZISTEN MEHR, SONDERN BESTATTER. WENN IHR TOT SEID, HABT IHR ALLE ZEIT DER WELT. JETZT ABER HABT IHR NUR DREISSIG MINUTEN!

Mehr stand dort nicht.

»Verdammte Scheiße, was soll das schon wieder?« Sie zeigte Ryan die Nachricht. »Und er weiß auch, dass wir bei den Bullen waren. Und wieder tickt die Uhr!«

»Was weiß dieser Typ eigentlich nicht?«, meinte Ryan.

»Sollten wir nicht trotzdem lieber zur Polizei gehen?«, fragte Emily.

»Haben die uns groß geholfen bisher? Carter oder Jones?«, entgegnete Ryan.

»Ehrlich gesagt: Nein!«, bestätigte Emily.

»Egal!« Ryan machte eine Geste, als würde er die Unterhaltung mit der Handkante abschneiden. »Was machen wir jetzt damit?« Er zeigte auf die SMS.

»Nebukadnezar«, sagte Emily. »Das war dieser König von Babylon. Und das stand auch auf dem Brief, der gestern vor unserer Tür lag. Weißt du noch?«

»Nebukadnezar.« Ryan nickte. »Das Hovercraft von *Matrix*.«

»Unter anderem.«

Ryan schaute auf die SMS. »Hier steht allerdings nicht, was du machen sollst, wenn du diesen Koloss aus dem Traum gefunden hast.«

»Wir sollten aber vorbereitet sein«, erwiderte Emily und spürte das Adrenalin in ihren Adern. »Vielleicht kommt gleich die nächste Aufgabe. Und wenn wir dann nicht wissen, was diese Sache mit dem Traum soll, haben wir schlechte Karten.«

* * *

Emily traute sich nicht, Professor Bayne zu so später Stunde aufzusuchen, der ihr sicherlich hätte weiterhelfen können. Aber in Lisas Zimmer brannte noch Licht, also rief Emily sie an.

»Bald verlange ich Beratungshonorar«, scherzte Lisa. Dann wurde sie ernst. »Ist es wieder dieser … Typ?«
»Ja«, antwortete Emily. »Kannst du kommen? Schnell?«

Noch achtundzwanzig Minuten!

Ryan, Emily und Lisa rannten alle drei in die Bibliothek. Glücklicherweise war diese jeden Tag vierundzwanzig Stunden geöffnet, genau wie die in London.

Im zweiten Jahr der Regierung Nebukadnezars hatte dieser einen Traum.

Das war tatsächlich aus der Bibel. Die Bibelstelle war über Google recht einfach zu finden. Es war der Beginn des zweiten Kapitels im ersten Buch Daniel. Emilys Augen folgten dem Text:

Im zweiten Jahr der Regierung Nebukadnezars hatte dieser einen Traum. Sein Geist beunruhigte sich darüber, und er konnte nicht mehr schlafen. Da ließ der König die Wahrsager, Beschwörer, Zauberer und Kaldäer rufen. Sie sollten dem König über seinen Traum Aufschluss geben.

»Wer sind denn die Kaldäer?«, fragte Emily.

»Soweit ich weiß, die Einwohner von Babylon«, sagte Lisa.

Babylon. New York. Diesen Vergleich hatte Emily schon öfter gehört. Ob es da einen Zusammenhang gab, auf den Jonathan unbedingt hinauswollte? Dennoch! Die Zeit raste.

»Scheiß auf die Kaldäer«, sagte sie. »Lass uns lieber den Rest von Jonathans SMS anschauen. Der ist nicht so klar.«

SUCHT DEN KOLOSS IN DIESEM TRAUM. IM SCHLIESSFACH MIT SEINER NUMMER FINDET IHR DEN SCHLÜSSEL.

Aber vielleicht ergab sich das, wenn sie weiterlasen.

»Und was passierte dann?«, meldete sich nun Ryan zu Wort.

Lisa hatte schnell eine großformatige Bibel aus einem Regal gezogen. Sie war inzwischen von Emily in einen Teil der Ereignisse eingeweiht worden. Nicht nur, dass einer ihrer Mitstudenten ein seltsames Spiel mit ihr spielen würde, sondern dass es dabei auch um Leben und Tod ging. Noch mehr zu erklären, hätte viel zu lange gedauert und wahrscheinlich nur dazu geführt, dass Lisa Emily für komplett paranoid hielt.

»Nebukadnezar, der Herrscher von Babylon«, sagte Lisa. »Die Stelle, die dieser seltsame Typ meint, der dir immer SMS schreibt, steht, wie gesagt, am Anfang des Buches Daniel im Alten Testament. Und Nebukadnezar träumte schlecht.«

Emily nickte. Heute Nacht würde sie auch schlecht träumen. Wenn sie denn überhaupt schlafen könnte.

Lisa fuhr fort: »Er träumte von einem gigantischen Standbild mit einem Kopf aus Gold, einer silbernen Brust, kupfernen Hüften, eisernen Beinen und tönernen Füßen. Er sorgte sich um die Zukunft seines Reiches und beauftragte unterschiedliche Seher, seinen Traum zu deuten.«

»Hat er ihnen von seinen Träumen erzählt?« Das war Ryan.

»Nein, der war recht anspruchsvoll«, antwortete Lisa. »Sie mussten nicht nur seine Träume deuten, sondern vorher auch herausfinden, *was* er geträumt hatte.«

»Was für ein Quatsch«, meinte Emily. »Woher sollten die das wissen?«

»Da musst du Nebukadnezar fragen, aber genau deswegen waren sie wahrscheinlich Seher.« Lisa blätterte weiter. »Alle anderen scheiterten auch und wurden zur Strafe in einen Feuerofen geworfen.«

Ryan schüttelte den Kopf. »Sitten hatten die.«

Emily schaute abwechselnd auf die Bibel und auf die Uhr. Noch fünfundzwanzig Minuten.

»Alle scheiterten«, sagte Lisa. »Bis auf den Propheten Daniel. Der deutete den Traum so: Der Kopf aus Gold, so Daniel, war das babylonische Großreich, die Brust war das persische Reich, die Hüften waren Griechenland, und die Beine und Füße aus Eisen und Ton sollten das römische Imperium darstellen. Es war das Fundament, auf dem der Koloss stand und aus dem einmal der Westen und Europa entstehen sollten.«

Emily rückte näher an Ryan heran. »Okay. Und?«

Lisa sprach weiter. »All diese Reiche, so prophezeite Daniel dem König, würden nacheinander untergehen.«

»Der Koloss auf tönernen Füßen«, sagte Ryan. »Diese Redewendung. Kommt das …?«

Lisa nickte. »Das müsste aus dieser Prophezeiung stammen. Nebukadnezar jedenfalls warf sich vor Ehrfurcht vor Daniel nieder und beschloss, den Gott des Alten Testaments anzubeten.«

Emily schaute auf den Text.

Sucht den Koloss in diesem Traum. Im Schließfach mit seiner Nummer findet Ihr den Schlüssel.

28

»Gut, und was machen wir jetzt damit?«, fragte Emily. Die Zeit brannte ihr unter den Nägeln. Und sie ärgerte sich, dass die anderen beiden offenbar glaubten, sie hätten alle Zeit der Welt. Wahrscheinlich musste sie wirklich Julia dabei haben, die hatte sie auch in London schon begleitet. Die wusste, wie das ablief. »Hier ist von einem Schließfach die Rede. Mit seiner Nummer. Mit welcher Nummer?«

»Kann das ein Tresorschließfach sein? Und wir müssen eine Kombination eingeben?« Ryan gähnte und kratzte sich am Kopf.

»Ich hole mal meine Sachen.« Emily ging zurück zu dem Platz, wo sie ihre Tasche und ihre Jacke hingelegt hatte. Sie blinzelte.

Hatte der Umschlag eben auch schon dort gelegen?

Darauf stand ihr Name.

Für Emily.

Sie dachte nicht lange nach und öffnete den Umschlag.

Darin war ein Schlüssel.

Und ein Brief.

Sie hielt die Luft an und schaute sich um.

Er ist hier gewesen! Er war an ihrem Platz, während Emily,

Lisa und Ryan am Bücherregal am anderen Ende des Raumes zugange gewesen waren. Irgendjemand war hier gewesen! Der Irre? Der Spieler? Oder irgendeiner aus seiner Brut? Einer wie dieser William, dieser Bill, der ihm offenbar so hörig gewesen war, dass er sich für seinen Meister vor eine U-Bahn geworfen hatte? So einer schlich hier mitten in der Nacht um sie herum?

Noch zwanzig Minuten.

Sie atmete tief durch und nahm den Umschlag so, als würde sie eine giftige Schlange anfassen. Ebenso den Brief und Schlüssel und rannte zurück zu den anderen. Besser in Gesellschaft sein, wenn dieser Psychopath hier irgendwo herumlief.

»Er war hier«, sagte sie. »Das scheint der Schlüssel zu sein, den wir suchen.«

Lisa und Ryan hatten keine Zeit, Fragen zu stellen, denn Emily sprach schon weiter: »Der Brief ist genau so kryptisch, wie man es von Jonathan kennt.«

Herodot schrieb von Babylon, stand dort.

Er schrieb auch vom Persischen Reich. Dort, wo das in großer Schrift steht, was er geschrieben hat, passt dieser Schlüssel.

»Schöne Scheiße, oder?«, fragte Emily. »Jetzt haben wir gleich mehrere Rätsel auf einmal.«

»Herodot«, sagte Lisa. »Hat nicht Professor Bayne neulich von ihm gesprochen?«

»Ja«, fiel auch Emily nun ein. »Das war das Thema mit den dreihundert Spartanern.«

»Und was machen wir jetzt?«, fragte Ryan.

»Wir müssen dieses Schließfach finden«, erwiderte Lisa.

Emily blickte auf ihr Handy. Wieder eine SMS.

IHR HABT NICHT MEHR VIEL ZEIT. NOCH ACHTZEHN MINUTEN!

»Verdammt«, schimpfte Emily und tippte auf ihre Uhr. »Wir müssen los!« Gleichzeitig war sie dem Irren fast dankbar, dass er ihren Freunden etwas Druck machte.

»Ja und wo müssen wir hin?«, fragte Ryan.

»Wir müssen –« Da piepte ihr Handy noch einmal. Noch eine SMS.

IHR WISST JA: JULIA IST UNTERWEGS ZU EUCH. WENN IHR DAS RÄTSEL LÖST, BLEIBT IHR FLUGZEUG BIS ZUR LANDUNG OBEN. WENN NICHT …

Emily wurde weiß und musste sich am Tisch festhalten, um nicht umzukippen. Julia im Flugzeug! Wollte er dafür sorgen, dass das Flugzeug abstürzen würde? Hätte er so viel Macht?

Für den Bruchteil einer Sekunde tauchten verkohlte Trümmer auf einem Feld vor ihrem inneren Auge auf – das, was einmal ein Flugzeug gewesen war. Dazwischen Feuerwehrleute mit Löschschläuchen, verschmorte Kabel und verbrannte Sitze. Und dazwischen lag …

Nein! Sie verbannte den Gedanken sofort wieder.

»Er droht uns mit Julia«, sagte Emily leise. Sie zeigte die SMS. »Er behauptet, er könne das Flugzeug abstürzen lassen.«

»Könnte er das wirklich?« Das war Lisa.

»Und sollten wir Julia nicht warnen?«, fragte Ryan.

Emily zuckte hektisch die Schultern. »Ich weiß nicht, was er alles kann. Ob er das wirklich kann?« Ein ganzes Flugzeug sprengen? Hunderte von Menschenleben töten, nur um mit Emily das Spiel zu spielen? Wäre Jonathan dazu tatsächlich fähig? Aber war er in London nicht auch bereit gewesen, die Dachterrasse des King's College und das Auto von ihrer Mutter in die Luft zu sprengen? Was hatte sie damals noch gedacht? Manche Bösen haben kein wahres Motiv hinter ihren Taten.

Manchen Bösen ist das Böse selbst Grund genug.

»Julia warnen?«, überlegte Emily laut. Sollten sie jetzt darüber nachdenken? Aber Julia war ihre beste Freundin, da war die Zeit doch egal. Auch wenn sie unter Zeitdruck standen. »Ich weiß nicht. Der Kerl ist überall. Ich habe Angst, dass wir Julia …« Sie suchte nach Worten.

Lisa half ihr. »Du hast Angst, dass wir Julia damit erst recht in Gefahr bringen.«

Sie nickte.

»Lösen wir doch einfach das Rätsel«, sagte Ryan.

»Ja!« Emily nickte. »Was stand denn in dem Text? Wir haben ein Schließfach und einen Schlüssel. Wo ist das Schließfach?«

Lisa schaute wie bei einem Ping-Pong-Spiel zwischen beiden hin und her.

Emily starrte auf den Zettel. »Da stand doch etwas von Herodot, es kann doch nur ein Bankschließfach oder ein Postschließfach sein, oder?«

Ryan nickte etwas dümmlich. »Ja.«

»Dann gib doch mal bei Google was zur Herodot New York Bank ein.« Manchmal musste man Ryan auch alles aus der Nase ziehen.

Ryan setzte sich an den Computer.

»Nichts. Hier steht nur etwas vom *New Yorker*. Und das ist eine Zeitschrift«, gab er dann zurück.

»Okay, dann jetzt *New York Herodot Postamt.*«

»Schauen wir mal.« Ryans Blick flog über den Bildschirm.

»Das gibt's doch nicht!«, rief er überrascht aus.

»Hast du was gefunden?«

»Ja, das Hauptpostamt von New York hat offenbar einen Spruch von Herodot als Motto. Auf der gesamten Fassade.«

»Dann müssen wir da hin. Sofort! Wir brauchen ein Taxi!« Ryan zückte sein Handy.

Emily schaute auf die Uhr. »Wir wissen aber noch nicht die Schließfachnummer.«

»Steht vielleicht auch in der Bibel«, meinte Lisa.

»Gut, leihen wir die Bibel halt einfach aus«, sagte Emily

»Dann denken ja alle, wir wären Zeugen Jehovas, wenn wir mit der Bibel durch die Gegend rennen.«

»Ich glaube, wir haben andere Probleme. Nimm die Bibel und komm. Besser Zeuge Jehovas als tot.« Sie schaute Lisa an. »Kommst du mit?«

»Klar.« Lisa nickte.

Ryan rannte unterdessen zum Schalter, um die Bibel auszuleihen.

»Jetzt endlich los«, drängte Emily, als er wiederkam.

Sie liefen nach draußen.

Noch fünfzehn Minuten!

»Wo ist denn dieses verdammte Postamt?«, fragte Emily.

»Garment District«, antwortete Ryan.

»Sagt mir nichts.«

»Das ist in der Nähe von Macy's.« Das war Lisa.

Macy's war eines der größten Kaufhäuser in New York. Das sagte Emily natürlich einiges.

* * *

Sie winkten ein Taxi heran und stiegen ein.

»Guten Abend, zum Hauptpostamt bitte, achte Avenue, Nummer 421.«

»Geht klar.« Der Fahrer gab Gas.

»Wie lange werden Sie brauchen?«

Er schaute in den Rückspiegel. »Haben Sie's eilig?«

»Jaaa!«

»Zehn bis fünfzehn Minuten, länger nicht!«

Oh Gott, dachte sie, das reicht geradeso eben. Und wir wissen noch nicht genau, was wir dort tun sollen.

»Okay«, sagte Emily, als sie Fahrt aufgenommen hatten und das Taxi den Broadway herunterraste, rechts der Riverside Park und dahinter der Hudson River.

»Was für eine Schließfachnummer kann das sein?« Sie schaute noch einmal auf die SMS.

IM ZWEITEN JAHR DER REGIERUNG NEBUKADNEZARS HATTE DIESER EINEN TRAUM. SUCHT DEN KOLOSS IN DIESEM TRAUM. IM SCHLIESSFACH MIT SEINER NUMMER FINDET IHR DEN SCHLÜSSEL.

»Der Koloss in dem Traum hat eine Nummer. Und die entspricht auch dem Schließfach. Ist das dieser Koloss, von dem Daniel träumte?«

»Denke ich mal«, sagte Lisa und blätterte durch die Bibel.

Das Taxi raste zwischen Riverside Park zur Rechten und Central Park zur Linken durch die Stadt.

»Ah, hier habe ich es«, sagte Lisa. »Erstes Buch Daniel, zweites Kapitel, Absatz zweiunddreißig und dreiunddreißig.«

»Und was steht da?«

»Hier ist der Koloss beschrieben, von dem Nebukadnezar träumte«, erklärte Lisa und las vor.

»*An diesem Bild war der Kopf von lauterem Gold, seine Brust und seine Arme aus Silber, sein Bauch und seine Hüften aus Erz.* Das ist Absatz zweiunddreißig.«

»Und dann?«

»Dann kommt: *Seine Schenkel waren aus Eisen, seine Füße waren aus Ton.*«

»Der Koloss mit den tönernen Füßen«, murmelte Ryan vor sich hin.

Der Taxifahrer warf einen verwunderten Blick nach hinten.

»Ist es denn zweiunddreißig oder dreiunddreißig?«, fragte Emily.

Ryan zuckte die Schultern. »Ausprobieren. Glaube nicht, dass gleich eine Bombe hochgeht, wenn wir die falsche Zahl eingeben.«

»Darauf würde ich es lieber nicht ankommen lassen.« Sie blickte zu Lisa. »Was könnte denn die Nummer sein?«

»Erstes Buch Daniel wäre eine Eins. Zweites Kapitel, also eine Zwei. Und dann zweiunddreißig oder dreiunddreißig.« Sie blickte Emily über ihren Brillenrand hinweg an. »Entweder 1232 oder 1233.« Sie zuckte die Schultern. »Würde ich jedenfalls sagen.«

Sie sausten vorbei an der U-Bahn-Station und an Macy's, wo Emily schon oft shoppen gewesen war. Sie kannte die Gegend. Sie war ihr vertraut. Doch angesichts der Bedrohung durch diesen Verrückten erschien auf einmal alles fremd und unheimlich. Sie schaute angestrengt aus dem Fenster und blickte abwechselnd auf ihr Handy und auf die Uhr.

In der Ferne erhob sich im Osten das Empire State Building.

Schon wieder der Piepton.

Sie zuckte zusammen.

Noch eine SMS.

BIS 2009 WAR DER ORT, DEN IHR SUCHT, VIERUND-
ZWANZIG STUNDEN AM TAG GEÖFFNET. SIEBEN
TAGE DIE WOCHE. JETZT ABER NICHT MEHR. ALSO
BEEILT EUCH. NOCH FÜNF MINUTEN!

»Mist«, sagte Emily, »Wir müssen uns beeilen.« Sie zeigte Ryan die SMS.

»Wieso war das nur bis 2009 sieben Tage die Woche vierundzwanzig Stunden am Tag geöffnet und jetzt nicht mehr?«, fragte Emily.

»Ich nehme an, das hat mit der Finanzkrise zu tun. Sie mussten sparen oder so. Ist ja auch egal. Beeilen wir uns lieber! Es ist gleich zehn Uhr.«

Das Taxi hielt an.

Das gigantische Postamt erhob sich vor ihnen.

Es war so groß, dass es zwei Blöcke einnahm, oder *City Blocks*, wie man in New York sagt.

Gerade gingen die Rollladen zu.

»Schnell, wir müssen da noch rein!«, rief Emily. Dieser Mistkerl! Er hat gewusst, dass die jetzt zumachen, dachte sie wütend.

Eine breite Treppe führte zu der mit zwanzig korinthischen Säulen geschmückten Fassade.

Wie eine Festung aus der Antike war es tatsächlich an einigen Seiten von einem Burggraben aus Beton umgeben – wenn auch einem trockengelegten.

Sie schaute auf die Schrift, die sich in der Breite des gesamten Gebäudes über den Säulen abzeichnete.

Emily schaute auf die Uhr. Noch drei Minuten!

Neither snow nor rain nor heat nor gloom of night stays these couriers from the swift completion of their appointed rounds.

Weder Schnee noch Regen noch Hitze noch die Düsternis der Nacht hindert diese Kuriere an der raschen Erledigung ihres Auftrags.

Das war der Spruch aus Herodot. Er stand hier. Im Herzen von New York.

Emily musste den Kopf schütteln, während sie die Treppe hinaufspurteten.

Sie rannten zu den Schließfächern. Eine riesige Wand. Nur aus Schließfächern.

»Hallo, Sie«, rief ihnen einer der Mitarbeiter zu. »Wir schließen gleich.«

»Einen Moment noch, bitte«, rief Emily zurück.

Hundert, hundertfünfzig, zweihundert, fünfhundert, verdammt, wo war das Schließfach?

Der Mitarbeiter tippte auf seine Uhr.

»Hören Sie, bitte …«

»Nur noch eine Sekunde!« Emily raste an der Schließfachwand entlang. Auf einmal war sie schon bei zweitausend. Also wieder zurück.

Sie zählte in Gedanken. 1500, 1465, 1380, 1201, nein, das war zu weit.

1201, 1250.

Jetzt zurück.

1240.

1239.

1238.

1237.

Verdammt, bin ich blind?

1234.

1232…

Okay, versuchen wir es.

Hoffentlich gibt es keine Bombe.
Passt nicht. So ein Mist!
Dann die nächste Möglichkeit.
1233!
Bingo!
Noch zwei Minuten!
»Würden Sie mir jetzt bitte zum Ausgang folgen.« Das war wieder der Mitarbeiter, der mit einem großen Schlüsselbund wedelte.

Emily drehte mit zitternden Fingern den Schlüssel um. Er passte!

Sie griff vorsichtig hinein.

Im Inneren ein verschlossener Umschlag.

Sie schaute noch einmal in das Innere des Schließfachs, verrenkte sich dabei fast den Hals.

Eine Taschenlampe.

»Junge Frau, bitte!« Der Mann mit dem Schlüsselbund war genau hinter ihr.

Noch eine Minute!

»In Ordnung, Verzeihung, Sir, bin schon fertig.« Emily griff den großen Umschlag und die Taschenlampe mit beiden Händen, steckte auch den Schlüssel ein und rannte zurück zum Ausgang.

29

»Und?«, fragte Ryan. Auch Lisa reckte ihren Hals nach vorn. »Habe noch nicht reingeschaut.« Sie setzten sich auf eine Parkbank vor dem hell erleuchteten Gebäude.

Emily öffnete den Umschlag, den sie neben der Mag-Lite-Taschenlampe gefunden hatte.

»Verdammt, schon wieder so ein komischer Auftrag!«

Ihr habt vom Koloss mit den tönernen Füßen gehört. Nummer neun von Babylon. Jetzt steigt auf diesen Koloss hinauf, und dann gebt mir das Licht, das ihr bei euch tragt. Ihr habt dreißig Minuten.

PS: Tut ihr das nicht, sollte Julia sich im Flieger ganz nach vorn setzen. Denn dann kommt beim Absturz der Servierwagen automatisch noch einmal vorbeigefahren …

Emily schaute angsterfüllt zum Himmel, als würde der Irre gleich von dort auf sie herabstürzen wie ein hungriger Raubvogel. War das ihr Schicksal? Dass sie leiden musste und dass andere leiden mussten? Andere, die sie liebte? War das seine neue Masche? Er hatte schon in London damit begonnen, dass er gedroht hatte, ihrem Hund etwas zu tun. Als Nächstes hatte er Ryan bei der Polizei angeschwärzt. Dann hatte er so getan, als hätte er Ryan entführt. Und jetzt drohte er, Julia zu töten.

Der Irre war undurchschaubar.

War das ernst gemeint? Oder war es nur Show? Sie wussten es nicht. Er war wie ein Scharfschütze, der einen ständig im Visier hat und irgendwann ohne Vorwarnung schießt. Und bei dem man tot ist, ohne dass man es überhaupt weiß.

Doch Ryan hatte recht. Sie mussten das Rätsel lösen. Eine andere Lösung gab es nicht. Grübeln würde Julia nicht retten.

Dennoch ließ es ihr keine Ruhe.

Julia.
Und das Flugzeug.

»Lasst uns kurz nachdenken«, sagte Emily dann.

Sie setzten sich auf die Parkbank und schauten sich ratlos an. Wieder nur dreißig Minuten Zeit.

»Koloss auf tönernen Füßen«, überlegte Emily laut. »Was könnte das sein? Ein Gebäude?«

Ryan blickte angestrengt auf die Skyline und die lange Front des Postamtes.

»Und was soll dieser Quatsch mit der Nummer neun von Babylon? Vielleicht irgendein Ort in New York, der Babylon heißt?« Er hatte sein Smartphone gezückt und tippte darauf herum. »Bingo«, sagte er plötzlich. »Oder auch nicht.«

»Wieso?«

»Es gibt sogar einen Ort in der Nähe von New York, der Babylon heißt. Der ist nur leider recht weit weg. Ungefähr sechzig Kilometer«, antwortete Ryan.

»Könnte man aber in dreißig Minuten durchaus schaffen«, meinte Emily.

»Ja und wo genau müssen wir dahin?« Das war Lisa. Sie schaute sich um. »Soweit ich weiß, wird auch New York selbst oft als Babylon bezeichnet.«

Emily und Ryan nickten.

»Dann ist das vielleicht ein Club oder ein Kino oder ähnliches?«, schlug Ryan vor, der wieder sein Smartphone in der Hand hielt. »Davon gibt es hier in New York aber Tausende.«

»Es gibt aber nur ein Babylon«, sagte Lisa etwas altklug.

»Das stimmt. Und?« Emily runzelte die Stirn.

»Die Idee mit der Nummer neun von Babylon«, erwiderte Lisa. »Vielleicht hat das irgendetwas mit New York zu tun.«

Sie hatten noch achtundzwanzig Minuten. Eigentlich lächerlich viel, doch Emily hatte immer wieder gemerkt, dass die Zeit eine Lunte sein konnte. Kurz und schnell brennend. Sie dachte wieder an den Auftrag.

Ihr habt vom Koloss mit den tönernen Füßen gehört. Nummer neun von Babylon. Jetzt steigt auf diesen Koloss hinauf und gebt mir das Licht, das ihr bei euch tragt. Ihr habt dreißig Minuten.

Und ganz besonders dachte sie an die letzten beiden Sätze.

PS: Tut ihr das nicht, sollte Julia sich im Flieger ganz nach vorn setzen. Denn dann kommt beim Absturz der Servierwagen automatisch noch einmal vorbeigefahren ...

Emily nickte. Sie merkte, dass sie sich der Lösung näherte. Irgendwie. »Fangen wir mal von vorn an. Woran denkt man denn immer, wenn man von Babylon hört?«

»Vom Turmbau zu Babel«, sagte Ryan. »Das weiß ja sogar ich.«

»Okay, was könnte dann Nummer neun heißen?«, fragte Emily weiter.

»Ein Wolkenkratzer mit der Hausnummer neun?«, mutmaßte Ryan.

Emily schüttelte den Kopf. »Glaube ich nicht. Es wird Hunderte von Wolkenkratzern geben mit der Hausnummer neun, aber vielleicht …«

»Vielleicht nur einen?«, sprach Ryan weiter.

»Nur einen, der vielleicht der …« Emily lag es auf der Zunge.

»Der was?«, fragte Lisa.

»Der vielleicht der neunthöchste ist?«, warf Emily ein.

Lisa und Ryan nickten.

»Lass uns das mal checken.« Ryan tippte wieder in sein Smartphone.

»Bingoooo«, sagte er langgezogen. »Das könnte doch passen.« Er schaute beide an. »601 Lexington Avenue.«

»So heißt das Gebäude?«, wollte Lisa wissen.

»Seit 2009 steht hier. Früher hieß es *Citigroup Center*.«

Emily erinnerte sich, dass ihr Dad mal davon gesprochen hatte, dass die Citigroup in der Finanzkrise 2008 ordentlich Federn gelassen hatte. Deswegen hatte sie wohl die Immobilie verkauft.

»Das muss ja die Citibank sein«, sagte Emily. »Mein Dad hat davon mal etwas erzählt.«

Ryan zuckte die Schultern. »Scheint so.«

»Wo ist das?«, fragte Lisa.

»An der 153 East 53.« Er stand auf und winkte ein Taxi heran. »Wir müssen uns beeilen. Wir haben nur noch fünfundzwanzig Minuten.«

Als wenn Emily das nicht selbst wusste. Seit sie mit diesem Irren zu tun hatte, tickte immer irgendwo eine Uhr. Eine Uhr, deren Ticken wie das Hämmern von Geschossen war.

»Und es könnte sein«, sprach Ryan weiter, »dass wir da auch noch hoch müssen.«

»Oh Gott«, sagte Emily, die Höhenangst hatte. »Warum denn?«

»Was meinst du, was wir mit der Lampe machen sollen?« Ryan kniff ein Auge zu. »Um Erleuchtung bitten?«

Sie schaute wieder auf den Zettel.

Ihr habt vom Koloss mit den tönernen Füßen gehört. Nummer neun von Babylon. Jetzt steigt auf diesen Koloss hinauf und gebt mir das Licht, das ihr bei euch tragt. Ihr habt dreißig Minuten.

Sie stiegen ins Taxi, dass die West 34th Street hinunterraste, vorbei an der siebten und der sechsten Avenue.

Noch zwanzig Minuten.

»Wieso ist das ein Koloss mit tönernen Füßen?«, fragte Emily. »Kippt der etwa um?« Die Vorstellung, dass ein riesiger Wolkenkratzer umkippen würde, vor allem dann, wenn Emily ganz oben stand, erweckte nicht gerade Wohlgefühle in ihr.

Das Taxi jagte vorbei an der berühmten 5th Avenue und dann links hoch in die Madison Avenue.

»Hast du das Gebäude schon mal gesehen?«, fragte Lisa.

»Jedenfalls nicht bewusst«, entgegnete Emily.

»Das Ding steht auf vier Pfeilern – und zwar keine Außen-, sondern Innenpfeiler«, sagte Lisa. »Es gab wohl damals, als es gebaut wurde, ewige Diskussionen, ob das nicht zu unsicher sei. Auch wenn es jetzt schräg und irgendwie interessant aussieht.«

»Seid ihr Architekturstudenten?«, fragte der Fahrer und schaute nach hinten.

Sie zuckten die Schultern.

»Nicht ganz.«

Was ging den das schließlich an?

Das Taxi fuhr nach Norden, rechts das Grand Central Terminal. Dann stockte es kurz.

»Verdammter Stau«, knurrte der Taxifahrer, »was ist da vorne los? Um die Zeit ist doch sonst immer alles frei!«

Emily sackte das Herz in die Hose. Es schien eine Ewigkeit zu dauern.

Nur noch fünfzehn Minuten.

Dann ging es wieder vorwärts.

Sie atmete tief durch.

Gott sei Dank!

»Hier steht«, sagte Ryan, der weiterhin in seinem Smartphone nach Informationen suchte, »dass damals eine kleine Kirche auf dem Grundstück stand, auf dem die Citibank das Hochhaus bauen wollte. Irgendwie einigte man sich wohl, dass die Kirche stehen bleiben sollte, und deswegen hat man die Lösung mit diesen seltsamen Pfeilern gefunden.«

Sie schauten nach vorn und sahen die riesige Silhouette, die sich gigantisch hoch in den Himmel erhob. Das aluminiumverkleidete Citigroup Center ruhte auf vier neungeschossigen Pfeilern und erstreckte sich mit seiner matten Aluminiumfassade fast dreihundert Meter in die Höhe. Fenster und Aluminium wechselten sich auf der Fassade ab, sodass das Gebäude durch die breiten Streifen kleiner wirkte, als es war.

Breite Streifen machen dick, dachte Emily. Es war gigantisch. Schon von Weitem stach das Schrägdach des Wolkenkratzers aus der Skyline von New York heraus. Es sah so aus, als sollten dort mal Solarzellen installiert werden. Oder vielleicht sündhaft teure Eigentumswohnungen. Oder vielleicht gab es dort auch gar nichts. Emily erinnerte sich. Sie hatte das Gebäude schon mehrfach gesehen, zum allerersten Mal, als sie mit Ryan vom Flughafen mit dem Taxi in die Innenstadt gefahren war.

Sie blickte interessiert aus dem Taxifenster auf die Pfeiler. Die Stützpfeiler waren tatsächlich innen und nicht außen. Und sie fragte sich, wie so etwas überhaupt halten konnte.

Der Koloss auf tönernen Füßen.

Aber es hielt. Zumindest noch.

Sie zahlten den Fahrer und stiegen aus.

»Also«, fragte Emily. »Da wimmelt es nur so von Leuten vom Sicherheitsdienst. Eine Idee, wie wir da reinkommen?«

»Vielleicht fragen wir einfach, ob wir uns das von oben anschauen können?«, meinte Lisa.

Noch zwölf Minuten.

»Klappt nicht«, sagte Ryan. »Das ist keine öffentliche Plattform. Vielleicht schleichen wir uns einfach an den Wachen vorbei?«

Jetzt schüttelte Lisa den Kopf. »Das klappt vielleicht bei James Bond, aber nicht bei uns.«

Emily schaute auf einen Lastwagen, der neben dem Gebäude parkte. *Facility Management* war darauf zu lesen. Die Tür stand offen.

»Wartet mal einen Moment.« Sie ging zu dem Lastwagen und lugte hinein. Im Inneren erkannte sie Reinigungsgeräte. Und Uniformen. Für Reinigungskräfte.

Sie winkte Ryan heran.

»Komm mal her.«

»Was ist?«

»Nun komm schon.«

Sie standen vor dem offenen Tor des Lastwagens.

»Du musst dir eine von diesen Uniformen anziehen«, forderte Emily Ryan auf.

»Wieso ich?«, entgegnete Ryan.

»Weil du dich als Facility Manager ausgeben musst, der oben was reparieren soll. Darum hast du auch diese Taschenlampe dabei«, erklärte Emily.

Noch elf Minuten.

Ryan verzog das Gesicht. »Warum verkleidest du dich dann nicht als Putzfrau und gehst mit der gleichen Masche rein?«

»Weil Putzfrauen keine Taschenlampen tragen, darum!«

Ryans Abwehr bröckelte. »Okay, und was sage ich den Typen vom Sicherheitsdienst?«

Emily versuchte, sich an eine Szene zu erinnern, von der ihr Vater ihr schon ein paarmal erzählt hatte. In der Bank, wo er arbeitete, hatten sie eine Bereitschaftstruppe, die vierundzwanzig Stunden am Tag abrufbereit war, wenn irgendwo die Heizung nicht ging, Klimaanlagen ausfielen oder irgendwelche Drucker streikten. Zeit war Geld im Banking, und da wollte man sich nicht von unzuverlässigen Maschinen abhängig machen.

Das würde hier nicht anders sein. Und externe Fremdfirmen hatten sowieso meist keine Ahnung, was drinnen passierte.

Noch zehn Minuten.

Nach einer Minute war Ryan umgezogen. Der Mann, der den Lieferwagen fuhr, war zum Glück noch nicht zurückgekommen.

Noch neun Minuten.

Sie besprachen sich kurz.

Lisa würde den LKW-Fahrer, so lange es ging, aufhalten,

falls er ins Haus wollte, damit der Schwindel nicht aufflog. Emily würde im Foyer für Ablenkung sorgen.

Emily und Ryan gingen hinein.

Im Inneren des Foyers waren zwei Sicherheitskräfte, die an ihren Pulten saßen, in Zeitungen blätterten und sich sichtlich langweilten.

Emily legte los. »Sir, ich habe meine Geldbörse verloren und mein Handy«, schluchzte sie. »Jetzt kann ich nicht einmal mehr meine Eltern anrufen, und ich weiß auch überhaupt nicht, wo sie sind.«

»Kommen Sie, Miss«, sagte der Mann gutmütig, »da wird es schon eine Lösung geben.«

»Nein, ich bin so verzweifelt, ich weiß überhaupt nicht, was ich tun soll«, jammerte Emily.

Noch sieben Minuten.

Das war die Taktik. Unruhe stiften. Das, was die beiden Sicherheitsleute am meisten wollten, war Ruhe.

Sie hörte, wie Ryan sich an den zweiten wandte.

»Abend, Sir, Chilton mein Name, Arbor Facility Management.« Der Security Mann blickte von seinem Kreuzworträtsel auf. »Ein Mister Cooper hat mich angerufen, er arbeitet im Trading, und sein Terminal funktioniert nicht. Ich war vorhin schon mal bei ihm oben, und jetzt funktioniert es wieder nicht. Ich soll das mal checken, und zwar schnell.«

Cooper. Das war einer der häufigsten Namen in den USA.

Der Mann klickte durch eine Liste. »Gary Cooper?«, fragte er dann.

Ryan nickte. »Genau.«

»Wo ist ihre ID?«

Ryan war eine Sekunde aus dem Konzept gebracht. Doch auch das hatten sie abgesprochen. »Ist noch oben, ich war vorhin schon mal bei ihm. Da war die interne Revision da, und ich musste meine ID zeigen.« Er zuckte die Schultern. »Leider habe ich sie da auf dem Schreibtisch von Gary liegen gelassen.«

»Ich rufe Cooper mal an«, sagte der Mann. Emily merkte, wie Ryan nervös wurde.

Das Freizeichen ertönte.

»Der ist ja gar nicht da.«

Glück gehabt, dachte Emily und merkte, wie ihr Herz langsamer schlug, sonst hätten wir einen Haufen dummer Fragen von einem Herrn Cooper gehabt.

»Klar ist der da«, sagte Ryan, »das werden sie gleich merken, wenn er runterkommt und mich zusammenscheißt, warum ich noch nicht oben bin. Und dann muss ich ihm leider sagen, an wem es gelegen hat.«

Der Mann wand sich unbehaglich. Auf einen Streit mit einem von diesen Testosteron gesteuerten Bankern hatte er heute Abend offensichtlich keine Lust.

»Und die ID haben Sie nicht?«, versicherte er sich erneut.

Noch vier Minuten.

»Zeige ich Ihnen, wenn ich wieder unten bin«, sagte Ryan. »Und ansonsten können wir die Diskussion gleich hier unten mit Mr Cooper weiterführen. Ich kenne ihn, der rastet komplett aus, wenn sein Terminal nicht funktioniert. Der verliert Millionen, mit jeder Sekunde, wo es nicht geht.«

»Na schön, unter Umständen …«

Ryan konnte es sich erlauben, noch einen draufzusetzen. »Bin sicher, er ist nur deswegen nicht ans Telefon gegangen, weil er schon auf dem Weg nach unten ist.«

»Okay«, sagte der Mann. »Tragen Sie sich hier ein und tragen Sie diesen Besucherausweis gut sichtbar bei sich. Und wenn Sie fertig sind, kommen Sie sofort wieder runter. Klar?«

Er warf ihm eine Plastikkarte zum Anklippen über den Tisch.
»Sie wissen, wo Sie hin müssen?«

»Klar, ist ja nicht das erste Mal«, erwiderte Ryan.

Dann verschwand er in einem der Aufzüge.

30

TAG 4: DIENSTAG, 4. SEPTEMBER 2012

Emily schaute auf die Uhr. Es war fast Mitternacht. Noch drei Minuten.

Sie griff zum Handy. »Wo bist du Ryan?«, fragte sie aufgeregt.

»Im Fahrstuhl«, sagte der. »Kann sein, dass der Empfang gleich weg ist. Ich werde …«

Dann war wirklich nichts mehr zu hören.

Sie versuchte es wieder. Und noch einmal.

»Kein Empfang?«, fragte Lisa.

»Scheint so.« Emily biss die Zähne zusammen. »Hoffentlich weiß er, wie er aufs Dach kommt. Hoffentlich weiß er –«

Ihr Handy klingelte.

Sofort nahm sie an, dass es der Psychopath war. Aber es meldete sich Gott sei Dank Ryan. Ein Glück.

»Bin jetzt im Treppenhaus im neunundfünfzigsten Stock. Ganz nach oben geht es nicht anders. Es gibt da eine kleine Balustrade vor dieser Dachschräge. Ich habe mal auf den Grundriss geschaut, der hier bei den Notfallplänen für einen Feueralarm an der Wand hängt. Ein richtiges Dach gibt es gar nicht. Hoffe mal, dass die Türen auf dem Rückweg auch noch offen sind. Muss mich ziemlich beeilen, da … Scheiße!«

»Was?«

Nur noch eine Minute.

Wieder tauchte das Bild vor Emilys innerem Auge auf. Von Julia in dem Flugzeugwrack. Beziehungsweise von dem, was von ihr noch übrig sein würde.

Was hatte der Irre gemeint? Sie sollte sich vorn hinsetzen, dann kommt der Servierwagen noch einmal vorbei …

»Ich komme hier nicht weiter. Außer …« Ryan brach ab.

»Außer was?«, hakte Emily nach.

»Ich muss die Feueralarm-Tür öffnen. Dann komme ich raus«, antwortete Ryan.

»Dann mach das!«, gab Emily zurück.

»Bist du wahnsinnig?«, fragte Ryan.

»Nein, wenn der Feueralarm läutet, dann kommst du doch auch wieder raus. Zieh dich auf dem Klo um und geh mit deinen normalen Klamotten die Treppe hinunter. Das merkt kein Schwein«, sagte Emily.

»Ich soll den Feueralarm auslösen?«, wollte Ryan wissen.

»Ja. Jetzt!«, rief Emily.

»Wenn die uns erwischen, dann …«, stammelte Ryan.

»Wenn Jonathan uns erwischt, ist einer von uns tot. Mach schon!«

Die Verbindung endete.

Und in dem Moment hörte Emily den Feueralarm. Und die Durchsage, die durch das Foyer schallte.

»Es wurde soeben Feueralarm ausgelöst. Bitte verlassen Sie das Gebäude. Bitte bewahren Sie Ruhe und benutzen Sie auf keinen Fall die Aufzüge. Es wurde soeben Feueralarm ausgelöst …«

Sie blickte nach oben, hielt ihr Handy in den schweißnassen Händen.

Dann sah sie das Licht.
Weit oben.
Es leuchtete wie ein Strahl in den Nachthimmel.
Einmal.
Zweimal.
Dreimal.
Dann erlosch es wieder.
Ihr Handy piepte wieder.
Doch es war nicht Ryan.
Eine unbekannte Nummer.

GUT GEMACHT, stand dort. JULIAS MASCHINE BLEIBT BIS ZUR LANDUNG OBEN.

Sie ließ das Handy sinken.
Und brach vor Erleichterung in Tränen aus.

31

Er schaute vom gegenüberliegenden Gebäude auf das Chaos, das die drei angerichtet hatten. Banker in weißen Hemden, die in dieser Nacht noch gearbeitet hatten, liefen nacheinander die Treppen hinunter, und man sah ihnen an, dass sie wohl nicht mit einem richtigen Alarm, sondern nur mit einem Probealarm oder ähnlichem Firlefanz rechneten.

Und einer von ihnen war Ryan, der, jetzt wieder in normaler Kleidung, eilig an der Menge vorbeilief und sich extra duckte, als am Ausgang ein Angestellter vom Sicherheitsdienst in seine Richtung schaute.

Das Citigroup Building, dachte er, der Koloss auf tönernen Füßen.

Bei seiner Fertigstellung 1978 war der ungewöhnliche Bau eine Sensation. Denn in eine Ecke war tatsächlich die St. Peters Lutheran Church integriert, in einem architektonisch eigenständigen Granitbau. Es war einer der wenigen Orte, wo sich zwei Gebäude ein Grundstück teilten, was nur ging, weil ein Gebäude erst in zwanzig Meter Höhe richtig zum Gebäude wurde.

Was selbst viele New Yorker nicht wussten, war, dass die Pfeiler vor der Fertigstellung eilig verstärkt werden mussten, als ein Hurrikan Kurs auf Manhattan nahm. Am Ende ging aber alles gut.

Er erhob sich von seinem Schreibtisch, streckte sich und setzte sich wieder. Es war pure Ironie, dass sein Büro genau gegenüber des Citigroup Center war. In einem Hochhaus, das nur zwanzig Meter entfernt von dem Koloss stand.

Junger Schnösel. So hatten sie ihn in der Bank genannt. Bis er ihnen gezeigt hatte, dass er bei jeder Marktlage Geld verdienen konnte. Auch wenn er ihnen nicht gezeigt hatte, wie er das machte. Und wofür er das Geld brauchte.

Er grinste. Junger Schnösel.

Schon oft war er unterschätzt worden. Und die meisten hatten dafür bezahlt. Viele sogar mit ihrem Leben.

Sein Blick glitt von den mannshohen Glasscheiben seines Büros, durch die er die Skyline sah, zu der kleinen, rechteckigen Bronzeplastik, die auf seinem Schreibtisch stand. Sie zeigte den Gott Prometheus aus der griechischen Mythologie – der Titan, der den Menschen das Feuer gebracht hatte und dafür von Zeus bestraft worden war. Statt eines Namens stand auf dem Sockel ein Zitat von Oswald Spengler: Es gibt keinen Sieg ohne Feinde.

Er hatte es, als er nach New York gekommen war, extra anfertigen lassen.

Es gibt keinen Sieg ohne Feinde. Das war schon immer so etwas wie sein inoffizielles Motto gewesen.

Das Spiel ging weiter. Es gibt keinen Sieg ohne Feinde. In London hatte er verloren. Hier in New York würde er gewinnen.

Das Jahr war um.

Und die Zeit war gekommen.

Der Countdown lief.

Er griff zum Telefon, hob den Hörer und ging mit dem Hörer in der Hand unschlüssig in seinem Büro auf und ab – wie ein Tiger an der Kette.

Dann wählte er die Nummer.

Bisher hatte er Emily nur ein bisschen geärgert.

Jetzt war es an der Zeit, ihr einmal richtig Angst einzujagen.

Ryan, der irische Prinz, dachte er. Er hatte seine Rolle sehr gut gespielt.

Und Emily hatte ihn dafür bewundert.

Heute war niemandem etwas passiert, auch wenn dies Teil seiner Drohung gewesen war, falls sie versagen sollten.

Heute nicht.

Aber vielleicht morgen.

Emily liebte Ryan.

Umso trauriger würde sie sein, wenn er vielleicht demnächst wirklich verschwinden würde.

32

Emily war gegen acht Uhr am nächsten Morgen aus einem bleiernen Schlaf aufgewacht. Und hatte gemerkt, dass etwas fehlte.

Ryan!

Sie war sofort hellwach und geriet in Panik.

Bis sie das Post-it sah, das Ryan an dem Stuhl befestigt hatte, der neben ihrem Bett stand.

Muss heute früh in die Sprechstunde, der Prof kann nicht später. 07:30 Uhr, sonst muss ich zwei Wochen warten. Wollte dich nicht wecken. Bis nachher zum Mittagessen. Kuss, Ryan

Sie setzte sich auf und atmete tief durch.

Er wollte sie bloß nicht wecken. Emily vermisste Ryan schon jetzt, obwohl er erst vor kurzer Zeit gegangen war. In einer Welt, die immer unsicherer wurde, war er die Schulter, an die sie sich lehnen konnte, war er derjenige, der ihr Sicherheit gab.

»Ich fühle mich sicher, wann immer du da bist«, hatte sie ihm gestern gesagt, nachdem er heldenhaft von dem Citigroup Building heruntergekommen war. Sie hatten es glücklicherweise geschafft, das Weite zu suchen, ohne von irgendjemandem mit dem Feueralarm in Verbindung gebracht zu werden. Das war zwar nicht ganz legal, aber wie legal war es bitteschön, wenn ein Psychopath einen jagt und zu absurden Aufgaben zwingt?

Ich fühle mich sicher, wann immer du da bist.

Sie hatte Angst gehabt, dass Ryan ihr diese Aussage als Schwäche auslegen könnte, doch er hatte nur gelächelt, sie in den Arm genommen und geküsst.

Es war so schön mit Ryan. War es *zu schön*? War vielleicht schon der Höhepunkt erreicht und ging es jetzt nur noch abwärts? Manchmal hatte sie diese Gedanken, und sie hasste sie.

»Wenn alles gut läuft«, hatte ihr Dad gesagt, »dann muss man umso mehr aufpassen. Denn das ist der Moment, wo es sehr schnell schiefgehen kann. Manifestationen des Glücks«, hatte ihr Dad das genannt. »Wenn alles gut aussah, wenn die äußeren Erscheinungen davon sprachen, dass es perfekt war, dann stand eigentlich schon der Niedergang vor der Tür.«

Ihr Vater hatte ihr einmal eine Geschichte vom Licht eines Sternes erzählt. »Es ist wie das Licht eines fernen Sternes, das ganz hell zu uns strahlt. Aber was wir nicht wissen, ist, dass das Licht sehr lange braucht, um zu uns zu kommen. Und dass der Stern vielleicht schon erloschen ist, wenn sein Licht bei uns am hellsten strahlt.«

Emily war sehr traurig gewesen, als ihr Vater ihr das erzählt hatte. Und ihre Mutter hatte ihren Dad angeraunzt, was ihm denn einfiel, einem kleinen Kind so etwas Trauriges zu erzählen. Doch die Geschichte war bei Emily hängen geblieben.

Das Licht des Sternes strahlt dann am hellsten, wenn der Stern schon erloschen ist.

Die äußeren Erscheinungen, dachte Emily. Oft weiß man schon lange, dass etwas zu Ende geht, bevor es wirklich zu Ende ist. Vielleicht sollte es Emily einfach egal sein, vielleicht würden noch andere Männer und andere Beziehungen kommen, warum war ihr ausgerechnet Ryan so wichtig? Doch es gab Zeiten, in denen einem nichts egal sein durfte. Es würden Situationen kommen, die nur schwer zu umschiffen waren, denen man sich entgegenstellen musste, anstatt ihnen auszuweichen. Die zwar langfristig notwendig waren, aber kurzfristig nur Beschwerden und Mühen mit sich brachten, wie sie der Alltag immer bereithält. Und in solchen Situationen war Ryan immer dagewesen. Und sie hoffte, dass er es auch in Zukunft sein würde.

Ob sie zu spießig war? Sie war immer von ihren Eltern behütet worden, und darum wünschte sie sich nichts sehnlicher als eine eigene Familie. Irgendwann ein geregeltes Leben mit Kindern, die im Garten mit dem Vater zusammen ein Baumhaus errichten, und einem Hund, der einen treuherzig anblickt, wenn man vom Einkaufen durch die Tür kommt. Sicherheit, Familie, Ordnung – all das waren Dinge, für die man kämpfen musste, die Mühe und Arbeit machten.

Ryan war immer da gewesen. Seit dem ersten Tag, als sie sich am King's College getroffen hatten und er für alle gekocht hatte bis zu der Nacht, als er sie getröstet und sie bei ihm geschlafen hatte. Und er verfügte auch noch über eine Gabe, die nur die wenigsten besaßen. Er brachte sie zum Lachen.

Oft sind die äußeren Erscheinungen schon lange da, bevor sie erkannt und benannt werden.

Mit oder ohne dich

Das Lied der Band U2 hallte wie eine flüchtige Erinnerung in ihrem Kopf.

Mit dir, dachte sie. Auf jeden Fall.

Dann blickte sie auf den Stundenplan.

Und war wieder in der Realität.

Sie hatte gleich ein Seminar in Classical Studies.
Dann würde sie zum Flughafen fahren und Julia abholen.
Julia, die tatsächlich nach New York kam.
Sie war ihr dankbar, wie selten zuvor.

33

Diesmal war sie mit der Bahn zum Flughafen gefahren. Züge fuhren von der Grand Central Station im Stadtkern von New York direkt zum Flughafen. Zurück würden sie mit dem Taxi fahren, da Julia auch Gepäck dabeihatte.

Ryan hatte sie allerdings immer noch nicht erreicht, was ihr ein unruhiges Gefühl versetzte. Sie war noch nicht in dem Stadium, wo sie sich Sorgen machte, aber sie war in jedem Fall in dem Zustand, wo sie allmählich sauer wurde auf Ryan. Hatte der Irre ihr nicht am Freitagabend eine Heidenangst eingejagt, als Ryan plötzlich weg war? Wie konnte er sich dann nicht bei ihr melden?

Wenigstens Julia war ganz die Alte. Sie trug tatsächlich schon wieder – oder etwa noch immer – den Manchester-United-Kapuzenpullover und lächelte Emily frech an, als sie beim JFK-Airport durch die Zollabfertigung ging.

»Du hast doch wohl nicht geglaubt, dass ich dich mit diesem Psychopathen alleinlasse?« Sie fletschte die Zähne. »Der wird mich kennenlernen. Den hängen wir ganz oben am Empire State Building auf.«

Emily fiel ein Stein vom Herzen. Genauso kannte sie Julia,

die reinste Kämpfernatur. Und das, obwohl Julia bei der wilden Jagd durch London vor einem Jahr nicht nur tapfer mitgelitten hatte – sie war auch selbst auf Jonathan hereingefallen, denn der hatte sie einfach zu seiner Freundin gemacht. Hatte sie mit ein paar schmeichelnden Worten und einer Menge Geld um den Finger gewickelt. Emily wusste nicht, was Julia mehr schmerzte: Die Hölle, durch die er Emily geschickt hatte, oder die Schmach, die er ihr, Julia, angetan hatte. Wahrscheinlich schon Ersteres, aber dennoch hatte es ihre beste Freundin verletzt, so mies ausgenutzt worden zu sein.

»Verpasst du nicht einiges, wenn du einfach so mitten im Semester nach New York fliegst?« Insgeheim war Emily Julia unendlich dankbar, dass sie da war.

»Dort verpasse ich in der Tat einiges«, sagte Julia und zeigte nach hinten, als würde dort irgendwo London liegen. »Aber ich denke, hier bekomme ich im Gegenzug auch einiges geboten.«

Sie lachte ihr dreckiges Lachen, das Emily so vertraut war. »Das gleicht sich dann doch irgendwie aus.«

Und Emily fürchtete, dass sich Julia nur allzu bald von der Wahrheit ihrer Aussage überzeugen konnte.

34

Sie saßen im Taxi.

»Guten Tag, Sir«, sagte Emily. »Wir müssen in die Innenstadt.«

»Welche?«, fragte der Fahrer und zeigte seine Zähne. »New York oder New Jersey?«

»New York City, 3041 Broad Street Ecke hunderdzwanzigste«, antwortete Emily, die das seltsame Straßensystem in New York mittlerweile verstanden hatte. Der Fahrer lachte kurz und meckernd. »Glück gehabt. Ich kann New Jersey nicht leiden. Zweiundfünfzig Dollar Festpreis, inklusive Zoll für diese Scheißbrücken, über die wir rüber müssen. Okay?«

»Einverstanden«, gab Emily zurück.

»Broad Street Ecke hundertzwanzigste, ist das ein Hotel?«, wollte der Taxifahrer wissen und erhob sich aus seinem Sitz, um mit den Koffern zu helfen.

»Nein, das ist ein Studentenwohnheim«, entgegnete Emily. »Von der Columbia University.«

»Aha, studiert ihr hier?« Er wuchtete die Koffer schnaufend in den Kofferraum.

Emily nickte und schaute Julia an. Die zuckte die Schultern, als sie ins Taxi stieg.

Der Beifahrersitz neben dem Fahrer war voll mit Fastfood-Tüten, leeren Kaffeebechern und einer zerknitterten Zeitung.

»Dann wollen wir mal los«, sagte der Fahrer.

Emily blickte nach vorn auf das Foto des Fahrers, der offenbar Brett hieß. Brett stellte das Taxameter aus, gab den festen Preis von zweiundfünfzig Dollar ein und fuhr schwungvoll über die Rampe auf den Highway vor dem Flughafen-Terminal.

»Wo kommt ihr her?«, erkundigte er sich bei den Mädchen, während er seinen Sicherheitsgurt einrasten ließ und seine Sonnenbrille zurechtrückte.

»London«, erwiderte Julia.

»Heilige Scheiße, langer Flug.« Brett fingerte noch einmal an seiner Sonnenbrille herum und grinste durch den Rückspiegel. »Ich fliege nicht so häufig, ich fahre lieber.« Wieder das Grinsen. »Aber wenn ich mal fliege, dann hasse ich es.« Er fummelte am Radio, das dünne Popmusik von sich gab, während am Horizont jetzt schon die Skyline von New York zu sehen war. »Werden immer enger, diese Scheißmaschinen, man fühlt sich wie in einem Schrank. Kommt mir vor, als würden sie die Sitze bei jedem Flug enger aneinanderschieben. In zehn Jahren ist jedes Flugzeug nur noch so breit wie ein verdammtes Abflussrohr, sodass bald die Hälfte der Passagiere an Thrombosen krepiert. Und dann noch dieser miese Fraß, und Alkohol kostet neuerdings auch extra.«

»Ich bin ja mitten am Tag geflogen«, sagte Julia, »da trinkt man sowieso nicht unbedingt.«

»Schlaue Lady«, lobte der Fahrer.

35

Nach dreißig Minuten hatten sie das Wohnheim erreicht. Emily bezahlte den Fahrer, während Julia ungeduldig neben dem Taxi wartete.

»Der Kofferraum ist noch nicht auf«, sagte sie.

»Ja, ja, immer mit der Ruhe«, meinte Brett und nahm fünfundfünfzig Dollar von Emily entgegen. »Mach ich gleich, wenn –«

Mehr hörten Emily und Julia nicht, denn in dem Moment gab das Taxi plötzlich Gas und raste mit quietschenden Reifen davon.

Die beiden waren so verdutzt, dass sie erst gar nicht sprechen konnten.

»Meine Koffer!«, schrie Julia und rannte hinter dem Taxi her. Doch das war schon fast hinter dem nächsten Block verschwunden und fuhr rumpelnd über eine dunkelgelbe Ampel. Dann war es im Verkehrsgewühl nicht mehr zu sehen.

»Meine Koffer«, fluchte sie noch einmal »Dieser Mistkerl hat meine Koffer. Meine ganzen Sachen.« Sie schüttelte Emily. Was machen wir nun?«

»Wir könnten ja auf der Quittung –«, begann Emily.

»Haben wir eine?«, fiel Julia ihr ins Wort.

Emily machte ein dummes Gesicht. »Nein«, sagte sie leise. »Dann können wir da schon mal gar nichts.«

»Hast du dir das Nummernschild gemerkt?«, fragte Emily. Julia schüttelte den Kopf. »War kaum zu erkennen. Total dreckig. Außerdem ging das alles viel zu schnell.«

Emily seufzte. Dann schaute sie sich um. »Was machen wir nun?«

Ihr Handy klingelte.

Das musste Ryan sein.

»Hallo, Emily.« Die Stimme verwandelte ihr Blut innerhalb von Sekunden in Eiswasser. »Und sag Hallo zu Julia.« Emily stellte instinktiv das Handy auf laut. »Meine Exfreundin will ja irgendwie nichts mehr mit mir zu tun haben, aber man kann halt nicht immer gewinnen. Und schönmachen kann sie sich für mich auch nicht mehr. Dafür braucht sie ja ihre Koffer.«

Emily blickte sich panikerfüllt um. Der Kerl musste sie beobachtet haben. Schon die ganze Zeit. Er hatte gesehen, wie sie Julia vom Flughafen abgeholt hatte. Und er war vielleicht auch jetzt hier irgendwo? Und, natürlich, die Koffer! Das musste seine Idee gewesen sein. Irgendwie hatte er diesen Taxifahrer geschmiert, der die beiden mit seinem Gerede derart abgelenkt hatte, dass sie das Gepäck im Kofferraum fast vergessen hätten.

Dann wurde sie wieder klar und nüchtern. Die beste Möglichkeit, die Koffer wiederzubekommen, war wahrscheinlich, das Rätsel zu lösen, was sicher kommen würde. Und dafür musste sie aufmerksam sein.

Sie gab Julia mit den Augen ein Zeichen, damit sie einen Block und einen Stift hervorzog. Alles, was dieser Psychopath von sich gab, war wichtig. Das wusste auch Julia. Befolgte man nicht, was er sagte, konnte es immer sein, dass jemand sterben musste. Oder sogar man selbst.

»Du erinnerst dich an das Buch Daniel?«, fragte die Stimme. Emily nickte. »Ja.«

»Dort ist das erste Mal von einem schrecklichen Ereignis die Rede«, sagte die verzerrte Stimme weiter. »Die Apokalypse. Der Weltuntergang.« Er machte eine Pause. »Nun, ihr habt die Apokalypse schon gesehen. Wisst ihr noch, wo?«

In Emilys Kopf arbeitete es fieberhaft. Eigentlich war diese ganze Jagd durch den Irren eine einzige Apokalypse. Dann fiel ihr aber das Eingangsportal in dieser großen Kirche ein, wo sie am Montag mit Ryan gewesen war. Wie hieß die Kirche noch, die, die einmal, wenn sie fertig wäre, die größte Kirche der Welt werden sollte?«

»St. John the Divine«, sagte Emily tonlos.

»Du hast die Apokalypse bereits gesehen. Auf dem ›großen Johannes‹, wie ich ihn genannt habe. Aber du hast recht, der richtige Name ist St. John the Divine. Jetzt hört gut zu.«

Emily vergaß zu atmen in den zwei Sekunden Pause, die der Sprecher machte, und Julia hatte Zettel und Stift in der Hand, als wäre sie ferngesteuert.

»Jetzt bildet die zweistellige Quersumme aus der Zeit dieses Ereignisses und geht mit dieser Nummer zu der Straße an der Stadtmauer. Dort werdet ihr weitere Informationen finden.«

Emilys Kopf fühlte sich an, als wäre er mit Watte ausgestopft.

»Die Quersumme aus der Zeit, was soll das sein, was soll –«

»Alles, was ich sagen musste, habe ich gesagt. Und freut euch, wie gnädig ich heute bin. Ihr habt die Zeit, die ihr braucht. Bis ich sage, dass die Zeit vorbei ist.« Das waren die letzten Worte der Stimme. Die Verbindung endete.

Ihr habt die Zeit, die ihr braucht.

Kein Zeitdruck, wunderte sich Emily. Wirklich nicht?

Doch das war auch nicht besser. Vorher hatten sie einen klaren Zeitrahmen, der zwar immer unglaublich knapp war, aber sie wussten immerhin, woran sie waren. Jetzt hatten sie keine Kontrolle. Der Irre konnte, wann immer er wollte, einfach erklären, dass die Zeit vorbei wäre.

»Verdammter Mist«, sagte Emily. »Hast du alles aufgeschrieben?«

Julia nickte. »In der Tat Mist«, sagte sie. »Ich hätte ihm gerne die Meinung gegeigt. Dass wir diesen Psychopathen entweder in den schlimmsten Knast der USA stecken lassen oder gleich in die Todeszelle. Und wenn die hier das nicht machen, sorgen wir selbst dafür, dass er als Leiche den Hudson River runterschwimmt!« Emily merkte, wie verletzt Julia immer noch darüber war, dass Jonathan sie in London so hinters Licht geführt hatte. Und vor allem schien es sie zu nerven, als junge Dame in New York ohne Koffer zu sein.

»Alles klar, liebe Julia«, sagte Emily. »Aber jetzt müssen wir uns um das Rätsel kümmern, sonst wird es ungemütlich.«

Sie gingen in Emilys Zimmer. Noch immer keine Spur von Ryan. Und das beunruhigte sie mittlerweile doch ziemlich. Sie wählte Ryans Nummer. Doch da war schon wieder nur die Mailbox. Emily legte auf.

»Verdammt, Ryan!«, sagte sie verzweifelt.

»Wo ist er denn?« fragte Julia.

»Er hat mir heute Morgen eine Nachricht hinterlassen, dass er ganz früh zum Professor muss. Er wollte mich nicht wecken«, erzählte Emily.

»Dann wird er da wohl auch gewesen sein. Und jetzt hat er sicher Kurse oder so was.« Julia nickte Emily aufmunternd zu. »Manchmal ist das doch so, da kann man ewig nicht telefonieren.« Sie schaute auf die Uhr. »Und jetzt ist erst Nachmittag.«

Emily seufzte. »Wahrscheinlich hast du recht. Schauen wir uns mal an, was dieser Irre uns jetzt wieder aufgetragen hat.«
Sie las die Notizen.

Du hast die Apokalypse bereits gesehen. Auf dem ›großen Johannes‹, wie ich ihn genannt habe. Jetzt bildet die zweistellige Quersumme aus der Zeit dieses Ereignisses und geht mit dieser Nummer zu der Straße an der Stadtmauer. Dort werdet ihr weitere Informationen finden.

»Was war denn da bei dem großen Johannes? Was soll das überhaupt sein?« Julia sah Emily fragend an und kritzelte auf dem Block herum.

»Das ist eine riesige Kirche. Und da war ein Portal, das das World Trade Center zeigte.« Sie schaute ihr Handy an wie einen verfluchten Schatz. »Viele sprachen ja bei dem Terroranschlag am elften September von einer Art Apokalypse oder Armageddon.«

»Okay«, sagte Juila, »und jetzt sollen wir eine zweistellige Quersumme aus der Zeit dieses Ereignisses bilden?« Sie überlegte. »Meint der das Datum?«

Emily zuckte die Schultern. »Würde ja am besten passen.« Sie nahm ihren Stift in die Hand. »Lass mal sehen.«

11. 9. 2001

»Nehmen wir die Elf. Eins und eins sind zwei.« Sie schrieb auf den Zettel.

$1 + 1 = 2$

»Jetzt der Rest«, sagte Julia.
»Neun und zwei und eins sind … drei!«
»Wieso?«
»Na ja, neun und zwei ergibt elf. Also eins und eins. Die Quersumme davon ist zwei. Dazu eins ergibt drei.«

9 2001: $9 + 2 = 11$ $1 + 1 = 2$ $2 + 1 = 3$

»Und zwei und drei ergibt fünf«, meinte Julia. »Die Zahl ist also fünf.«
»Nein, das müsste dreiundzwanzig sein«, sagte Emily. »Er wollte doch die zweistellige Quersumme.«
»Moment«, sagte Julia und blinzelte, »das stimmt. Aber was ist, wenn wir das anders zusammenzählen sollen?«
Emily sah sie an. »Du meinst dann eins plus eins plus neun zum Beispiel?«
»Warum nicht?«
»Na dann. Eins und eins macht zwei. Zwei und neun ergibt wieder elf. Die Quersumme von elf ist zwei«, rechnete Emily. Sie kritzelte hektisch die Zahlen auf das Papier.

$1 + 1 = 2$ $2 + 9 = 11$ $1 + 1 = 2$

»Jetzt das Jahr 2001. Die Zwei haben wir also schon mal wieder. Schauen wir weiter. Zwei uns eins ergibt …« Sie sah auf das Papier wie auf eine seltsame Offenbarung. »Auch drei!«

$2 + 1 = 3$

»Also schon wieder die Dreiundzwanzig«, sagte Emily. »Was immer wir machen, es kommt dreiundzwanzig heraus.«

»Dann muss es stimmen.« Julia stand auf. »Hast du schon mal von der Bedeutung der Zahl 23 gehört?«

»Nein, wieso?«

»Angeblich«, begann Julia, »ist sie die Zahl der Illuminaten. »Das ist ein Geheimbund aus Deutschland, der von Adam Weishaupt gegründet wurde.«

»Du hast wohl zu viel Dan Brown gelesen«, erwiderte Emily.

»Nein, das klingt total plausibel. Der Gründer der Illuminaten, dieser Adam Weishaupt, soll angeblich genauso ausgesehen haben wie George Washington. Und weißt du was? Er soll ihn umgebracht haben und ist statt seiner Präsident der Vereinigten Staaten geworden. Seitdem ist sein Portrait auf der Eindollarnote drauf und auch das Motto der Illuminaten ist das Motto der Vereinigten Staaten geworden.«

Julia zog einen Dollarschein hervor, den sie vorhin am Flughafen abgehoben hatte.

»Hier ist das Zeichen der Illuminaten«, sagte sie. »Eine Pyramide mit einem Auge.«

Emily schaute verwundert auf den Schein. Da war tatsächlich eine Pyramide mit einem Auge. Passte das zu den USA?

»Und hier steht das Motto.« Julia wedelte mit dem Schein vor Emilys Augen herum, als wäre Emily Tänzerin in einer Tabledance-Bar. »Novus Ordo Seclorum.«

Novus Ordo Seclorum.

»Das heißt *Neue Weltordnung.*«

Neue Weltordnung.

New World Order.

Emilys Handy piepte.

IHR HABT NICHT ALLE ZEIT DER WELT! IHR SOLLTET SCHON LÄNGST UNTERWEGS SEIN.

Das hatte sie erwartet.

»Verdammt, der Kerl macht Druck! Jetzt haben wir die Dreiundzwanzig.« Emily schaute abwechselnd auf den Schein und das Blatt Papier. »Aber wir wissen immer noch nicht, wo wir hinmüssen.«

»Zeig mal her«, sagte Julia, und sie überflog ihre Notizen.

… geht mit dieser Nummer zu der Straße an der Stadtmauer. Dort werdet ihr weitere Informationen finden.

»Straße an der Stadtmauer? Gibt es in New York noch eine Stadtmauer?«, fragte sie erstaunt.

»Vielleicht nicht. Aber vielleicht gibt es noch den Namen? Das Wort für *Mauer*?«, überlegte Emily.

»Mauer heißt … Wall!«

»… und die Straße …«, ergänzte Emily.

»… ist die Wall Street!« Julia klatschte in die Hände. »Wall Street 23! Gibt es das Haus?«

Emily klickte in ihr Smartphone. »Verdammt, wir müssen los. Und ja, scheint es zu geben. Ist ein Eckhaus. Fahren wir mit dem Taxi? Dieser verrückte Typ hat uns ja keine Deadline gegeben.«

»Habe eigentlich keine Lust mehr auf Taxis«, maulte Julia.

»War auch ganz schön teuer in letzter Zeit, das viele Taxifahren«, stimmte Emily zu. Sie hatte keine Lust auf Diskussionen. »Aber egal. Lass uns los!«

Sie rannten nach draußen.

»Na ja, deine Eltern werden dir doch sicher aushelfen können.« Julia lachte dreckig, während sie neben Emily herlief.

»Die sind die Letzten, die davon erfahren sollen. Deswegen habe ich dich ja auch angerufen. Sonst bin ich schneller, als ich denken kann, in einem Internat.«

»Denk trotzdem noch mal an die Quersumme von zwei und drei«, sagte Julia zu Emily beim Rausgehen.

»Fünf. Wieso?«

»Das ist gefährlich«, sagte Julia, »ein Pentagramm hat fünf Ecken!«

»Du fängst langsam genauso an zu spinnen wie dieser Jonathan«, sagte Emily.

Sie standen vor der Columbia. Emily winkte ein Taxi heran.

»Und das Pentagon hat auch fünf Ecken. Darum heißt es auch so«, erzählte Julia weiter.

»Schön, dass wir so paranoid sind.«

»Ich bin schon glücklich, wenn ich nur meine Koffer wiederbekomme.«

Ein Taxi hielt mit quietschenden Reifen.

»Wie?«, fragte Julia. »Jetzt doch ein Taxi?«

Emily nickte und sprang auf der einen Seite ins Taxi. Jetzt war keine Zeit für Zickereien. »Ein Taxi ist schneller, und wir haben Empfang. Falls sich der Irre meldet. Den haben wir in der U-Bahn nicht. Und einen Koffer hast du ja nicht dabei! Also los!«

Sie knallten die Türen zu, und das Taxi nahm Fahrt auf.

36

Das Federal Hall National Monument markierte die Stelle, wo George Washington 1789 als Präsident vereidigt wurde, und seine Statue wurde von der Nachmittagssonne beschienen, die schon den leichten Rotstich der Abenddämmerung mit sich trug. Dort, an dieser Stelle, hatte der Siedlungsbau von dem begonnen, was einmal Manhattan werden sollte. Dort wurde als Erstes die Stadtmauer errichtet, und die Straße an dieser Stadtmauer trug ihren Namen bis heute. Mauer Straße.

Oder: *Wall Street*.

Die Wall Street 23, auch genannt das *House of Morgan*, befand sich direkt an der Ecke zwischen Wall Street und Broad Street, gegenüber war die Börse, die New York Stock Exchange und daneben die Statue von George Washington. Börse, Bank und Politik. Und John Pierpont Morgan, der das *House of Morgan* zu seiner Größe gebraucht hatte, hatte alles in sich vereinigt. Die Bank war am Ende so groß gewesen, dass sie Mitte des zwanzigsten Jahrhunderts von den Kartellbehörden zerschlagen wurde. Ihr Dad hatte ihr die Geschichte einmal erzählt, und sie hätte nie gedacht, dass ihr die Story einmal helfen würde – vor allem nicht dabei, die Rätsel eines irren Puppenspielers zu lösen.

Wall Street 23. Das Gebäude war nur vier Stockwerke hoch, ein krasses Understatement in einer Gegend, wo die Hochhäuser sich aufgrund des Platzmangels mehrere Hundert Meter in den Himmel erstreckten und die Grundstücks- und Immobilienpreise so hoch waren wie die Häuser selbst.

»Schön«, sagte Emily und blickte sich um. »Und wo soll hier etwas sein?«

Julia zog an den Kordeln ihres Manchester-United-Kapuzenpullovers. Emily wartete nur auf den Moment, in dem sie mit ihren Mitstudenten aneinandergeraten würde, weil sie ihnen sagen würde, dass Fußball viel spannender sei als alle anderen Sportarten und sie niemals verstehen würde, wie man so etwas Langweiliges wie Baseball auch nur ein paar Sekunden aushalten konnte. Doch dafür war jetzt keine Zeit.

»Vielleicht sollten wir …« Julias Blick schweifte über die Heerscharen von Anzugträgern, die an der Kreuzung vorbeieilten und die in eigentümlichem Gegensatz zu den eher schluderig gekleideten Touristen standen, die mit Kameras und Brustbeuteln herumstanden, dumm in die Gegend schauten und sich beklauen ließen.

»Was ist denn das?«, fragte Julia da plötzlich.

Ihr Blick war auf einen Mülleimer geheftet. Auch Emilys Blick folgte dem ihrer Freundin. In dem Mülleimer war ein Stück Pappe, das die Aufschrift 23 trug.

»Ist zwar asozial, im Mülleimer rumzuwühlen, aber was soll's?« Julia zog die Pappe, ohne viel Federlesens, wie es ihre Art war, aus dem Mülleimer.

Emily betrachtete die Pappe von allen Seiten. Auf der Vorderseite stand ein Text, auf der Rückseite war ein Schlüssel befestigt.

»Na, was haben wir denn da?« Sie las den Text vor.

Geht in die Bibliothek. Schaut in das, was der Meister der Druckkunst geschaffen hat, auf Seite 495.
Ihr müsst den letzten Feind treffen. Den Feind, der vernichtet gehört.

Julia schüttelte den Kopf. »Was ist das doch bloß für ein saublöder Psychopath!«, zischte sie. »Was ist da in London letztes Jahr bloß schiefgelaufen? Hätte er nicht derjenige sein können, der von der U-Bahn überfahren wird? Mann, Em, das hättest du doch noch hinkriegen können?« Sie stieß Emily an. Als Emily sie verdutzt anschaute, lachte Julia wieder ihr dreckiges Lachen. »Dann hätten wir jetzt Ruhe!«

»Gut«, sagte Emily, »aber jetzt wieder zum Thema. Wir haben das übliche mystische Kauderwelsch, verbunden mit einem klaren Auftrag. Die Frage ist allerdings: *Welche* Bibliothek meint der Kerl?«

»Und wofür ist dieser Schlüssel?«, fragte Julia.

»Wahrscheinlich für die Bibliothek«, sagte Emily, die erst einmal eine Frage beantwortet haben wollte, bevor die nächste kam. »Die Frage ist nur immer noch, welche?«

»Doch wahrscheinlich eure College-Bibliothek.« Für Julia schien das keine Frage zu sein. »Die ist doch am nächsten dran.«

Emily schüttelte den Kopf. »Erst einmal interessiert den Typen nicht, was nah dran und bequem ist. Und außerdem haben wir zwei Bibliotheken im College.«

»Und was meint er mit Gutenberg?«

»Gutenberg hat doch den Buchdruck erfunden.«

»Das weiß ich auch!« Julia zupfte an ihrem Kapuzenpulli und streckte einem Jungen die Zunge heraus, der sie zu lange angeschaut hatte.

»Meint er ein Buch, das per Buchdruck gedruckt wurde?« Emily schaute an der Fassade der Wall Street 23 hinauf.

»Gegenfrage Ms Waters«, sagte Julia und setzte wieder ihr keckes Gesicht auf. »Welches Buch ist heutzutage nicht per Buchdruck gedruckt worden? Ich denke, Handschriften sind selten geworden.«

»Auch wieder wahr.« Sie starrte Löcher in die Luft der Wall Street. Ein Hotdog-Verkäufer bot drei Meter neben ihr Hotdogs mit Sauerkraut an, was in New York als Spezialität galt, Emily jedoch ausgesprochen widerwärtig fand.

»Vielleicht hat die Bibliothek ja auch etwas mit diesem Morgan, oder wie immer der hieß, zu tun?«, fragte Emily dann.

Julia hob die Augenbrauen. »Vielleicht? Schauen wir mal.«

An dem Gebäude Wall Street 23 war ein Hinweisschild. Das Haus war mittlerweile nur noch ein Museum und behauptete sich damit umso mehr im Trubel und der Hektik der pulsierenden Wall Street. Julia las laut vor, was auf dem Hinweisschild stand.

»John Pierpont Morgan war einer der größten Bankiers aller Zeiten. Er hatte … aha, Carnegie die Firma Carnegie Steel abgekauft und sie zu US Steel, dem damals größten Stahlhersteller aller Zeiten fusioniert. Aha, interessant.« Sie las weiter. »Emily schau mal hier!«

Emily blickte ebenfalls auf das Schild.

»Besuchen Sie auch die John Pierpont Morgan Library mit der Original Partitur von Mozarts Hornkonzert in Es-Dur, dem *Song of Los* von William Blake und einer der letzten …« Emily und Julia schauten sich an. »… Gutenberg-Bibeln.«

Es piepte wieder. Noch eine SMS.

ES IST ZEIT!

Emily ballte die Fäuste. »Wo ist diese blöde Bibliothek?« Ihre Augen fuhren suchend über den Text. »Aha, in Lower Midtown an der Ecke 225 Madison Avenue und East 36th.«

»Wie kommen wir da hin?«, fragte Julia.

»Kein Taxi in Sicht.« Emily sah sich suchend um. »Dann nehmen wir halt diesmal die U-Bahn, verdammt!«

»Und wenn der Irre zwischendurch anruft und Druck macht?«, wollte Julia wissen.

»Geht vielleicht gar nicht, weil wir in der U-Bahn keinen Empfang haben.« Wider Willen musste Emily über ihren eigenen Scherz lachen.

»Spricht für die U-Bahn.« Julia nickte und zog sich die Kapuze über den Kopf.

Und wenn er Ryan hat?, sagte eine dunkle Stimme in Emilys Kopf. Kannst du es dir dann erlauben, U-Bahn zu fahren und nicht schnell genug zu sein?

Ein Taxi kann auch im Stau stehen, sagte die andere Stimme in ihrem Kopf, die versuchte, sie zu beruhigen. Das kann eine U-Bahn nicht.

Das war die offizielle Begründung. In Wirklichkeit gab es noch eine andere Begründung. Würde sie das Taxi nehmen, würde sie glauben, dass sie wirklich keine Zeit hatte und damit würde sie annehmen, dass Ryan tatsächlich entführt worden war. Und dieser Gedanke war zu schrecklich. Wenn sie die U-Bahn nahm, war alles normal, und sie würde Ryan heute Abend wiedersehen. Das hoffte sie jedenfalls.

»Los«, sagte Julia, »da ist die U-Bahn-Station.«

37

Sie liefen die Madison Avenue hinunter, vorbei an Wolkenkratzern und Vorgärten von beschaulichen Häuschen, die irgendwie gar nicht in diese Beton- und Stahlwelt passen wollten – oder vielleicht irgendwie doch.

Emily hatte zwischenzeitlich versucht, Ryan zu erreichen, aber es war immer nur das Freizeichen zu hören gewesen.

Der wird in einer Vorlesung sein, dachte sie. Oder vielleicht redete sie sich das auch nur ein. Sie hoffte Ersteres und fürchtete Letzteres.

»Also eine Bibliothek hat dieser Morgan offenbar auch?«, fragte Julia, während sie die Avenue entlangeilten.

»Ja«, sagte Emily. »Mein Vater hat mir erzählt, dass er ein Sammler seltener Bücher und Originalmanuskripte war. In seine Sammlung aufgenommen zu werden, war eine Ehre.«

Julia hatte ihr Smartphone geöffnet. »Das stimmt. Hier steht, dass als J. P. Morgan 1909 Mark Twain um ein Originalmanuskript bat, dieser sagte: ›Einer meiner größten Wünsche ist in Erfüllung gegangen.‹«

»Das sagte Mark Twain oder J. P. Morgan?«

»Mann, Em, das sagte Mark Twain.« Julia schüttelte den Kopf. »Das ist doch der Witz!«

Emily schaute Julia an. »Wenn du alles schon weißt, wieso fragst du mich dann?«

Sie grinste wieder frech. »Wissen heißt auch wissen, wo es steht.«

* * *

Die Morgan Library war noch geöffnet. Das Eingangsfoyer war mit Marmorsäulen umrahmt, und der Boden war der Villa Pia in den Vatikanischen Gärten nachempfunden. Beide schauten auf die Wände voller Bücherregale, die byzantinische Deckenverzierung und die Wandgemälde, die historische Persönlichkeiten und ihre Musen sowie die Tierkreiszeichen zeigten.

»Eine der weltweit wertvollsten Sammlungen seltener Manuskripte und Drucke«, murmelte Emily, als sie ein Hinweisschild las. »Und hier befand sich auch die Privatresidenz von diesem J. P. Morgan.«

»Helfen wird er uns nicht mehr können«, sagte Julia lapidar.

Sie standen vor der Glasvitrine mit der Gutenberg-Bibel.

»Können wir einfach so dieses Fach aufmachen?«, fragte Emily.

Julia nahm den Schlüssel in die Hand. »Warum nicht, dafür haben wir doch den Schlüssel.«

»Halt! Weißt du, was so eine Bibel kostet? Und was mit uns passiert, wenn wir irgendwas kaputtmachen?«

»Wir machen sie ja nicht kaputt«, sagte Julia. »Also los.«

Das Schloss ließ sich tatsächlich öffnen. Und dann lag das Buch vor ihnen.

Die *Biblia Sacra Latina*, eine der letzten Gutenberg-Bibeln. In edlem Goldschnitt mit metallbeschlagenem Leder sah dieses Buch so ehrwürdig aus, dass man es kaum anfassen mochte.

»Gut, wonach suchen wir?«, fragte Julia.

»Irgendwas auf Seite 495, ganz oben.«

Julia blätterte vorsichtig durch die uralten Seiten.

»Hier ist die Seite. Und hier … Verdammt!«

»Was?«

»Das ist ja Latein!«

»Was hast du denn gedacht? Chinesisch?«

»Können wir nicht einfach eine englische Bibel nehmen?«

»Nein, können wir sicher nicht, da ist das mit der Seitenzahl sicher anders.«

Emily beugte sich nach vorn. Ihr Latein aus der Schule war noch nicht ganz eingerostet. »Da steht was mit Zerstörung oder Vernichtung, glaube ich.«

»Schau doch mal nach, welche Passage das ist.«

»Erster Brief des Paulus an die Korinther 15,26.«

»Na also.« Julia öffnete ihr Smartphone und steuerte eine Online-Bibel an. »Schauen wir doch mal. Hier haben wir es. Da steht, dass der letzte Feind, den man vernichten muss, der Tod ist.«

Emily sah Julia an. »Der Tod.« Sie schluckte und wiederholte dann noch mal: »Der Tod. Was meint er genau damit?« Sie zeigte auf sich. »Wir treffen den Tod?«

»Glaube ich nicht«, widersprach Julia. »Wenn wir sterben, können wir keine Rätsel mehr lösen. Das passt alles nicht.«

»Und der Tod wird doch auch vernichtet.«

»Also, er will doch, dass wir irgendetwas finden, was mit dem Tod zusammenhängt.«

»Und soll das hier sein?«

Emily zuckte die Schultern.

»Vielleicht. Wenn wir schon einmal hier sind.«

»Und was sollte das sein?«

»Da wir in einer Bibliothek sind, vielleicht ein Buch über den Tod.«

Mittlerweile war es spät geworden, und Emily und Julia konnten nur von Glück sagen, dass die Bibliothek heute lange geöffnet war.

Sie hatten ein Buch gefunden. Das *Liber Mortis* oder *Buch des Todes* aus dem Mittelalter.

Sie dachten, sie hätten schon alle Rätsel gelöst. Doch in dem Buch war ein mit altmodischer Schreibmaschine getippter Zettel versteckt, mit einem Rätsel, das genauso seltsam wie unlösbar klang.

Erinnert euch an den Tag des Zorns. Und dann geht an den Ort, der nicht so hoch ist wie der Turm zu Babel, aber höher als die Cheopspyramide.

Der Ort, wo die Steine von den Toten getrennt wurden.

38

Sie waren wieder zu Hause.

An der Tür hing ein Zettel. Emily rechnete mit dem Schlimmsten, aber der Zettel war von ihrem Nachbarn am Ende des Flurs.

Hier ist was abgegeben worden für dich, komm mal vorbei. Cheers, Ed.

Sie klingelten bei Ed und dort standen: Julias Koffer!

»Die hat vorhin ein Kurier abgegeben, gehören die dir?« Er schaute Emily an.

»Nein, die sind von meiner Freundin.« Sie überlegte einen Moment. »Ähm, weißt du, wie dieser Kurier ausgesehen hat?«

»Keine Ahnung, so wie die alle aussehen.« Ed zuckte die Schultern. »Er sagte, bei euch war keiner zu Hause und fragte, ob ich was annehmen kann. So wie das ja immer läuft.«

»Okay, danke.«

Sie gingen zurück in Emilys Zimmer.

Die Koffer waren zurück, und Julia packte eilig ihre Sachen aus.

Von Ryan fehlte nach wie vor jede Spur.

Emily sorgte sich schrecklich, vor allem, da sie Ryan immer noch nicht erreichen konnte.

Sie wählte die Nummer. Schon wieder die Mailbox.

Julia bemerkte ihre Unruhe.

»Immer noch nichts?«, fragte sie.

Emily schüttelte den Kopf. »Nein. Wenn er heute Nacht noch immer nicht zurück ist, gehe ich sofort zur Polizei, ganz egal, ob ich dann wieder nach London muss oder nicht.« Sie stemmte die Arme in die Hüften, und es fiel ihr schwer, die Tränen zurückzuhalten. »Ich halte diese Unsicherheit nicht mehr aus. Ich …«

Weiter kam sie nicht. Denn da hörte sie, wie eine SMS auf ihrem Handy einging.

DIE STEINE MÖGEN SCHLAFEN, ABER DIE TOTEN SCHLAFEN NICHT.

»Jonathan«, sagte Emily. »Wir müssen noch mal los.«

»Wissen wir denn, wo die Reise hingehen soll?«, wollte Julia wissen.

»Bisher nicht.« Emily ging zur Tür. »Aber ich kenne jemanden, den wir fragen können.«

Lisa war noch wach gewesen, und Emily hatte Julia und Lisa miteinander bekannt gemacht. Die strebsame, zurückhaltende Lisa und die impulsive Julia konnten kaum unterschiedlicher sein, aber dennoch schienen sie sich auf Anhieb sympathisch zu sein.

»Die Steine von den Toten trennen«, sagte Emily. »Ist das symbolisch oder wörtlich gemeint?«

»So wie der Typ spinnt, bestimmt wörtlich«, knurrte Julia, die in ihrem Smartphone nach Hinweisen suchte.

»Und was ist mit der Cheopspyramide?«, fragte Emily. »Hier in New York ist doch alles größer als die Cheopspyramide.«

»Wenn er es so mit biblischen Anspielungen hat«, begann Lisa, »und das dann noch immer in die reale Welt überträgt, kann er mit *Tag des Zorns* doch nur eine Katastrophe meinen, die es hier wirklich gegeben hat.«

»Der elfte September?«, fragte Emily.

»Zum Beispiel.«

»Und wo wurden da die Steine von den Toten getrennt?«

Julia schaltete sich ein. »Das klingt jetzt vielleicht makaber, aber ich denke, als die die ganzen Trümmer vom World Trade Center abgetragen haben, waren da sicher noch eine Menge Leichenteile und so etwas drin. Die müssen sie ja irgendwie raussortiert haben.«

»Schau doch mal nach, ob im Internet etwas steht.« Lisa zeigte auf Julias Smartphone.

»Googlen wir mal.«

Sie surfte eine Weile durch die Seiten.

»Ah, hier haben wir doch etwas«, sagte sie dann. »Die Fresh Kills Deponie in Staten Island.«

Emily hob die Augenbrauen.

»Wo ist das?«

»Etwa eine Stunde von hier entfernt.«

Emily blickte auf die Uhr.

»Da müssen wir jetzt noch hin?«

Julia zuckte die Schultern. »Wenn es schlecht läuft ...«

»Fresh Kills«, murmelte Emily, »schon der Name klingt unheimlich.«

»›Kil‹ heißt auf niederländisch ›Flussbett‹«, sagte Julia, »das war ja mal eine niederländische Kolonie hier.«

»Gut, und was noch?«

»Fresh Kills war einmal die größte Mülldeponie der Welt und …«, sie hielt kurz inne, »der Müllberg war höher als die Cheopspyramide.«

»Da haben wir's«, sagte Lisa.

»Die Deponie wurde im Jahr 1948 geöffnet und 2001 geschlossen.«

»1948«, murmelte Julia, »da ist doch die Quersumme schon wieder Dreiundzwanzig.«

Lisa schaute sie verwundert an. »Ja? Und wieso?«

»Julia hat es immer mit ihren Verschwörungstheorien und der Zahl 23«, erklärte Emily.

»Ja klar«, sagte Julia, »vier und acht sind zwölf. Quersumme ist drei. Und eins und neun sind …«

»Zehn«, sagte Lisa nüchtern. »Du hast dann höchstens eine Dreizehn aber keine Dreiundzwanzig.«

»Man kann nicht immer gewinnen.« Julia schaute wieder in ihr Smartphone. »2001 wurde die Deponie wieder eröffnet und dort wurden sage und schreibe mehr als anderthalb Millionen Tonnen Schutt nach …«, ihre Stimme senkte sich, »nach sterblichen Überresten durchsucht.«

Die Steine von den Toten trennen.

»Die Steine, die von den Toten getrennt werden«, sagte Emily tonlos. »Und da müssen wir jetzt hin?«

»Klingt ja fast so«, sagte Julia. Sie schaute Lisa an. »Kommst du auch mit?«

»Ein andermal gern«, sagte Lisa, »aber ich habe noch einiges zu tun. Ihr könnt mich aber anrufen, wenn ihr schnelle Internetrecherche braucht. Wer weiß, wie da draußen der Empfang ist. Ich bin eh den ganzen Abend hier.«

»Danke, das ist nett!« Emily konnte es ihr nicht verdenken, denn auch sie konnte sich Besseres vorstellen, als jetzt noch lange durch die Nacht zu irren.

»Okay, Em«, sagte Julia und sprang auf, »dann wollen wir mal.«

»Wir wissen doch gar nicht, *wo genau* wir da hinmüssen.« Emily stand ebenfalls auf.

»Das wissen wir aber, wenn wir da sind. Besser, als einfach hierzubleiben.« Julia konnte manchmal pragmatischer sein als ein Mann. »Ich habe schon mal nachgeschaut. Wir nehmen den Zug von Grand Central nach Staten Island. Und dann schauen wir mal.«

39

Sie hatte Ryan immer noch nicht erreicht, und allmählich fraß sich die Angst in Emilys Bewusstsein. Sie saß neben Julia an einem Fensterplatz des Zuges von Grand Central nach Staten Island. Draußen huschten in der Dunkelheit Jersey City, Greenville und Bayonne vorbei, unterbrochen von Hafenanlagen und einzelnen Häuserblöcken. Eine dicke Inderin fuhr mit einem Servierwagen durch die Gänge, und ihre monoton gelangweilte Stimme hallte durch den Wagen. »Wasser, Cola, Kaffee, Tee …«

Emily nahm sie kaum zur Kenntnis und legte das Handy beiseite. Schon wieder kein Empfang. Verdammte Züge! Vielleicht wäre Ryan jetzt auch wieder erreichbar. Wenn sie von diesem seltsamen Ausflug wieder zurück sein würden, würde sie sofort Ryan anrufen, und wenn er dann immer noch nicht da wäre, würde sie zur Polizei gehen. Es ging nicht anders.

Sie hörte vom Ende des Wagens die quakende Stimme der Inderin, »Wasser, Cola, Kaffee, Tee …«, und blickte nach draußen. Genau diesen Weg waren auch die Trümmer des World Trade Centers gefahren, die Steine und die Toten.

Und sie fühlte sich genauso reglos.

40

Aus dem Helikopter, in dem er saß, konnte er den Zug sehen. Und wenn er sich anstrengte, glaubte er, am Fenster das Gesicht von Emily zu erkennen. Und daneben Julia, ihre beste Freundin, die doch tatsächlich nach New York gekommen war. Er konnte es noch nicht so recht glauben, auch wenn er mit ihr gesprochen hatte.

Freundschaft, Liebe.

Wer es braucht, dachte er.

Jonathan hatte Emotionen und Leidenschaft immer für störend gehalten. Zunächst gab es dafür keine Zeit. Und außerdem gehörte er eher zu denen, die ihre Nerven mit dem Thrill des Risikos und des Gewinnens reizten. Einer, der das Hinterherlaufen hinter vermeintlich großen Emotionen den Träumern und den Trotteln überließ und alles andere monatlich bezahlte.

Leidenschaften halfen nie. Sie taten nur weh. Das bisschen Freude, dass die Liebe liefern kann, war ein Witz im Vergleich zu dem Schmerz, den sie anrichtete. Emily würde das noch erkennen. Und Ryan auch. Denn irgendwann verwandeln sich alle Frauen in Mütter, die ihren Mann nur noch herumkommandieren. Herumkommandieren und Besserwissen, abschätzige Blicke, mit denen man morgens nach oben zurückgeschickt wird, weil die Krawatte mal wieder nicht zum Hemd passt, immer dieser vorwurfsvolle Blick, wenn man zu spät oder gar nicht nach Hause kommt.

Wollte man das?

Sicher nicht.

Er würde Emily ein bisschen helfen.

Und Ryan auch.

Das war die Rache.

Es war halt schlimmer, etwas weggenommen zu bekommen, als niemals etwas besessen zu haben.

Es war leichter, selbst zu sterben, als den Tod eines lieben Menschen erdulden zu müssen.

Es gibt den anderen Tod und den eigenen Tod.

Und es gibt einen Unterschied zwischen beiden.

Der Tod des anderen ist schlimmer als der eigene Tod.

Denn man liebt die Menschen umso mehr, je länger man von ihnen getrennt ist. Oder wenn man sie verloren hat.

Unter sich sah er die Upper Bay, die sich vor Manhattan erstreckte und weiter südlich schon Staten Island und die Fresh Kills Deponie.

Sie waren auf dem richtigen Weg.

Und er auch.

41

Die Deponie erhob sich düster und bedrohlich wie ein kauerndes Ungeheuer vor dem dunkelblauen Abendhimmel. Letzte Reste vom Rot der untergehenden Sonne am Abendhimmel zogen über den Horizont wie ein blutiger Schnitt. Güterzüge ratterten in einiger Entfernung über rostige Gleise, und ein kalter, beißender Ostwind, der fast schon an den Winter erinnerte, blies über die gesamte Szenerie. Weichen kreischten in dem Moment, als ein Helikopter über sie hinwegflog und wieder nach Norden abdrehte.

Emily blickte vor sich.

Auf die Deponie.

Die Cheopspyramide, dachte Emily. Wahrscheinlich müssen wir auf das verdammte Ding hinaufsteigen.

Der Weg nach oben dauerte eine Ewigkeit. Mehrfach rutschten beide wieder den Hang hinunter oder knickten um. Emily schauderte bei dem Gedanken, dass hier die Leichenteile aus den Ruinen des World Trade Center von den Stahlbetontrümmern getrennt worden waren. Und was wäre, wenn doch noch irgendwelche Leichenteile hier in diesem Berg steckten, der sich in den grauen Abendhimmel erhob? Wenn Emily abrutschte und auf einmal etwas freisetzte, was sie nicht sehen wollte? Einen grinsenden Totenschädel oder eine mumifizierte Leiche, die sie vorwurfsvoll aus leeren Augen anstarrte?

Sie versuchte den Gedanken zu verdrängen.

Endlich hatten sie die Spitze erreicht.

Irgendetwas war dort. Ein Banner?

Nein, es war eine Eisenstange.

Eine Eisenstange, an der ein Briefumschlag hing.

Emily dachte nicht lange nach und griff nach dem Briefumschlag.

Darin ein Foto. Noch bevor sie es richtig ansah, wusste sie, wer es war. Er trug eine seltsame, schwarze Weste. Und er war mit einer aktuellen Ausgabe der *New York Times* abgebildet.

Ich lebe, aber ich weiß nicht, wie lange noch.

Und sie kannte auch die Schrift.

Die Schrift, die sagte: »Ich lebe, aber ich weiß nicht, wie lange noch.«

Vielleicht war das der Grund, warum der Wahnsinnige ihnen diesmal wieder keine Frist gesetzt hatte. Vielleicht, damit sie genug Zeit hatte, um den ganzen Schrecken zu erfassen. Und damit er genug Zeit hatte, um ihre Angst auszukosten und sich daran zu weiden.

Dennoch dauerte es ein paar Sekunden, bis die schreckliche Wahrheit ihr Bewusstsein erreicht hatte – die Wahrheit, die ihr Gehirn noch ein paar Sekunden gnädig zurückgehalten hatte, während sie mit Julia schmutzig und fröstelnd auf dem Gipfel der Mülldeponie stand, dieser Cheopspyramide des Grauens, während sich unten in einer Schönheit, die gar nicht zu dieser Atmosphäre passen wollte, zur Linken das nächtliche New

Jersey und weiter hinten das nächtliche Manhattan erstreckten, unterbrochen von der Upper Bay, in der hier und da große Schiffe das Wasser durchkreuzten.

Sie kannte die Person auf dem Foto.

Und sie kannte die Schrift.

Ryan.

Sie sank auf die Knie und brach in Tränen aus.

42

TAG 5: MITTWOCH, 5. SEPTEMBER 2012

Sie kamen zurück ins Appartement.
Und da stand sie.
Die Kleiderpuppe. Mit Ryans Kleidung. Und der Schirmmütze.
Irgendetwas half ihr, nicht umzukippen. Vielleicht war es Julia, die bei ihr war. Vielleicht war es auch einfach nur ihr eiserner Wille, der mittlerweile wieder komplett auf Überlebensmodus gestellt war.
Vielleicht war es auch nur die Klingel, die in dem Moment ertönte, als sie die Kleiderpuppe erblickte.
Es war nach Mitternacht. Wer konnte das noch sein?
Sie drückte auf den Klingelknopf.
»Hallo?«
»Westin Undertaker«, sagte die Stimme am anderen Ende. »Wir wurden von einer Emily Waters angerufen.«
Westin Undertaker, dachte sie. Was sollte das?
»Das bin ich«, sagte sie tonlos, »aber ich habe Sie nicht angerufen.«
»Doch, haben Sie«, sagte die Stimme am anderen Ende. »Vor etwa anderthalb Stunden.«
»Warten Sie, ich komme raus.«

Emily ging mit Julia nach draußen.

Und dort traf sie wieder der Schlag.

Dort stand ein schwarzer Cadillac. Mit einem Fahrer im schwarzen Anzug, während ein zweiter noch an der Tür des Wohnheims an der Gegensprechanlage wartete.

Der Cadillac war blitzblank geputzt und rabenschwarz. Mit einem Kofferraum, der viel größer war als die von normalen Autos.

Und da fiel es Emily ein.

Westin Undertaker. Ein Bestattungsunternehmen.

Das Auto war ein Leichenwagen.

»Was …«, fragte sie mit zitternder Stimme, »was wollen Sie hier?«

»Wie gesagt«, sagte der fein gekleidete Herr mit den graumelierten Haaren. »Ich soll in ihrem Auftrag eine Leiche abholen. Einen gewissen … *Ryan Colins.*«

43

»Tja, mein lieber irischer Prinz, du hättest nicht nach New York mitkommen sollen.«

Er schaute Ryan an, der gefesselt auf dem Stuhl saß. »Mitgefangen, mitgehangen.«

»Ich weiß, dass du jetzt lieber bei deiner Emily wärst als hier bei mir. Und dass du auch gerne etwas anderes tragen würdest als diesen, sagen wir mal, Anzug.«

Er musterte Ryan von oben bis unten.

»Hättest du gedacht, dass ich noch lebe? Und dass ich wiederkomme? Ja, dass ich die ganze Zeit in eurer Nähe war?«

Ryan starrte nur verbittert vor sich hin.

»Ich habe nur einen Flug nach euch nach New York genommen«, sagte Jonathan. »Und ich habe die Stewardess gefragt, ob euer Flug denn planmäßig abgehoben sei.«

Jonathan imitierte die Stimme der Stewardess. »Ja, Sir. Alles planmäßig. Und wir werden ebenfalls in fünfzehn Minuten abheben. Darf ich Ihnen noch einen Champagner bringen?«

»New York, New York«, summte er und blickte an Ryan vorbei aus dem Fenster. »Zeit für neue Abenteuer, habe ich gedacht. Zeit für ein neues Spiel. Zeit für … Das Spiel der Angst.«

Er ging einmal um Ryan herum.

»*Alles hat einmal ein Ende*«, *sagte Jonathan.* »*Auch der Tod. Jedenfalls mein Tod. Bei eurem Tod*«, *er schaute Ryan unverwandt an,* »*wäre ich da nicht so sicher.*«

Er ging zum Fenster und blickte auf das Lichtermeer unter ihm.

»*Emily hat gerade Besuch bekommen von einem eleganten, älteren Herrn, der ihr, das denke ich jedenfalls, den Schock ihres Lebens eingejagt hat.*«

Er sah zu Ryan.

»*Wir zwei, mein irischer Prinz, werden allerdings das Spiel noch etwas interessanter machen.*« *Er verschränkte die Arme und schien durch Ryan hindurchzustarren.* »*Emily möchte dich finden. Sie darf aber nur zu dir, wenn sie aufhört, mit der Polizei zu sprechen. Ansonsten macht es … Bumm!*«

Er schaute auf den schwarzen Anzug, den Ryan trug und der mit seltsamen Kabeln versehen war.

»*Und weil das noch nicht reicht, werden wir später dafür sorgen, dass du, mein lieber irischer Prinz*«, *er zeigte auf Ryan,* »*umso mehr in Gefahr gerätst, je näher sie dir kommt.*«

Ryan schaute ihn mit zusammengekniffenen Lippen an. Wenn er könnte, das wusste er, würde er Jonathan zusammenschlagen. Aber er konnte nicht.

»*So ist es nun mal, Ryan Colins*«, *sagte Jonathan.* »*Im Kampf Gut gegen Böse hat das Böse mehr Spaß.*«

»*Aber das Gute gewinnt*«, *entgegnete Ryan.*

»*In den Büchern vielleicht. Und bei Disney. Aber nicht in der Realität.*«

44

Sie saß im Büro von Inspector Jones beim New York Police Department.
Emily war nichts anderes eingefallen, als zur Polizei zu gehen.
»Das Bestattungsinstitut hat tatsächlich einen Anruf mit unterdrückter Nummer bekommen, die Stimme war weiblich und gab sich als Emily Waters aus«, sagte Jones, der resigniert einen Stapel Papier durch die Finger gleiten ließ.
Dieser Bastard, dieser Jonathan, hatte einen Leichenwagen für Ryan bestellt!
Und überhaupt, was war mit Ryan? Lebte er?
»Das ist ein ziemlich übler Stalker«, sagte Jones, »aber so lange er Ihnen gegenüber nicht aggressiv wird, können wir wenig machen. Vor allem, da wir ja gar nicht wissen, wer er ist oder wie er heißt.«
»Er heißt Jonathan Harker«, sagte Emily, gefühlt schon zum tausendsten Mal, »und er muss hier irgendwo in New York sein! Und wenn er einfach meinen Freund entführt, was ist er dann, wenn nicht gefährlich? Und wenn der mir gegenüber nicht aggressiv ist, was ist er dann?«
»Er hat Ihnen persönlich noch kein Haar gekrümmt. Und

gemeldet ist er hier jedenfalls nicht«, gab Jones zurück, »das haben wir schon geprüft. Und beweisen können wir leider auch nicht, dass er es war, der ihren Freund Ryan Colins offenbar entführt hat.«

Offenbar, dachte Emily, die glaubten ihr hier doch genauso wenig wie damals Carter und diese Ms Bloom in London.

Dann schaute Jones auf das Blatt Papier, das Emily mitgebracht hatte.

»Wir haben übrigens diesen Zettel noch einmal beim Grafologen mit Schriftstücken von ihrem Freund Ryan Colins verglichen.«

Emily schaute auch auf das Blatt Papier, das sie oben auf der Spitze der Fresh Kills Müllkippe gefunden hatte, zusammen mit dem Foto von Ryan.

Ich lebe, aber ich weiß nicht, wie lange noch.

»Grafologische Analyse positiv«, sagte Jones, »das ist die Schrift von Ryan Colins.«

Das hatte Emily befürchtet.

Dann musste er doch noch leben, dachte Emily, musste er doch, oder?

»Eine andere Sache ist da noch, die mir nicht gefällt«, sagte Jones.

»Nämlich?«

»Dieser seltsame schwarze Anzug, den Ryan trägt«, begann Jones, »für mich sieht das aus wie ein …«

Er schaute genauso verkniffen drein wie damals Carter in London, so als wäre Emily zu klein und dumm, um die harte Wahrheit zu hören.

»… wie eine Sprengstoffweste.«

Das hatte Emily dann doch nicht erwartet. Vor ihrem inneren Auge sah sie Terroristen im Nahen Osten. Selbstmordattentäter. Explosionen. Sah das Gesicht von Ryan. Und dann nur noch einzelne Teile, die …

Sie atmete tief ein, um die Bilder, die sofort in ihrem Kopf waren, unter die Oberfläche ihres Bewusstseins zu drücken.

Eine Sprengstoffweste.

»Es kann auch sein, dass dieser Jonathan nur blufft.« Jones verzog das Gesicht. »Aber es sieht jedenfalls so aus, als wäre die Weste echt.«

Jones stand auf.

»Sie müssen sich entscheiden, Ms Waters«, sagte er. »Wir können für Sie Personenschutz organisieren, allerdings kann das nicht über die Polizei laufen, da dieser Stalker sich Ihnen noch gar nicht genähert hat.« Er schaute sie an. »Was allerdings Fakt ist, ist, dass dieser Jonathan offenbar Ryan Colins entführt hat. Und da werden wir selbstverständlich aktiv werden. Und Sie, Sie werden sich sofort bei uns melden, wenn dieser Irre mit Ihnen Kontakt aufnimmt. Das Beste ist, wenn wir Ihr Telefon verwanzen, dann kriegen wir alles mit, was er Ihnen zu sagen hat.«

»Sicher«, antwortete Emily, und es war ihr, als hörte sie die Stimme eines anderen. »Sie können auf meine Hilfe zählen.«

In dem Moment summte ihr Handy. Eine SMS.

»Darf ich?«, fragte sie.

Jones nickte gütig. »Natürlich.«

Eine unbekannte Nummer.

HALTET EUCH AN MICH, stand dort, UND BLEIBT DER POLIZEI FERN! JE MEHR DU DIE BULLEN INS BOOT HOLST, DESTO GERINGER DIE WAHRSCHEINLICHKEIT, DASS DU RYAN JEMALS WIEDERSIEHST.

Jones hatte bemerkt, wie blass sie geworden war. Was auch kein Wunder war, schließlich wurde sie von diesem Psychpathen beobachtet, wie sie gerade erfahren hatte.

Durfte sie ihm die SMS zeigen, fragte sie sich. Lieber nicht. Wie sie den Irren kannte, würde er auch das herausfinden.

Und die Konsequenzen könnten furchtbar sein.

»Alles in Ordnung?«

Emily nickte. »Ja.«

Sie musste hier weg. Jeder Moment, den sie bei der Polizei war, war ein weiterer Sargnagel für Ryan. Sie musste das hier offenbar, wie schon in London, selbst in die Hand nehmen.

Der Starke ist am mächtigsten allein, hatte Shakespeare in Hamlet gesagt, auch wenn sie sich im Moment überhaupt nicht stark fühlte. In London hatte er Julia entführt. Ihre beste Freundin. Und ihr vorgegaukelt, dass es Ryan gewesen wäre, der sie terrorisiert hatte. Hier hatte er Ryan entführt. Julia, ihre beste Freundin, war jetzt bei ihr.

»Ich glaube, ich muss mich jetzt ein bisschen hinlegen.« Sie stand auf und machte wirklich den Eindruck, als wenn sie gleich einschlafen würde. Doch das war nur geschauspielert. Ihre tatsächliche Müdigkeit war nämlich durch das Adrenalin wie weggeblasen.

»Sicher«, sagte Jones, »das war ja eine sehr harte Nacht für Sie.« Er nickte, halb zu Emily, halb zu sich selbst. »Ein Wagen wird Sie nach Hause bringen.«

45

Sie lag im Bett, in dem sie sonst zusammen mit Ryan schlief. Es entspannte sie immer, in seinen Armen einzuschlafen, auch wenn er manchmal leise schnarchte. Aber trotzdem konnte sie mit ihm viel besser einschlafen als allein.

Allein.

Das war sie jetzt.

Immerhin war Julia bei ihr, die neben ihr im Bett seelenruhig schlief. Doch sie war nicht Ryan. Ryan war ihr Freund. Und vielleicht irgendwann ihr Mann.

Wenn es ihn dann noch geben sollte.

Würde es ihn noch geben?

Der Irre würde ihn nicht töten. Nicht, solange sie machte, was er wollte. Aber wie lange sollte sie dies noch mitmachen? Oder besser: Wie lange konnte sie das mitmachen? Wie lange konnte sie das aushalten?

Sie schaute auf die Uhr.

Drei Uhr fünfundvierzig.

Die Zeit zwischen drei und vier Uhr morgens.

Die Zeit, wo man so einsam ist, wie niemals sonst.

So einsam, wie ein einzelner Mensch in einer Kapsel am Ende des Universums.

Sie stand auf, ging hinüber zum Spiegel, sah ihre blaugrünen Augen, sah die rotblonden Haare, die ihr Gesicht umrahmten, sah die vollen Lippen, die sie manchmal zusammenkniff, wie jetzt in diesem Moment, in dem sie sich so hilflos und allein fühlte. Sie sah den hellen, leicht keltischen Teint, der ihr jetzt, wo der Schrecken die Farbe aus ihrem Gesicht gezogen hatte und das bläuliche Licht des Mondes und der Straßenbeleuchtung dem Zimmer einen kalten Farbstich gab, viel heller und gespenstischer als sonst erschien.

Es ist wie damals in London, dachte sie. Er jagt mich, und ich bin allein.

»Was machst du da, Em?«

Emily zuckte zusammen.

Julia rieb sich die Augen.

»Du hast mir einen Megaschrecken eingejagt. Dass du einfach so im Zimmer herumgeisterst wie ein Einbrecher.«

Wider Willen musste Emily grinsen.

»Du mir aber auch.«

»Nun lass uns weiterschlafen«, knurrte Julia, »morgen wird es stressig genug.«

Und in der Nacht träumte sie von Ryan.

Und von dem, was in London passiert war.

Vor einem Jahr.

Als Jonathan dafür gesorgt hatte, dass Emily dachte, *er, Ryan,* wäre der Irre. Der Spieler.

Es war Ryan, der von Inspector Carter aus dem Polizeiwagen gezerrt wurde. Und Emily konnte nicht schreien, sich nicht bewegen. Sie stand nur da wie eine Statue aus dem Skulpturenpark in New York, den sie gerade besucht hatte.

Und im Traum, wie damals, als sie Ryan und Carter gegenüberstand, lief vor ihrem inneren Auge noch einmal der Film ab, wie sie sich kennengelernt hatten.

Ryan, den Julia ihr vorgestellt hatte und den sie gleich gemocht hatte. Und von dem sie tatsächlich ein paar Sekunden geglaubt hatte, er selbst, Ryan, wäre der Irre. Das hatte Jonathan natürlich eingefädelt.

So seltsam es war, als sie später merkte, dass Jonathan der wahre Irre war, war sie fast glücklich darüber. Zwar nicht glücklich, dass der Psychopath noch in Freiheit war, aber sehr glücklich darüber, dass es nicht Ryan war. Was sie auch niemals wirklich in ihrem tiefsten Inneren geglaubt hatte.

Dann hatte sie angenommen, Jonathan sei endlich tot. Von einer U-Bahn in tausend Teile zerfetzt. Toter als tot. Unwiederbringlich.

Doch er hatte überlebt. Er war noch immer da. Wie das Böse selbst, das man nicht auslöschen kann.

Damals war Jonathan am Leben gewesen. Doch Ryan wartete am Ende auf sie.

Jetzt war der Psychopath noch immer am Leben.

Und Ryan war entführt.

Es war so schlimm, wie es nur sein konnte.

Und Jonathan würde weitermachen.

Wahrscheinlich so lange, bis er tot war.

Denn warum gibt es das Böse?

Was haben Terroristen davon, wenn sie irgendwo eine Bombe hochgehen lassen?

Warum tun Menschen das Böse?

Manchmal nur, weil es böse ist.

Und sonst nichts.

46

Sie schreckte aus einem unruhigen Schlaf hoch, von dem sie glaubte, dass er nur ein paar Minuten gedauert hatte. Ihr Handy klingelte. Emily schaute auf die Uhr. Es war sechs Uhr morgens.

Eine unterdrückte Nummer. Sie ahnte schon, wer es war.
»Ja«, meldete sie sich.
»Emily.« Kurz, knapp und gehetzt.
Die Stimme von Ryan!
»Ryan, wo bist du?«, rief sie aufgeregt in den Hörer.
»Ich weiß nicht, wo ich bin, ich …«
Dann brach seine Stimme ab. Jemand hatte ihm das Telefon abgenommen.

»Emily«, hörte sie die Stimme, die sie so gut kannte. »Ich weiß nicht, ob die Bullen dein Handy schon verwanzt haben, aber ich bleibe eh nicht lange genug dran. Und dieses Prepaidhandy werde ich gleich danach verbrennen.«

Er machte eine seiner bedeutungsschwangeren Pausen, während Emilys Blick ziellos durch den dunklen Raum schweifte und seltsamerweise dort stehen blieb, wo vor Kurzem noch die Kleiderpuppe gewesen war, die der Irre oder einer seiner Handlanger dort platziert hatte.

»Wenn alles gut geht«, sprach die Stimme weiter, »hast du deinen Ryan vielleicht bald wieder. Allerdings nur, wenn alles gut geht. Wenn es schief geht …« Er hob die Stimme. Sie hörte Schritte. Wahrscheinlich verließ er den Raum, damit Ryan nicht hörte, was er sagte. »Wenn es schief geht, dann habe ich auch gute Nachrichten. Denn dann wird dein Ryan eine Menge von der Welt sehen. Und zwar gleichzeitig.«

Emily war zu müde, um sofort die grauenhafte Bedeutung dieser Worte zu verstehen.

»Ein Teil fliegt nach Queens, ein anderer Teil nach New Jersey. Und ein Teil fliegt nach Staten Island – dorthin, wo du heute Nacht auch schon warst.«

Emily versuchte, nicht laut zu atmen. Schweißperlen waren auf ihrer Stirn.

»Das, liebe Emily, was du gesehen hast«, sprach die Stimme weiter, »ist kein neuer Boss-Anzug aus der Herbst-Kollektion. Es ist ein …« Er schien die Pause auskosten zu wollen. »Es ist eine Sprengstoffweste.«

Sprengstoffweste, dachte Emily. Jones hatte recht gehabt. Natürlich. Wenn Leute etwas Schlechtes vermuteten, dann hatten sie immer recht. Wenn etwas schief gehen konnte, dann ging es auch schief.

»Am Ende wirst du entscheiden, ob er hochgeht und wann er hochgeht. Aber bis dahin möchte ich dir noch ein bisschen Ruhe gönnen.«

»Gib mir Ryan«, schrie Emily, »ich muss mit ihm sprechen. Gibt mir Ryan. Ich muss –«

»Sterben muss man, Emily«, unterbrach sie die Stimme, »und sonst gar nichts. Schlaf gut.«

Die Verbindung endete.

47

Sie hatte kaum geschlafen und saß nun mit Julia in der Cafeteria der Columbia University. An Vorlesungen war natürlich nicht zu denken.

Vorher hatte sie ein Gespräch bei ihrem Tutor Jim, dem sie erklärt hatte, dass sie im Moment einfach nicht so am Studium teilnehmen konnte, wie sie sich das wünschte.

Die Balkontür in Jims Büro hatte offen gestanden, und Emily hatte nach draußen geblickt, wo noch eine Zigarette im Aschenbecher qualmte, deren Rauch sich in seltsamen, geometrischen Mustern zum Herbsthimmel erhob, chaotisch und symmetrisch zugleich. Und irgendwie hatte sie dieser Rauch an ihre eigene Situation erinnert, die genauso chaotisch war, mit dem Unterschied, dass es hier eine Regelmäßigkeit gab, die offenbar jedes Jahr aufs Neue begann, eine Art Rhythmus des Grauens, der in wiederholten Abständen auf Emily einhämmerte. Vor fast einem Jahr hatte sie schon einmal hier gesessen, als ihr Studium begonnen hatte. Draußen vor dem Fenster sprangen gerade, genau wie damals, Spatzen und Meisen in den Bäumen, und die typischen braunen Erdhörnchen, die man nur an der Ostküste der USA findet, hüpften von Ast zu Ast.

Es war so idyllisch gewesen, dachte Emily. Damals war sie

der Ansicht gewesen, jetzt endlich wieder ein normales Leben führen zu können. Und sie hatte nicht geahnt, wie schief sie damit gelegen hatte.

Der Tutor hatte versprochen, mit den Professoren zu reden. Und er hatte Emily angeboten, jederzeit vorbeizukommen, wenn er ihr irgendwie helfen könnte.

Das war nett, dachte Emily. Aber wirklich helfen würde es ihr nicht.

Sie ließ ihren Blick durch die Cafeteria schweifen.

Lisa lief am Tisch vorbei und musterte einige der Studenten mit einem leicht abschätzigen Blick. Dann nickte sie Emily und Julia zu.

»Alles wieder paletti?«, fragte sie.

Sie war ja mehr oder weniger in Emilys Geschichte eingeweiht, wenn auch nicht vollständig. Das mit Ryan wusste sie noch nicht, und Emily war der Ansicht, dass es für Ryan auch besser wäre, wenn sie das nicht überall herumerzählen würde. Jonathan hatte ihnen eindeutig untersagt, die Polizei oder sonst wen einzuschalten. Je weniger also von der Entführung wussten, desto besser.

»Frag nicht«, sagte Emily und lächelte resigniert.

»Ich bin in der Bibliothek«, sagte Lisa, »falls ihr mich braucht.«

Das war gut zu wissen. Es war anzunehmen, dass dieser Verrückte schon bald mit dem nächsten Rätsel aufwarten würde. Und da könnte man Lisa bestimmt gut gebrauchen.

Emily tippte lustlos auf ihrem Smartphone herum. Da fiel ihr eine Mail auf, die etwa seit fünf Minuten in ihrer Inbox war.

Absender war ein gewisser John Martin.

John Martin? Sie kannte keinen John Martin.

Sie öffnete die Mail.

Ein kryptischer Text. Fast so, als käme er von *ihm*.
»Julia, schau mal hier!«
Julia rückte zu Emily.

GEH ZUM FESTMAHL VON DEM, DESSEN STADT UNTERGEGANGEN IST, stand dort. IHR HABT ZWANZIG MINUTEN.

Emilys Magen krampfte sich zu einem Golfball zusammen. *Nur zwanzig Minuten!* Immerhin musste das Ziel einigermaßen in der Nähe sein.

Julia zog die Augebrauen zusammen. »Das ist doch schon wieder von diesem Irren!«

»Und wer ist John Martin?«, fragte Emily und sah auf die Uhr.

»Mann, ist doch völlig egal.« Julia stand auf. »Ist vielleicht ein Deckname, irgendein fiktiv eingerichteter Mailaccount, was auch immer.« Sie sah Emily eindringlich an. »Vielleicht können die Bullen herausfinden, wer das eingerichtet hat?«

Emily schüttelte den Kopf. »Du weißt aber, dass ich Ryan dann in ernste Gefahr bringen würde?«

»Stimmt ja.« Sie schaute sich um. »Also los!«

»Los was?« Emily verstand nicht.

»Los zu unserer Expertin.« Sie schüttelte Emily leicht an der Schulter. »Mann, auf zu Lisa. Die weiß doch bestimmt wieder, was gemeint ist.«

Sie holten Lisa auf dem Weg in die Bibliothek ein und suchten sich rasch einen freien Tisch.

»Das könnte wieder mit Babylon zu tun haben«, sagte Lisa und zog hektisch einige Bücher aus den Regalen hinter sich heraus. Emily warf einen Blick darauf, es handelte sich wohl um vorantike Geschichtsbücher und eine Bibel.

»Ging denn das babylonische Reich wirklich unter?«, wollte Emily wissen. »So wie Daniel das vorhergesagt hatte?«

Sie hatte noch die Erzählung vom Koloss auf tönernen Füßen im Kopf. Dann das Citigroup Building, das tatsächlich aussah, als würde es auf tönernen Füßen stehen. Und dann sah sie Ryan, der sich mit einem Trick Einlass verschafft hatte. Ryan, ihr Held. Ryan, der jetzt in den Fängen dieses Psychopathen war.

»Ja«, bestätigte Lisa. »Als Nebukadnezar starb, wurde sein Sohn Belsazar König. Dieser kümmerte sich nicht um die Weissagung Daniels und feierte trotz der Belagerung Babylons durch die Perser ein rauschendes Fest in einem seiner gigantischen Paläste. Da erschien plötzlich eine flammende Schrift an der Wand. Keiner seiner Schriftgelehrten konnte die Zeichen lesen. So ließ auch der junge König nach Daniel schicken.«

»Vorher wollte er nichts von ihm wissen?«, fragte Julia.

Lisa nickte. »Ist ja bei Experten oft so. Die ruft man erst, wenn es zu spät ist.« Sie rückte ihre Brille zurecht. »Und wieder konnte Daniel die Zeichen lesen, wie es ihm schon gelungen war, den Traum von Nebukadnezar zu deuten.«

Emily schaute unterdessen unentwegt auf die Uhr. Noch siebzehn Minuten.

»Und was sagte die Schrift an der Wand?« Julia beugte sich vor.

»Die Schrift an der Wand lautete: *Mene, Mene, Tekel, U-Parsin.*«

»Menetekel?«, hakte Emily nach. »Ist das nicht ein Begriff für ein schlechtes Zeichen, ein Omen, oder?«

»So in etwa«, sagte Lisa. »Daniel übersetzte dem König die

Bedeutung. Die Worte hießen: *Gezählt, gezählt, für zu leicht befunden, den Persern übergeben.* Gott hatte das babylonische Großreich gewogen und für zu leicht befunden. Babylon war in der Überlieferung vom Alten Testament und in der Offenbarung des Johannes im Neuen Testament die Stadt des Größenwahns, die Stadt der Sünde und die Stadt der Übertreibung.«

»Das sagt man doch auch über New York«, fiel Emily ein. »Also muss da doch ein Bezug sein!« Sie wünschte sich, dass Lisa schneller zur Sache kam. Die Zeit drängte. Noch fünfzehn Minuten.

Julia nickte. »Darum hat es der Irre wahrscheinlich auch auserwählt. Er muss ja immer eine blöde Story erzählen, um allen zu zeigen, wie gebildet er ist. Damals *Paradise Lost*, jetzt der Untergang von Babylon.«

»Passt möglicherweise auch zum elften September«, sagte Emily gehetzt. »Da sagten einige doch auch, dass das das Ende von New York sei. Vielleicht müssen wir da hingehen?«

»Fast«, sagte Lisa. »Aber in diesem Fall war ein Großreich am Ende und wurde von einem jungen, aufstrebenden Großreich abgelöst. Babylon sollte vernichtet werden und an die zweite Großmacht übergehen, das persische Großreich. Dieses Großreich war der bronzene Torso aus dem Traum des Nebukadnezar, der dem goldenen Kopf von Babylon nachfolgte.«

»Was passierte dann?«, fragte Julia. »Ich meine, mit dem König?«

»Der feierte sein Festmahl erst einmal weiter«, erklärte Lisa. »Bis er merkte, dass Daniel recht hatte.«

»Wir haben noch dreizehn Minuten«, sagte Emily, »wir müssen uns beeilen. Was ist die Lösung?«

»Noch in derselben Nacht wurde Belsazar von seinen

Knechten erschlagen. Babylon wurde erobert und dem Erdboden gleichgemacht«, fuhr Lisa fort.

»Schöne Story«, sagte Julia. »Aufstieg und Fall großer Nationen. Da reden die Profs am King's College auch immer von.«

»Schön und gut«, meinte Emily, »aber wie gelangen wir zu diesem Festmahl? Ist das hier irgendwo in New York? Gibt es ein Haus, das nach diesem König benannt ist?«

»Gib doch mal *Belsazar* oder *Fest* oder *Belsazars Fest* bei Google ein«, schlug Julia vor.

»Was würden wir eigentlich machen, wenn es kein Google gäbe?«, fragte Emily.

»Dann hätten wir Pech«, sagte Lisa. »Und Jonathan Glück.«

Lisa klickte durch ihren Laptop. »Es gibt ein Gemälde«, sagte sie dann. »Das Gastmahl des Belsazar. Von 1820.«

»Von wem ist es?«

»Von John Martin.«

John Martin.

Emily zuckte zusammen wie vom Blitz getroffen.

»John Martin?«, fragte sie. »Der Typ hat mir eine Mail geschickt!«

»John Martin mailt dir?«, fragte Lisa. »Der Künstler? Der ist doch schon längst tot.«

Emily schüttelte den Kopf. »Na, der selbst sicher nicht. Aber der Absender hieß so. Was steht denn da bei Wikipedia?«

Lisa flog über den Text. »Hier steht nichts weiter.« Sie schaute Emily und Julia an. »Vielleicht schauen wir mal bei den Kunstbänden?«

Sie rannten in den Bibliotheksteil für bildende Kunst. Zum Glück musste Lisa nicht lange suchen.

Noch elf Minuten.

Das Bild zeigte das riesige Festmahl des Königs und die Worte, die an die Wand geworfen wurden, wie mit einem frühzeitlichen Projektor. Vorne stand der reichgedeckte Tisch des Königs, die Höflinge um ihn versammelt. Blitze zuckten am Himmel.

»Harte Kost«, sagte Emily.

»Mal eine ganz praktische Anmerkung«, gab Julia zurück. »Kann es sein, dass wir also nicht zu dem Festmahl, sondern zu dem Gemälde gehen sollen?«

»Zum Festmahl geht ja wohl schlecht«, sagte Emily. »Es ist ja alles von Gott vernichtet worden.«

»Danke«, erwiderte Julia und verbeugte sich halb. »Das weiß ich auch. Dann noch eine praktische Frage: *Wo* hängt denn dieses Gemälde?«

Lisa überflog den Text. »New Haven, Yale Center of British Art.«

»Und wo ist das?«

»In Connecticut.«

»Da sollen wir doch nicht etwa jetzt hin?« Emily war kurz vor einem Herzinfarkt.

Julia zuckte die Schultern. »Ist immerhin noch an der Ostküste. Schlimmer wäre es, wenn es in Los Angeles hängen würde.«

Emily sah, wie es in Lisa arbeitete. »Könnte es nicht sein, dass ...«

»Was?«

»Lass uns mal schnell dort drüben zu dem Computer gehen«, sagte Lisa.

»Was hast du vor?«, wollte Emily wissen.

»Das seht ihr gleich.«

Sie rannten zu einem der Computerterminals.

Lisa tippte die Worte *John Martin Belsazar New York* in den Rechner.

Es öffnete sich – die Website des Metropolitan Museum of Art.

In New York!

»Bingo!«, sagte Lisa. »Da ist eine Ausstellung mit dem Titel *Die dunkle Romantik* im Metropolitan. Geht noch bis Dezember. Und dieses Bild von John Martin ist einer der Höhepunkte. Und eine Leihgabe aus New Haven.«

Julia stemmte die Hände in die Hüften. »Na dann mal los! Ab ins Metropolitan! Da wollte ich schon immer mal hin.«

Emily schaute auf die Uhr.

Noch zehn Minuten.

48

Sie eilten die Stufen zum Eingang des Museums hinauf. Das Metropolitan Museum of Art, oder nur »Metropolitan« genannt, lag an der Hausnummer 1000 der 5th Avenue und schmiegte sich im Westen direkt an den Central Park, die grüne Lunge New Yorks. Die Upper East Site, wo das Metropolitan stand, war das Viertel der Museen, die in ehemaligen Stadtpalästen der Industriebarone untergebracht waren, der Carnegies und der Mellons und Vanderbilts. Das Metropolitan selbst beherbergte die wohl umfangreichste Kunstsammlung der westlichen Welt und wurde 1870 in Konkurrenz zum Louvre gegründet. Die vier riesigen Säulenportale am Haupteingang ließen einen glauben, man würde sich eher einer Kopie eines babylonischen Palastes nähern als einem Gebäude aus dem neunzehnten Jahrhundert. Aber vielleicht war das auch beabsichtigt.

Sie drängelten sich mit viel Ausreden und weiblichem Charme an der Schlange an der Kasse vorbei. *Die dunkle Romantik* war eine Sonderausstellung und kostete regulär fünfzehn Dollar und für Studenten sieben Dollar, was Julia zu latenten Beschimpfungen Richtung »Abzocke« und »Verhindern von

Kulturgenuss« motivierte. Lisa war vorher schon Richtung Bibliothek gegangen. Sie hatte die kostengünstigere Alternative gewählt.

Schließlich stand Emily vor dem Bild.

Doch was jetzt?

Gab es einen Hinweis auf dem Bild, den sie finden musste?

Sie stand dort ebenso ratlos wie der König Belsazar, der seinen eigenen Untergang nicht kommen sah, während ihr Blick immer tiefer in das Bild eindrang.

Im grellen Licht des von Gott auf die Wand geschriebenen »Mene, Mene, Tekel, U-Parsin«, das die betrunkenen Gäste des Königs in Furcht versetzte, erstreckte sich wie eine Bühne eine gigantische Hofanlage, hinter der sich die Hängenden Gärten Babylons – eines der Weltwunder –, der Palast, der besagte Turm von Babylon sowie der Baal-Tempel erhoben. Direkt im Bildzentrum stand der Prophet Daniel, der dem weiter rechts stehenden König die Inschrift übersetzte, die das Ende seines Königreichs ankündigte. Dem König, der noch in derselben Nacht ermordet werden sollte.

Emily verweilte still vor dem Bild und ließ die düstere Ästhetik auf sich wirken.

Dann kam die SMS.

GUT GEMACHT.

War es wirklich gut, dachte sie. Gut für sie?

Der König wird noch in derselben Nacht ermordet, sagte die Stimme in ihrem Kopf. *Vielleicht ist er nicht der Einzige, der in dieser Nacht ermordet werden wird?*

In diesem Moment spürte sie den Ruck.

Und dann war ihre Handtasche verschwunden.

49

»Halt!«, schrie sie.

Der Mann mit dem Kapuzenpullover und der Schirmmütze rannte den Gang hinunter.

»Julia«, rief Emily. »Der Typ hat meine Handtasche!«

Julia, die vorher noch versunken auf ein Gemälde geschaut hatte, war sofort hellwach. »Der kann was erleben!«

Sie rannten hinter dem Mann her, rempelten andere Besucher an.

»Das hier ist ein Museum, meine Damen«, rief ihnen eine der Wachen zu.

Der hatte gut reden. Sie wussten sehr wohl, dass dies ein Museum war.

Sie wussten aber auch, dass gerade jemand Emilys Handtasche gestohlen hatte. Ob das wohl auch wieder mit Jonathan zusammenhing?

Andere Frage, dachte Emily, was hängt denn nicht mit ihm zusammen?

Der Mann wartete oben an einer Treppe und hielt die Tasche wie eine Trophäe vor sich. So als sollte Emily sehen, was er ihr weggenommen hat. Oder, als wollte er, dass Emily ihn in dem Gedränge nicht verlor? Aber warum?

»Da ist der Mistkerl«, knurrte Julia, »dem schneiden wir die Eier ab!«

Sie spurteten die Treppe hinauf.

Eine riesige Halle. Licht von allen Seiten. Und ein großes Tor, das nach draußen führte.

Skulpturengarten, stand auf dem Tor.

Der Mann sprang durch das Tor hindurch. Er hatte eine Art, sich zu bewegen, die ans Artistenhafte grenzte.

Sie sprinteten beide hinterher durch das Tor.

Moderne Skulpturen und auch einige antike Statuen standen links und rechts von ihnen zwischen Palmen und Sträuchern. Emily hatte gelesen, dass die Skulpturen dort jährlich ausgewechselt wurden. Einige der Gäste waren hier nach draußen gegangen, um im Roof Garden Café einen Latte macchiato oder eine Cola Light zu trinken oder um die Aussicht zu genießen.

Der Skulpturengarten war weniger ein Garten als mehr ein riesiger Balkon im ersten Stock des Metropolitan Museum. Der Mann grinste Emily und Julia an. Gleich hatten sie ihn erreicht. Dann sollte er sie kennenlernen.

Da stieg er auf die Balustrade. Und legte die Handtasche vor die Absperrung. Wie ein Geschenk. Er machte, immer noch auf der Balustrade, eine elegante Verbeugung, grinste noch einmal – und sprang.

Emily und Julia rannten zur Brüstung.

Der Mann hatte einen eleganten Salto vollführt, während er sprang. Er landete drei Meter weiter unten auf dem Dach, rollte sich ab und stand auf. Dann noch einen Sprung, noch einmal abrollen. Dann noch einen Sprung. Und er war unten.

Wahnsinn. Aus dem fünften Stock mit zwei Sprüngen. Parcour, dachte Emily. Einer von diesen unglaublichen Typen, die, als würde die Schwerkraft für sie nicht gelten, in Städten über alle möglichen Hindernisse sprangen, irgendwo heraufkletterten, scheinbar die Mauern heraufliefen und ebenso schnell und elegant wieder herunterkamen.

Der Mann winkte Emily zu und verschwand dann mit federnden Schritten außer Sichtweite im Central Park.

Emily sah ihm nach. Wenn man so schnell vor Jonathan davonlaufen könnte, dachte sie. Dann könnte sie –

»Em!« Die schneidende Stimme von Julia riss sie, wie schon so häufig, aus ihren Gedanken. »Hier!«

Julia hielt ihr die Handtasche hin. »Willst du nicht nachsehen, ob er was geklaut hat?«

Emily war ohnehin verdutzt gewesen, dass der Mann die Handtasche einfach so stehen gelassen hatte. Aber das, was sie schon geahnt hatte, schien immer mehr Wirklichkeit zu werden. Es ging nicht darum, ihr die Handtasche wegzunehmen, es ging darum …

»Dein Portemonnaie ist noch da, Em«, sagte Julia und inspizierte die Handtasche, als sei sie bei der Polizei. »Dann haben wir hier noch dein Smartphone. Und dann hier …« Julia stockte kurz. »War das vorher schon drin?« Sie hob einen Umschlag in die Höhe. Feines Büttenpapier. Darauf, mit geschwungener Schrift in blauer Tinte, geschrieben.

Emily Waters.

Emily schüttelte den Kopf.

»Nein«, sagte sie. »Ich kann mir aber denken, von wem der kommt.«

»Nämlich?«

»Na, von wem wohl?«

»Jonathan?« Julia zog an den Kordeln ihres Kapuzenpullovers.

»Von wem sonst! Wir sollten ihn aufmachen.«
»Sei vorsichtig, Em. Vielleicht ist das eine Bombe. Oder …?«
Emily schüttelte den Kopf. »Nein, so tickt er nicht. Er würde uns hier nicht in die Luft sprengen – ohne jegliche Drohung vorher.« Sie roch an dem Umschlag. »Außerdem riechen Briefbomben nach Mandeln. Hat mein Vater mir mal erzählt. Der hier riecht nach …«
Julia schnüffelte ebenfalls. »Nach gar nichts.«
»Richtig. Also auf damit!«
»Willst du ihn nicht vorher der Polizei zeigen?«
Emily sah sie mit einem vernichtenden Blick an. »Hast du vergessen, was er gesagt hat? Was mit Ryan passiert, wenn wir uns zu oft bei der Polizei blicken lassen?« Sie zog eine Nagelfeile hervor, um den Umschlag damit zu öffnen. »Außerdem haben die Bullen uns hier bisher genauso wenig geholfen wie in London. Das Einzige, was sie bringen, sind blöde Ausreden.« Emily äffte Inspector Jones nach, den sie freundschaftlich Bob nennen durften. »Solange er ihnen nichts getan hat, ist Stalking nicht strafbar.« Sie schüttelte den Kopf. »Draußenrauchen ist verboten, Falschparken kostet hier fast zwanzig Dollar, aber gegen einen gemeingefährlichen Psychopathen kann keiner etwas ausrichten.« Sie schüttelte noch einmal den Kopf. »Genauso wie bei uns.«

Sie öffnete den Umschlag mit der Nagelfeile.

Darin ein ebenso schöner Brief. Auch Büttenpapier. Und die gleiche Schrift. Mit der gleichen blauen Tinte.

Fünf Sätze.

Irgendwie poetisch. Aber genauso rätselhaft.

Jetzt war es Emily endgültig klar.

Dieser Parcour-Typ war auch von Jonathan gesteuert. Wusste sie noch, wie er aussah? Nein.

Wusste sie noch, welche Haarfarbe er hatte? Nein.

Sie blickte Julia an. Die schien ihre Gedanken erraten zu haben und schüttelte den Kopf.

Sie las die fünf Sätze.

IHR HABT EINE KURZE PAUSE VERDIENT. DENKT WÄHRENDDESSEN ÜBER MEINE WORTE NACH: AUCH IN BABYLON WOLLTE MAN DEN HIMMEL EROBERN. MIT EINEM TURM, DER DEN HIMMEL VERDUNKELT.

GEHT AUCH IHR ZU DEM GEBÄUDE VON DENEN, DIE DEN HIMMEL VERDUNKELT HABEN. OBWOHL SIE IHN EROBERN WOLLTEN.

50

Sie saßen in dem Café des Skulpturengartens. Eine Statue von Perseus mit dem Haupt der Medusa stand neben ihnen. Emily vermutete, dass es nur eine Kopie war und nicht das Original aus der Renaissance, von dem ihr ihre Mutter einmal erzählt hatte.

»Wer will den Himmel erschließen?«, fragte Emily und nippte an ihrem Latte macchiato.

»Die Babylonier«, sagte Julia. »Die haben doch diesen Turm gebaut.«

»Ja klar, aber es wird doch um irgendetwas gehen, was in letzter Zeit hier stattgefunden hat.«

»Hier in New York?«

»Wo sonst?«

Emily ging in Gedanken noch mal den Inhalt des Briefes durch.

Auch in Babylon wollte man den Himmel erobern. Mit einem Turm, der den Himmel verdunkelt.

Geht auch ihr zu dem Gebäude von denen, die den Himmel verdunkelt haben. Obwohl sie ihn erobern wollten.

»Vielleicht fällt Lisa ja etwas dazu ein?« Emily zog ihr Smartphone hervor.

»Die scheint ja alles zu wissen«, meinte Julia.

»Ich rufe sie mal an.«

Nach dreimal klingeln meldete sich Lisa. Sie war auf dem Weg zurück ins College.

»Wir haben hier mal wieder ein Problem«, sagte Emily. Julia hörte neugierig zu. »Ja, welche, die den Himmel erobern wollten, und ihn dann …«

»Was sagst du? Raumfahrt?« Emilys Augenbrauen hoben sich. »Das kann natürlich sein. Sie wandte den Blick zu Julia. »Gibt es irgendwas mit Raumfahrt in New York.«

Julia schnappte sich Emilys Smartphone, klickte durch ein paar Seiten.

Sie schüttelte den Kopf.

»Nichts zu finden.«

»Was könnte es noch sein?«, fragte Emily weiter. »Eine was? Eine Fluggesellschaft?«

Sie guckte Julia an, so als wollte sie sagen: *Da hätten wir ja auch drauf kommen können.*

»Aber Fluggesellschaften verdunkeln doch nicht den Himmel, es sei denn, sie haben so riesige Flugzeuge, dass – « Emily hörte weiter zu. »Okay, wir schauen einfach mal. Vielen Dank schon mal.«

Emily blickte Julia an. »Ein Flugzeug ist es wohl nicht, oder?«

Julia zuckte die Schultern. »Es verdunkelt den Himmel ja nicht immer. Flugzeuge bleiben schließlich nicht an einem Ort stehen. Anders als …«

»Als was?«

»Als Häuser zum Beispiel?«

»Kann das der Flughafen sein?« Hinter Emilys Stirn arbeitete es. »Der John F. Kennedy? Oder der La Guardia?«

»Aber Flughäfen sind doch gar nicht so hoch«, sagte Julia und stocherte mit dem Löffel in ihrem Kaffee. »Die dürfen doch sogar nur dreißig Meter hoch sein, da sonst die Radarwellen aufgehalten werden. Habe ich mal irgendwo gehört.«

»Also irgendetwas Höheres?«

Julia machte eine weit ausholende Geste. »Hier ist doch eigentlich alles hoch. Bis auf den Central Park.«

Emily kaute auf ihrer Lippe. »Das stimmt. Dann vielleicht ein Hochhaus, das einer Fluggesellschaft gehört.«

Julia griff wieder nach dem Smartphone. »Was haben wir denn hier?«

Sie scrollten durch diverse Treffer und Seiten.

»Fluggesellschaften in den USA, in New York. United Airlines, American Airlines, Southwest Airlines …«

Dann blieb ihr Blick haften.

»Na so was!«, rief sie aus.

Emily rückte näher heran.

»Ich glaube, ich hab hier was. PanAm«, sagte Julia. »Pan American Airlines, 1927 gegründet, war die erste amerikanische interkontinentale Airline, ab 1935 traten sie den ersten amerikanischen Transpazifik-Flug zu den Philippinen an. Der kostete sechshundert Dollar. Das war so viel, wie damals ein Ford Modell T kostete.«

Emily hob die Augenbrauen. »Also ein Flug kostete so viel wie ein Auto?«

»Ja, kann man sich heute bei all den EasyJets und Ryanairs gar nicht mehr vorstellen.«

»Wieso eigentlich PanAm?«, fragte Emily dann.

»Pan heißt *ganz*. Pan Am heißt *Pan American*. *Ganz Amerika*, so wie das Pantheon in Rom. *Pan Theon* heißt *alle Göt-*

ter. Als sich PanAm 1927 formierte, steht hier«, fuhr Julia fort, »war Charles Lindbergh, der gerade von seinem Flug über den Atlantik zurückgekehrt war, einer der Streckenberater.«

»Interessant«, sagte Emily. »Und wer hat da nun den Himmel verdunkelt?«

»Tatsächlich«, sagte Julia. »Hier steht's: 1963 wurde das PanAm Building errichtet. Es versperrte den Weg auf die Park Avenue und ließ den Bahnhof wie eine Miniatur erscheinen. Überall regte sich Widerstand.«

»Ist das an der Grand Central Station?«, fragte Emily. »Ich glaube, dann habe ich es schon einmal gesehen.«

Julia nickte. »Und jetzt pass auf!«, las sie weiter. »Es galt als paradox, dass der Blick auf den Himmel über New York von einer Firma verstellt wurde, die Millionen Reisenden diesen Himmel erst erschlossen hatte.«

AUCH IN BABYLON WOLLTE MAN DEN HIMMEL EROBERN. MIT EINEM TURM, DER DEN HIMMEL VERDUNKELT.

GEHT AUCH IHR ZU DEM GEBÄUDE VON DENEN, DIE DEN HIMMEL VERDUNKELT HABEN. OBWOHL SIE IHN EROBERN WOLLTEN.

»Dann ist es das Gebäude!«

»1981 kaufte es die Metropolitan Life Insurance«, las Julia weiter vor, »abgekürzt *MetLife*. Und so heißt jetzt auch das Gebäude. *MetLife Building*. Am Ende der Park Avenue, Richtung Grand Central Station.«

Emily trank ihren Latte macchiato aus. »Also los!«

Beide eilten die Treppen hinunter.

Das ganze Rätselraten hatte Emily von ihrer Sorge um Ryan

kurzzeitig abgelenkt. Doch nun wurde sie von dem ganzen Schrecken erneut überwältigt. *Ryan war entführt.*

Es war nicht nur der Himmel über New York, es war ihr eigener Himmel, der verdunkelt worden war.

51

Als es 1963 gebaut wurde, war das damalige PanAm Building das größte Geschäftsgebäude der Welt. Auch das heutige MetLife Building war so riesig und dabei nicht nur hoch, sondern auch so breit, dass es in der Tat noch immer den Himmel verdunkelte.

Früher hoben sich die Figuren, die am Grand Central Terminal standen, dem riesigen Bahnhof, gegen den Himmel ab. Doch heute waren sie nicht mehr zu sehen.

Absurd, dachte Emily, der Blick auf den Himmel wurde ausgerechnet von der Firma verwehrt, die den Himmel erschließen wollte.

»Kennst du den Film *Knowing*?«, fragte Julia.

»Der mit Nicholas Cage, wo am Ende die Erde wegen irgendwelcher Sonnenstrahlen geröstet wird.«

»Genau.« Sie blickte nach oben. »Wenn mich nicht alles täuscht, wird dieses Gebäude am Ende besonders prominent zerstört.«

»Tja, New York muss halt immer dran glauben.«

Sie betraten die Lobby.

Kühle Luft aus den Klimaanlagen umwehte die beiden. Gläserne Aufzüge fuhren in die Höhe, und vor ihnen saß ein Mann vom Sicherheitsdienst an seinem Pult. Emily und Julia blickten sich unbehaglich um.

»Und jetzt?«, fragte Julia.

Emily schaute nach oben. »Ich weiß auch nicht. Eigentlich müsste doch irgendetwas passieren.«

»Es passiert aber nichts.«

Sie merkten, wie der Sicherheitsbeamte neugierig und abwartend in ihre Richtung schaute. *Wohl zwei Touristen, die nicht wissen, wo sie hinwollen,* dachte er sicherlich.

Das vertraute Piepen von Emilys Handy weckte beide aus ihren Gedanken. Emily zuckte zusammen. Sie öffnete die Textnachricht.

GUT GEMACHT, stand dort.

Und dann ein Link. Ohne zu überlegen, klickte Emily auf den Link.

Es war eine Videoplattform. Auf ihrem Smartphone formierte sich ein Bildschirm, dazu das Zeichen, das immer erschien, wann immer etwas geladen wurde.

»Ein Film?« Sie blickte Julia an. Die rückte näher heran.

Das Bild war da.

Und der Film begann.

Emily kannte die Person in dem Film. Sie kannte das Gesicht. Sie kannte die Stimme, die zu sprechen begann. Die Stimme, die zu dem jungen Mann gehörte, der in dem Sprengstoffanzug steckte.

Ryan!

»Du hast nicht viel Zeit«, sagte Ryan, so als würde er einen Text ablesen, und es kam Emily so vor, als würde er direkt in Emilys Seele blicken. »Nur zwanzig Minuten.« Sein Gesicht war eine Maske der Angst und der Verzweiflung. Emily merkte, wie ihr etwas Saures die Speiseröhre heraufkroch und ein Druck ihren Schädel erfüllte, wie es sonst nur war, wenn sich ein Migräneanfall ankündigte.

»Du wirst gleich per SMS einen weiteren Link bekommen. Und jetzt hör gut zu: Sagt mir die Zahl des Mannes, der das letzte Großreich von Babylon führte. In den Link, den ihr bekommt, müsst ihr diese Zahl eingeben.«

Emily schwirrte der Kopf. Sie merkte, wie sie den Mund öffnete, um Ryan eine Frage zu stellen, doch das wäre ja völlig sinnlos. Das hier war ja nur ein Film und keine Videokonferenz.

Nur ein Film?

Von ihrem Freund Ryan, den sie liebte. Und er war in der Gewalt eines Verrückten, eines Psychopathen. *Nur ein Film? Nein, es war kein Film. Es war die Realität.*

Nichts ist schlimmer als die Realität, sagte ihr Vater immer.

»Emily, du musst es schaffen«, sagte Ryan und sah sie mit flehenden Augen an. »Es ist nur eine Zahl. Ich weiß, du wirst es schaffen.« Jetzt schaute er ihr noch einmal tief in die Augen, und es war ihr, als würde sie in Schmerz ertrinken. »Und was immer passiert. Ich liebe di…«

Der Bildschirm wurde schwarz.

Die Verbindung wurde beendet.

Sicher nicht von Ryan.

52

»Verdammt, was soll das für eine Zahl sein?«, schrie Emily panisch, als sie wieder auf der Straße waren.

Julia zuckte die Schultern.

»Wissen heißt, wissen, wo es steht.«

»Was soll das denn heißen?«

»Oder wissen, wen man fragen muss.«

»Und wer soll das sein?«

»Natürlich Lisa. Die ist doch wieder in der Bibliothek.«

»Schaden kann es nicht.« Emily griff zum Handy und wählte Lisas Mobilnummer.

Das Freizeichen ertönte.

Einmal.

Zweimal.

Dreimal.

»Sie nimmt nicht ab.«

Julia setzte ein zuversichtliches Gesicht auf. »Wird sie gleich schon.«

Sechsmal.

Siebenmal.

Achtmal.

Neunmal.

Mein Gott, dachte Emily, ihr würde doch nichts zugestoßen sein ...

Zehnmal.

Elfmal.

Zwölfmal.

Keine Voicemail.

Nichts.

Emily beendete die Verbindung und schaute Julia verzweifelt an.

»Sie geht nicht ran.« Emily merkte, wie ihr das Grauen den Rücken heraufkroch. »Er hat ihr doch hoffentlich nichts getan. Er hat doch nicht ...«

Da ertönte wieder das Piepen auf ihrem Smartphone. Wieder eine SMS.

Sie wagte es nicht, den Blick nach unten zu richten.

Was würde dort stehen? *Lisa kann euch nicht mehr helfen. Nicht mehr da, wo sie ist. Und bedenke, Emily, sie wäre nur die Erste. Aber ganz sicher nicht die Letzte.* Sie schaute auf das Smartphone. Drückte auf die Taste.

Und las die SMS.

HI, WAR EBEN IN DER BIBLIOTHEK, KONNTE NICHT RANGEHEN. GEHE JETZT RAUS, RUFE EUCH IN ZWEI MINUTEN ZURÜCK. LISA

Emily spürte die Erleichterung so stark, dass sie zu Boden sank.

»Sie lebt!«, seufzte sie.

»Warum sollte sie das auch nicht?« Julia half ihr hoch.

Ein paar Passanten schauten verwundert auf die beiden.

»Brauchen Sie einen Schluck Wasser?«, fragte ein Mann

im Nadelstreifenanzug, der eine kleine Wasserflasche dabeihatte.

»Danke, nein. Alles in Ordnung.« Emily richtete sich ganz auf.

»Em«, sagte Julia, »Du fängst langsam an, paranoid zu werden. Es ist ja nun nicht so, dass dieser Verrückte jeden sofort umbringt.«

»Er hat Ryan«, warf Emily ein, und ihre Stimme zitterte. »Wie würdest du das finden, wenn ein Psychopath den Mann in der Gewalt hat, den du liebst? Würdest du so einem nicht auch alles zutrauen? Außerdem hat er uns ja bereits gezeigt, dass er nicht vor Mord zurückschreckt, wenn ich dich daran erinnern darf.«

Sie schaute auf die Uhr.

Noch fünfzehn Minuten.

Da klingelte das Handy.

»Ja?«

»Lisa hier«, meldete sich die Stimme am anderen Ende. »Was gibt's? Seid ihr noch im Met?«

Emily verschob die Erklärungen auf später und wiederholte das, was Ryan ihr gesagt hatte.

Sagt mir die Zahl des Mannes, der das letzte Großreich von Babylon führte.

»Hast du eine Ahnung, was das sein kann?«, wollte Emily wissen.

Kurze Stille am anderen Ende. »Noch nicht. Aber ich kann es herausfinden.«

»Schaffst du es in zehn Minuten?«

»Gut möglich.« Lisa machte eine Pause. »Könnt ihr dann herkommen?«

»Klar«, sagte Emily und schaute Julia an. »Wir sind schon

unterwegs.« Sie wandte sich an Julia. »Wir brauchen schnell ein Taxi.«

* * *

Kurz darauf saßen sie im Taxi.
Hatten grad dreimal tief durchgeatmet.
Und schon klingelte das Handy.
Noch fünf Minuten.
Es war Lisas Nummer.
Einerseits war es Emily wie eine Ewigkeit vorgekommen, bis Lisa sich jetzt endlich meldete. Andererseits raste die Zeit, wenn man derart unter Zeitdruck stand.
Emily und Julia waren extra die Park Avenue hinuntergelaufen, Richtung Süden, und dann ins Taxi gestiegen. Sie hatten nicht die U-Bahn genommen, um zu vermeiden, dass das Handy keinen Empfang hatte.
»Ja?«
»Ich denke, ich habe die Zahl«, meinte Lisa. »Ich sag sie euch, aber bevor ihr sie eingebt, will ich sie euch erklären. Damit wir ganz sicher sind, dass es die richtige Zahl ist. Da es um Babylon geht«, begann Lisa, »muss die Zahl etwas mit der Zahl Sechs zu tun haben. Die Sechs war sowohl in Uruk als auch in Babylon eine göttliche Zahl. Die Zahl Sechs war in der Antike die Zahl des Makrokosmos, des Irdischen, im Gegensatz zur himmlischen Sphäre. Auch Gott erschuf die Welt in sechs Tagen, am siebten Tage ruhte er.«
Emily trat nervös von einem Bein aufs andere.
»Das hat sich bis heute erhalten«, fuhr Lisa fort, »Darum hat eine Minute noch immer *sechzig* Sekunden und eine Stunde *sechzig* Minuten.«

»Was du nicht sagst.« Emily fand die Information zwar spannend, aber die Zeit raste. »Dann ist es doch die Sechs oder?«

»Ich bin nicht sicher«, sagte Lisa. »Hör mir noch kurz zu. Babylon kommt in der Offenbarung des Johannes vor, das ist das letzte Buch des Neuen Testaments.« Lisa sprach schneller. »Dort steigt das Große Tier aus dem Meer, es hatte zehn Hörner und sieben Häupter und auf seinen Hörnern zehn Kronen und auf seinen Häuptern lästerliche Namen … und es wurde ihm ein Maul gegeben, zu reden große Dinge und Lästerungen, und ihm wurde Macht gegeben, es zu tun, zweiundvierzig Monate lang.«

»Zweiundvierzig«, rief Emily. »Die Quersumme von zweiundvierzig ist sechs. Das ist die Zahl! Worauf warten wir?«

»Nein, warte noch«, rief Lisa. »Babylon wurde häufiger als das Große Tier bezeichnet. Und dieses Tier hat zwar auch eine Zahl. Aber nicht die Sechs!«

»Nicht die Sechs? Sondern?«

»Die SechsSechsSechs.«

»666?«, fragte Emily. Sie hatte von dieser Zahl schon einmal gehört. Die Zahl des Tieres, die Zahl des Teufels, die Zahl der Macht.

»Offenbarung, Kapitel 13.« Lisa las die Stelle vor. »Siehe, hier ist Weisheit! Wer Verstand hat, der überlege die Zahl des Tieres; denn es ist eines Menschen Zahl und seine Zahl ist sechshundertsechsundsechzig.«

Zwei Minuten.

»Also was jetzt?«, fragte Emily. »Sechs oder 666?«

»Die Sechs war eine Heilige Zahl«, sagte Lisa hastig. »Aber die 666 war das Große Tier. Damit war auch Babylon gemeint. Allerdings nicht nur Babylon, sondern auch …«

»Wer?«, Emily schrie fast ins Telefon.

»Nero. Kaiser Nero von Rom.«

Das römische Großreich. Das letzte Großreich aus der Prophezeiung Daniels beim Traum des Nebukadnezar.

Die Worte waren wieder in ihrem Kopf.

Der König träumte von einem gigantischen Standbild mit einem Kopf aus Gold, einer silbernen Brust, kupfernen Hüften, eisernen Beinen und tönernen Füßen.

»Die Prophezeiung von Daniel?«, sagte Emily.

»Richtig«, sagte Lisa, und Emily glaubte fast, ihr Nicken zu sehen. »Der Kopf aus Gold war das babylonische Großreich, die Brust war das persische Reich, die Hüften waren Griechenland, und die Beine und Füße aus Eisen und Ton sollten das römische Imperium sein.«

»Darum Kaiser Nero? Darum zweimal die 666? Einmal für Babylon in der Offenbarung, einmal für Kaiser Nero?«

Noch eine Minute.

»Ich sehe keine andere Möglichkeit«, sagte Lisa.

»Okay, danke, danke, wirklich vielen Dank. Wir melden uns gleich bei dir.«

Sie beendete die Verbindung.

»Also los«, sagte Emily und blickte Julia an. »Nehmen wir die Sechs oder die 666? Ich bin für 666.«

Julia überlegte für den Bruchteil einer Sekunde.

»666 klingt besser. Und aller guten Dinge sind drei!«

»Na dann!« Emily steuerte die Website auf ihrem Smartphone an. Und gab die Nummer ein.

Sie wartete eine quälende Minute.

Blickte immer wieder auf die Uhr. Hatten sie zu lange gebraucht? War alles zu spät? War alles umsonst gewesen? Oder war die Antwort falsch?

Dann öffnete sich ein Link.

Wieder das Gesicht von Ryan.

»Ihr habt es geschafft«, sagte er gequält. Es schien, als würde er sich wirklich, trotz seiner Situation, darüber freuen.

»Yes«, sagte Julia und ballte die Faust.

Doch etwas gefiel Emily nicht. Es war jetzt Ryan, der ihnen, natürlich auf Anweisung des Verrückten, die Befehle gab. Was dafür sorgte, dass Emily vor Ryan Angst bekam. Das durfte sie nicht zulassen. Genau das war das Ziel des Irren, sie beide, die beiden, die zusammenhalten sollten, Ryan und Emily, durch diese perfide Taktik zu entzweien, einen Keil zwischen sie zu treiben.

»Haltet euch bereit. Der nächste Auftrag kommt …« Sie sah, wie sich seine Augen weiteten, als hätte er etwas Furchtbares gesehen.

»Ryan, was ist?«, fragte Emily hastig.

Doch Ryan blickte nur glasig in die Kamera.

Der nächste Auftrag kommt …

Er beendete den Satz.

»… bald!«

Dann wurde der Bildschirm schwarz. Emily wollte noch etwas sagen, doch der Film war verschwunden. Sie griff auf den Bildschirm ihres Smartphones, als könnte sie die virtuelle Realität, die dort abgebildet war, wieder in die Gegenwart zurückholen. Aber das konnte sie nicht. Auch wenn sich das Gehirn des Menschen noch immer nicht daran gewöhnen konnte, dass Bilder nur Bilder waren und nichts Reales, blieb der Bildschirm auf dem Smartphone das, was er war: ein Bildschirm. Und sonst nichts. Und ihre Finger griffen nicht nach Ryan. Sondern auf einen matt glänzenden Bildschirm, auf dem sie fettige Spuren hinterließen.

»Em, Kopf hoch!« Das war Julia. Emily blickte ihre beste Freundin an, dann schaute sie durch das offene Taxifenster auf die Park Avenue zurück, sah das Metlife Building, das sich über dem Bahnhof Grand Central in den Himmel erhob, sah links das Waldorf Astoria, das auch schon etwas in die Jahre gekommen war, atmete die noch warme Luft ein, die schon die Spur des Herbstes mit sich trug, und schloss einen Moment die Augen.

Vielleicht hatte Julia recht. Sie waren weitergekommen. Ein ganzes Stück. Irgendwann war das Rätsel zu Ende. Oder sie würden den Verrückten erwischen. Und zur Strecke bringen. In London war es doch genauso gewesen.

»Lass uns Lisa anrufen«, sagte Emily und griff wieder zum Handy. »Wir müssen ihr sagen, dass alles geklappt hat.«

»Und uns bei ihr bedanken«, fügte Julia hinzu. »Ohne sie wären wir im Eimer.«

»Allerdings.«

Emily wählte die Nummer von Lisa.

Es klingelte.

Einmal. Zweimal. Dreimal.

Viermal. Fünfmal.

Sie schauten sich an.

Sechsmal, siebenmal, achtmal.

»Sie ist wahrscheinlich wieder in der Bibliothek«, schlug Julia vor.

Emily beendete die Verbindung. »Du hast recht. Sie ruft bestimmt gleich zurück.«

Sie schaute auf ihr Handy. Doch niemand rief zurück.

Sie versuchte es noch einmal.

Es klingelte.

Wieder zehnmal. Elfmal. Zwölfmal.

Doch niemand ging ran.

Ratlos stiegen sie aus dem Taxi und eilten in die Bibliothek der Columbia University.

53

Und dort saß sie.
An ihrem Stammplatz im Licht der untergehenden Sonne, sodass sie nur die Schatten ihrer Silhouette wahrnahmen.

»Gott sei Dank, da ist Lisa ja«, sagte Emily.

Auch Julia nickte erleichtert.

Jonathan hatte nicht auch noch Lisa entführt. Sie war hier, wie Emily und Julia gehofft hatten. Hier, nahe dem großen Fenster, versteckt hinter einigen, mächtigen Bücherregalen, wo sie immer am liebsten saß, da hier die Chance am geringsten war, dass sich jemand in diesen Teil verirrte und sie bei ihrer Arbeit stören konnte.

Hier saß sie.

Wie immer.

Oder: Fast wie immer.

Sie traten näher heran.

Dann stockte Emily. Was war denn mit Lisas Haaren passiert?, dachte sie. Es sah aus, als hätte sie eine Mütze aufgesetzt, aber so richtig war das im Gegenlicht der Abendsonne kaum zu erkennen.

Sie gingen noch näher heran.

»Lisa?«

Keine Antwort.

»Lisa, wird sind's!«

»Bist du eingeschlafen?« Das war Julia.

Noch immer keine Antwort.

Jetzt waren sie ganz nah.

Vor Lisa stand ihr Laptop. Daneben ein halbvoller Kaffeebecher.

Dann sah sie den Namen.

Fashion Shop.

Sie konnte die Buchstaben lesen, obwohl sie auf dem Kopf standen.

Emily merkte, wie ihr der kalte Schweiß ausbrach und ihr Herz hämmernd gegen den Brustkorb schlug. Manchmal konnten Namen etwas Unheimliches haben, wenn sie in einem Umfeld auftauchten, in das sie nicht gehörten. Ein Gegensatz wie Tag und Nacht. Himmel und Hölle. Leben und Tod.

Es war keine seltsame Mütze, die Lisa trug. Keine seltsame Frisur, die man im Gegenlicht der Sonne für ein missglücktes Modeexperiment hätte halten können.

Es war eine Tüte.

Eine Tüte, die auf Lisas Kopf steckte.

Und auf der das Wort *Fashion Shop* gedruckt war.

Verkehrt herum. Weil diese Tüte eigentlich dafür gedacht war, in der Hand getragen zu werden. Dann sah man die Schrift so, wie man sie sehen sollte. Wurde sie allerdings jemandem über den Kopf gestülpt, dann sah man die Schrift verkehrt herum.

Fashion Shop.

Die Tüte ging bis hinunter zu Lisas Hals. Und war dort mit Klebeband befestigt.

»Lisa!«, rief Emily.

Erst schreckte sie davor zurück, sie anzufassen, doch dann griff sie Lisas Schulter, schüttelte sie.

Es war, als würde man einen Sandsack schütteln.

Dann sackte ihre Freundin nach vorn, und ihr Kopf mit der Tüte knallte auf den Tisch.

»Lisa!«

Nichts.

Auch Julia wurde blass.

»Emily, vielleicht ist sie …«

Fashion Shop.

Die Schrift schoss Emily in höhnischer Deutlichkeit ins Auge. Und jetzt wusste sie, warum sie Lisa eben nicht anfassen wollte.

»Vielleicht ist sie …«, hatte Julia begonnen.

Eine Tüte über dem Kopf. Unten abgeklebt. War sie erstickt? Aber wie konnte das geschehen? Warum hatte sie sich nicht gewehrt? Sie war nicht gefesselt. Und wieso hatte sie niemand entdeckt? War das der Preis dafür, dass sie sich immer den hinteren, abgelegenen Teil der Bibliothek ausgesucht hatte? Und dies war ihr nun zum Verhängnis geworden? War dies nur ein makabrer Scherz? Würde sie gleich wieder aufwachen, ihren Laptop zuklappen und mit ihnen ins Café gehen?

»Ich checke den Puls«, sagte Julia.

Vielleicht ist sie …

Julia fühlte den Puls. Und ihr Gesicht verfinsterte sich.

»Scheiße«, sagte sie, und ihre Mundwinkel zuckten herunter. »Wir brauchen einen Notarzt. Sofort!«

»Was ist mit ihr?«, fragte Emily tonlos, und es war ihr, als würde sie sich von oben betrachten, als würde jemand anders statt ihrer sprechen.

»Ich fürchte ...« Julia hielt einen Moment inne. »Ich fürchte, sie ist ... tot.«

Vielleicht ist sie tot ...

Emilys Augen blickten ins Nirgendwo, während die höllischen Worte immer wieder vor ihrem inneren Auge auftauchten.

Fashion Shop.
Fashion Shop.
Fashion Shop.
Fashion Shop.

Die Tüte über Lisas Kopf, der aufrechte Körper im Licht der Abendsonne, das Klebeband an ihrem Hals, der Kopf, der auf den Tisch geschlagen war, der Pulsschlag, der nicht da war.

In diesem Moment erwischte Emily die Erkenntnis wie ein Hammerschlag, und die brutale Wahrheit schoss durch ihr Bewusstsein wie die U-Bahn in London durch den Tunnel, der Jonathan oder seinen Handlanger zerkleinert hatte. Und genau so wie die U-Bahn zermalmte diese Erkenntnis jegliche Hoffnung, jegliche Freude, jegliche Annahme, dass es irgendwann besser werden würde, dass der Schrecken verschwinden würde.

Ihr Kopf sackte zur Seite.

Fashion Shop.

Plötzlich sah sie die Worte so, wie sie sein mussten. Nicht auf dem Kopf. Sondern vom Kopf auf die Füße gestellt.

Das merkte sie noch, merkte, wie das teuflische Logo zusammen mit dieser Installation des Grauens das Letzte war, was sich in ihr Bewusstsein brannte.

Dann sackte sie zu Boden und brach bewusstlos zusammen.

54

Mene, Mene, Tekel, U-Parsin, *dachte er, während er aus dem Fenster des Wolkenkratzers blickte. Im Nebenraum war Ryan, der für ihn die Moderation übernommen hatte. Schon sehr bald würde er Emily ein paar neue Aufträge überbringen.*

Mene, Mene, Tekel, U-Parsin.

Gezählt, gezählt, für zu leicht befunden, den Persern übergeben.

Noch heute stand das Wort »Menetekel« für eine unheilvolle Warnung und für ein Omen drohender Gefahr.

Gott hatte das babylonische Großreich gewogen und für zu leicht befunden.

Schauen wir doch einmal, ob Emily ohne ihre allwissende Gehilfin auch noch ihre Rätsel lösen kann, oder ob sie Gefahr läuft, ebenfalls gewogen und für zu leicht befunden zu werden.

Allein hätte sie viele Rätsel nicht gelöst.

Und wäre schon viel schneller gescheitert.

Doch dafür kam das Scheitern jetzt wie ein Hammerschlag.

Wie ein Schnellzug, der jedes Hindernis mit fürchterlicher Macht zermalmt und in Stücke teilt.

Sie wollte nicht hören. Sie wollte es nicht glauben.

So wie viele.

Manch einer möchte die Warnungen nicht hören, auch wenn sie noch so eindringlich hervorgebracht werden. Manch einer möchte die Zeichen nicht lesen, auch wenn es Worte sind, die, frei nach Nietzsche, geeignet sind, Blinde sehend zu machen. Manch einer stellt sich taub und muss am Ende dafür bezahlen.

Wie der König von Babylon.

Noch in derselben Nacht wurde Belsazar von seinen Knechten erschlagen.

Babylon wurde erobert und dem Erdboden gleichgemacht.

Gönnen wir ihr ein bisschen Ruhe, dachte er, während er Ryan durch die Kamera beobachtete, der gefesselt in dem schwarzen Sprengstoffanzug auf dem Stuhl saß.

Ein paar Stunden Ruhe.

Denn die wird sie brauchen.

55

TAG 7: FREITAG, 7. SEPTEMBER 2012

Zuerst sah sie das Licht.

Dann das Gesicht, das sich über sie beugte.

Dann verschwand es wieder.

Vor dem Fenster die Silhouette eines riesigen Baumes, der mit seinen Ästen tastend gegen die Scheiben schlug, so als wollte er sagen: »Wach endlich auf.«

Wieder Schwärze.

Wieder Licht.

»Sie kommt zu sich.«

Sie hörte die Stimme.

Öffnete die Augen endgültig.

Sie sah direkt vor sich einen Mann im weißen Kittel.

Blickte nach links. Und dort saß – Julia!

»Em, na endlich«, sagte sie und sprang auf. »Das wurde aber auch Zeit.«

Sie blinzelte, schaute sich um.

»Wo bin ich?«, fragte Emily.

»St. Vincent Hospital«, sagte der Arzt, der einen schwarzgrauen Bart hatte und lichtes Haupthaar. »Ich bin Dr. Wrain. Aber nennen Sie mich Tom.«

»Wo?«

»Im St. Vincent Hospital«, wiederholte Wrain. »Nahe Greenwich Village.«

»Nein, ich möchte wissen, *warum* ich hier bin.«

»Sie sind Mittwochabend hier eingeliefert worden. Ihre Freundin«, er wies auf Julia, »war so freundlich, den Notarzt zu rufen.«

»Eingeliefert worden?« Das klang für Emily so, als wäre sie gerade in der Irrenanstalt gelandet. Wobei, wenn sie noch mehr solcher Dinge sehen würde, die sie gesehen hatte, würde sie sicher auch irgendwann dort landen. »Wann? Mittwochabend?«

Sie schaute auf einen Kalender an der Wand.

Was stand dort? Freitag?

»Moment mal«, sagte sie. »Heute ist Freitag? Ich habe –«

»Sie haben den ganzen Donnerstag geschlafen, vollkommen richtig.« Der Arzt nickte. »Wir haben Ihnen ein Beruhigungsmittel verabreicht.« Emilys Augen folgten Dr. Wrains Hand, die auf einen Tropf zeigte, aus dem beständig irgendetwas in einen Schlauch floss, der mit einem Katheder an Emilys Arm befestigt war.

»Sie haben mich ruhig gestellt?«

»Das, was nach so einem Zusammenbruch am besten hilft, ist schlafen. Wir haben da ein bisschen nachgeholfen.«

Zusammenbruch, dachte sie. Sie war noch nie selbst im Krankenhaus gewesen. Sie erinnerte sich an ihre Urgroßmutter, die sie im St. Guys Hospital in London besucht hatten, kurz bevor sie starb. Sie hatte dort ähnlich gelegen. Auf einem Bett, bei dem das Kopfteil nach oben geklappt war, umgeben von piepsenden Apparaten, Schläuchen, Kanülen, Kabeln und Behältern. Die meiste Zeit hatte sie geschlafen, ihr Gesicht so grau, als wäre sie schon längst tot, wäre da nicht das Piepsen des EKG gewesen, das in seltsamer Rhythmik, wie ein bizarres

Insekt, immer und immer wieder piepte. Damals hatte Emily gedacht, dass solch eine Situation nur Leuten vorbehalten war, die ein bestimmtes Alter erreicht hatten. Doch dass es ihr selbst passierte und jetzt schon zum zweiten Mal? Denn in London war sie nach der Hetzjagd ebenfalls im Krankenhaus gelandet.

Der Typ macht micht krank.

Das konnte sie guten Gewissens behaupten.

Das Piepsen hörte sie auch wieder. Sie wollte gerade den Kopf wenden, da sprach Wrain weiter. »Sie hatten einen Nervenzusammenbruch«, sagte er. »Nicht ganz ungewöhnlich, wenn man bedenkt, was Sie gesehen haben.«

»Was habe ich denn gesehe…« Da kam die Erinnerung zurück.

Lisa. Die Plastiktüte. Der Aufdruck. *Fashion Shop.* Erst verkehrt herum und dann richtig herum.

»Lisa«, sagte Emily und setzte sich auf. »Wo ist sie? Ist sie wirklich …?«

Julia legte ihre Hand auf Emilys Arm.

»Ja, ist sie. Sie ist tot. Ich habe mit der Polizei gesprochen.«

Emily wandte den Kopf zu ihr, während sie gleichzeitig das EKG sah, an das sie angeschlossen war und das ihre Herzwellen zeigte.

»Mit wem? Mit Jones?«

»Du meinst Detective Jones?«, fragte Julia. »NYPD?«

Emily nickte.

»Ja, genau mit dem.«

»Und wie konnte das passieren? Warum lässt sich jemand einfach so eine Plastiktüte über den Kopf stülpen? Und keiner bekommt davon etwas mit?«

»Ich weiß nicht, ob Sie sich jetzt darüber Gedanken machen sollten«, wandte Wrain ein. »Was Sie zunächst einmal brauchen, ist Ruhe. Sie hatten einen schweren Schock und sollten –«

»Ich bekomme gleich noch einen Schock, wenn ich nicht sofort erfahre, was dort geschehen ist.« Emily funkelte Wrain und Julia an. »Lisa ist gestorben! Richtig?«

Wrain verzog das Gesicht und blickte zu Julia. Die sah ähnlich ratlos aus.

»Ja, das ist sie.«

»Gewaltsam?«

Er nickte gequält.

Sie schaute Julia an. Dann Wrain. Dann wieder Julia.

»Wo ist Bob?«

Julia hob die Augenbrauen.

»Wer ist Bob?«

»Robert Jones, mein Gott!« Emily verdrehte die Augen. Ihr kam es vor, als seien die beiden anderen gerade erst aus der Bewusstlosigkeit aufgewacht und nicht sie. »Der Detective! Wo ist er?«

»Wo soll er sein«, sagte Julia, »wahrscheinlich auf dem Revier.«

»Ich will ihn sprechen, sofort!« Sie setzte sich vollständig auf und schwang die Beine aus dem Bett.

»Haaalt«, sagte Wrain und trat eilig an das Bett. »Sie müssen noch mindestens bis morgen früh zur Beobachtung hier bleiben.«

»Ich muss gar nichts«, schimpfte Emily. »Entweder Sie nehmen mir diese verdammten Kabel ab, oder ich mache es selbst!« Sie hob die Hand.

»Wie Sie wollen, Ihre Verantwortung«, seufzte Wrain.

»Und ich will den sprechen, der Lisa untersucht hat.«

Wrain zupfte sich am Bart. »Sie meinen den Rechtsmediziner?«

»Genau den.«

»Da dürfen Sie nicht hin.«

»Das werden wir ja sehen.«

56

Emily hatte nicht locker gelassen. Schließlich waren sie mit Detective Jones direkt zum Forensischen Institut gefahren. Zwar durfte Emily die Leiche von Lisa nicht sehen, aber wenn es sie beruhige, so Jones, könne sie wenigstens mit Dr. Blake, dem leitenden Oberarzt, sprechen.

»Normalerweise haben Zivilpersonen keinen Zutritt zur Rechtsmedizin?«, wollte Julia wissen, als sie durch die Gänge des Forensischen Instituts liefen, dessen Wände die grünliche Farbe von fauligem Wasser hatten. »Aber so ist das doch immer in den Serien: Da kommen die Angehörigen und müssen die Leiche identifizieren.«

Jones lächelte. »Mittlerweile sind die Ermittlungsmethoden schon etwas weiter. Erst einmal können wir durch Zahnstatus, DNA und physiognomische Merkmale schon sehr schnell feststellen, wer die Leiche ist. Und außerdem wäre eine Identifizierung eines Mordopfers durch die Angehörigen eher kontraproduktiv. Es könnte sehr gut sein, dass man eine Falschaussage erhält.«

»Warum?«

»Weil statistisch die meisten Mordopfer von ihren Angehörigen ermordet worden sind.«

Sie bogen in einen weiteren Gang ab. Rollstühle und zwei Bahren standen an der Seite.

»Apropos Mordopfer«, sagte Jones dann. »Haben Sie eine Idee, wer das gewesen sein kann?«

»Wer was gewesen sein kann?« Emily verdrehte die Augen.

»Na, wer wohl?«

»Sie meinen *er*?«

Emily nickte. »Dieser Psychopath, genau. Der mich die ganze Zeit schon jagt.«

»Dann wird es Zeit, dass wir Sie unter Polizeischutz stellen«, meinte Jones.

»Ja, Detective, das wäre sehr nett«, begann Emily, »aber es gibt da ein kleines Problem.«

»Und das wäre?«

»Mein Gott, er hat Ryan! Schon vergessen?«, entfuhr es Emily aufgebracht.

»Wir sind hier in New York durchaus geübt mit Entführungen und Geiselnahmen«, erwiderte Jones.

»Aber nicht mit einem wie ihm.«

»Das werden wir ja sehen«, sagte Jones. »So, da wären wir.«

Jones öffnete zwei große Schwingtüren, und sie blickten in eine gigantische Halle. Dutzende von Seziertischen erstreckten sich zur Rechten und zur Linken. In etwa zehn Metern Entfernung stand eine Gruppe von Medizinstudenten um einen dieser Tische versammelt. Ein hagerer, nahezu kahlköpfiger alter Mann in einem weißen Kittel hielt ihnen gerade einen Vortrag. Er trug eine riesige, schwarze Brille, hinter der seine wasserblauen Augen nahezu diabolisch hervorglotzten. Seine bleiche Gesichtsfarbe hatte eine graugrüne Note, so als wäre sie kurz davor, mit der Farbe der Korridore zu verschmelzen. Ein Oberlicht beleuchtete den Seziertisch, und die versammelte Gesellschaft und das grelle Licht, das von oben herabschien, verlieh der Szene eine merkwürdige, sakrale Note, gleich einer Anbetungsszene auf einem Renaissancegemälde.

Jones schritt auf die Gruppe zu. »Dr. Blake«, sagte er und kratzte sich an der Nase, »ich habe hier zwei junge Damen, die dringend ein paar Informationen zum Ableben ihrer Freundin wünschen. Das Ganze ist ein tragischer Fall. Ich hoffe, Sie verstehen, dass ich hier eine Ausnahme machen musste.«

Die Studenten drehten die Köpfe. Blakes Augen wurden hinter der riesigen Brille noch etwas größer, er wollte sich am Kopf kratzen, rief sich aber anscheinend in Erinnerung, dass er Gummihandschuhe trug, mit denen er vorher schon sonst was angefasst hatte, und führte die Hand wieder zurück. Er blickte zur großen Uhr über der Eingangstür. »Gott im Himmel, ist es schon so spät?« Er nickte zu sich selbst. »Ja, offenbar. Verzeihen Sie die Verzögerung.« Er wandte sich an die Studenten. »Dann entschuldigen Sie mich doch bitte einen Augenblick.«

»Folgendes ist geschehen«, fing Blake an, als sie sich in einen Nebenraum gesetzt hatten. Er hatte seine Handschuhe ausgezogen und in einen Mülleimer geworfen. Dennoch hätte Emily ihm nicht die Hand geben wollen.

»Sie ist an der Tüte erstickt?«, fragte Emily dazwischen.

»So ist es. Durch den Sauerstoffmangel hat ihr Gehirn nach und nach seine Funktion eingestellt. Es muss, kurz bevor Sie gekommen sind, passiert sein.«

»Also kurz bevor wir bei Lisas Platz in der Bibliothek waren, ist irgendjemand da gewesen und hat ihr die Tüte über den Kopf gestülpt?« Emily merkte, wie sie das Grauen erfasste.

»So muss es gewesen sein.« Blake nickte und schaute zu Jones auf, der mit verkniffenem Gesicht im Türrahmen stand.

Jones nickte. »Kurz nachdem Sie beide«, Jones wies auf Emily und Julia, »bei der toten Lisa angekommen waren, brach Ms Waters zusammen, und der Notarzt wurde gerufen. Der Todeszeitpunkt …« Er hob die Augenbrauen und wies mit dem Kopf auf Blake.

Der nahm den Ball wieder auf. »Der Todeszeitpunkt lag nach unseren Berechnungen etwa zehn Minuten vor Ihrem Eintreffen.« Er schaute beide an. »Ganz hundertprozentig können wir das nie berechnen, aber wir vermuten, dass dies ungefähr der Zeitpunkt war.«

Emily schüttelte den Kopf, und sie merkte, wie ihr schlecht wurde.

Zehn Minuten, bevor sie in der Bibliothek angekommen waren. Als sie und Julia im Taxi gesessen hatten, hatte Lisa mit dem Tode gekämpft. Und war elendig erstickt.

»Wieso hat das niemand mitbekommen?«, fragte Julia jetzt. »Es muss doch jemandem aufgefallen sein!«

»Sie waren doch selbst dort«, sagte Jones. »In der Ecke der Bibliothek war nicht viel los. Sie waren die Ersten, die Lisa entdeckt haben. Vielleicht hätten es sonst auch andere bemerkt.«

Perfektes Timing, dachte Emily, aber warum hatte sich Lisa nicht gewehrt?

»Warum lässt es sich jemand gefallen, dass ihm einfach jemand eine Tüte über den Kopf stülpt?« Die Frage hatte Emily schon die ganze Zeit auf der Seele gebrannt.

Blake machte ein betroffenes Gesicht. »Mit K.-o.-Tropfen lässt man sich so einiges gefallen.«

»K.-o.-Tropfen? Was für K.-o.-Tropfen?«, fragte Emily.

»Benzodiazepine«, antwortete Blake. »Sie kennen ja sicher Valium, das ist ein langwirksames Benzodiazepin. Es gibt aber auch die kurzwirksamen.«

»Zum Beispiel?«

»Zum Beispiel GHB.«

»Was ist GHB?«

»GHB ist Gammahydroxybutansäure. In geringen Mengen, zum Beispiel mit Alkohol vermischt, kann es aufputschend wirken und wird oft auf Partys eingeworfen. In hohen Dosen allerdings wirkt es einschläfernd, narkotisch. Man nutzt es, um Leute wehr- und willenlos zu machen. Darum nennt man es auch Vergewaltigungsdroge.«

»Ich denke, das reicht!« Jones blickte Blake vorwurfsvoll an.

Blake rückte seine Brille zurecht. »Ich dachte, die junge Dame will alles wissen.«

»Will sie auch!«, sagte Emily. Auch wenn das, womit Blake sie konfrontierte, so schrecklich war, dass sie es kaum glauben konnte.

»Es kommt zum Kreislaufzusammenbruch, dann zu tiefem Schlaf«, fuhr Blake fort. »Manchmal auch zu Atemdepression. In jedem Fall wird man davon bewusstlos.«

»Und warum hat Lisa davon etwas genommen?«

»Man hat es ihr wohl in den Kaffee getan?«

Emilys Kopf zuckte nach oben. »In den Kaffee?« Kaffee hatte für Emily etwas Heimeliges, Schönes, aber sicher nichts, was einem den Tod brachte.

»Ja, in den Kaffee«, sagte Blake.

Flimmernd erschien der halbleere Kaffeebecher vor Emilys Augen, der neben Lisa gestanden hatte.

Kein Kaffee, der einen wach machte, sondern ein Kaffee, der einen ins Jenseits beförderte.

»Die Jungs von der Toxikologie haben den Inhalt geprüft. Es handelt sich um …« Blake schürzte die Lippen. »Es ist GHB.«

»Und das hat ihr da jemand rein getan? Als sie vielleicht gerade nicht am Platz war?«, schlussfolgerte Emily.

»Ja, irgendjemand hat ihr die K.-o.-Tropfen in den Kaffeebecher gekippt, vielleicht, als sie kurz auf Toilette war. Dann hat sie von dem Kaffee getrunken und war weg.«

Jones setzte ein gequältes Gesicht auf. »Das muss man sich mal vorstellen. In Clubs und Bars kann so etwas passieren. Man lässt seinen Drink eine Minute unbeaufsichtigt oder noch kürzer, und schon wird einem etwas hineingekippt, und das Nächste, was man feststellt, ist, dass man ohne Geld, Papiere und Kreditkarten irgendwo nass und dreckig in der Gosse landet. Aber in der Bibliothek einer Eliteuni?« Er verzog das Gesicht. »Nichts ist mehr heilig.«

»Und dann?« Emily wandte sich wieder an Blake.

»Dann hat ihr jemand die Tüte über den Kopf gestülpt. Es kam zu einer Rückatmung von Kohlendioxid in die Tüte, was zu einer sogenannten CO_2-Narkose führt. Durch das Kohlendioxid und den Mangel an Sauerstoff schläfert man sich sozusagen selbst ein und stirbt an Sauerstoffmangel.« Er schaute zu Boden. »Sie hat aber davon wohl nichts mehr gemerkt.«

»Dann … Dann hat sie …«, stotterte Emily. »Dann war sie vielleicht bewusstlos und …«, sie rang nach Worten, »dann hat sie vielleicht von dem Ersticken …«

Irgendetwas in ihr wollte hören, dass Lisa, auch wenn sie tot war, nicht gelitten hatte, dass sie, so schlimm ihr Tod auch war, mehr oder weniger friedlich und schmerzlos ins Jenseits befördert worden war. Diese Bestie, dieser Irre konnte sie doch nicht töten und vorher auch noch quälen. Es reichte doch schon, wenn er Ryan hatte.

Blake nickte, jetzt mit einem gütigen Gesicht. Auch aus Jones Zügen war die Besorgnis etwas gewichen.

»Vollkommen richtig, junge Dame«, sagte Blake, »vom Ersticken hat sie gar nichts gemerkt. Dass ein Mensch in so jungen Jahren stirbt, ist eine große Tragödie. Immerhin hat sie dabei nicht gelitten.«

Emily merkte dennoch, wie ihr schwindelig wurde. Waren das noch die Restwirkungen ihres Nervenzusammenbruchs? Hatte der Irre jetzt wirklich gewonnen, indem er Emily so geschwächt hatte, dass sie nicht einmal die beschützen konnte, die sie liebte und die sie liebten? Lisa war tot, Ryan war entführt. Julia war ... Nein, den Gedanken wollte sie nicht zu Ende denken. Und außerdem war Julia ja noch da. Sie mussten weitermachen, koste es, was es wolle. Sie beide. Emily und Julia. Jetzt erst recht.

Sie stand auf, versuchte, sich auf den Beinen zu halten. »Was ist mit ihren Eltern? Wissen die ...«

Das Bild von Jones verschwamm vor Emilys Augen.

»Wir haben schon Kontakt aufgenommen. So etwas ist nie einfach. Schließlich ...«

Dann sah Emily nur noch die schwarze Wolke vor sich.

Und dann gar nichts mehr.

57

»War wohl doch alles ein bisschen viel für unsere kleine Ms Waters«, sagte er und schaute auf den jungen Mann, der gefesselt vor ihm saß. Durch das mehr als mannshohe Fenster war weit unten die Glitzerwelt des nächtlichen Manhattans zu sehen, während hier und da einzelne Flugzeuge wie Kometen von den Flughäfen JFK und La Guardia in den Himmel abhoben oder aus ihm herausbrachen, um zur Erde zurückzukehren.

Die Stadt, die niemals schläft, dachte er. Auf keine Stadt traf diese Bezeichnung besser zu als auf New York.

Das New Babylon.

»Meinst du, sie schafft es?« Er schaute Ryan erwartungsvoll an.

Der sagte nichts, blickte nur verbissen nach rechts und links. Vielleicht war er zu trotzig oder zu wütend, um irgendetwas von sich zu geben. Vielleicht hatte er auch nur Angst, das Falsche zu sagen. Möglich war beides.

»Hör zu«, sagte er zu Ryan, »ich erzähle dir eine Geschichte.«

»Erzähl dir doch einfach selbst, was du willst«, knurrte Ryan jetzt, »denn ich will es nicht hören.«

»Oh doch, du willst. Und zuhören musst du auch. Du kannst schließlich nicht anders.«

Er lief vor dem hohen Fenster auf und ab.

»Es gab einmal einen uralten, buddhistischen Mönch«, begann er, »der sich zum Sterben niederlegen wollte, um seinen Mitbrüdern nicht länger zur Last zu fallen. Es war Winter, irgendwo im fernen Osten vor langer, langer Zeit.« Er schaute Ryan an. »Was glaubst du, haben die anderen Mönche gesagt?« Er hob die Augenbrauen. »Wollten sie, dass er stirbt?«

Ryan zuckte die Schultern.

»Das wollten sie natürlich nicht.« Er ging weiter auf und ab. »Wir wollen dich hier behalten, sagten sie. Es ist uns eine Ehre, uns um dich zu kümmern. Und der Meister sagte: Nein, dies sagt ihr nur aus Mitleid, in Wahrheit bin ich euch doch schon viel zu lange zur Last gefallen.«

Er schaute Ryan erwartungsvoll an. Der drehte den Kopf zur Seite.

»Was sagten die Mitbrüder? Nein, sagten die Mitbrüder, das tust du nicht. Tu uns den Gefallen und bleibe mit deiner Weisheit noch wenigstens bis zum Sommer bei uns.«

Er sprach in einer anderen Stimme weiter: »Nein, sagte der Meister, ich werde mich jetzt zum Sterben hinlegen, denn meine Zeit ist gekommen und ihr müsst euren eigenen Weg gehen in eurer Zeit. Und dann«, er vollführte vor Ryan eine halbe Verbeugung, »dann kam das Killerargument: Aber Meister, sagten sie, wenn du jetzt stirbst und wir dich begraben wollen, müssen wir ein Loch in die steinharte, gefrorene Erde graben. Stirbst du aber erst im Frühling, ist die Beerdigung für uns viel einfacher.« Er lächelte ein kaltes Lächeln. »Da hatte der Meister ein Einsehen, und er verstarb im frühen Frühling des folgenden Jahres.«

Er stellte sich direkt vor Ryan.

»Weißt du, was das bedeutet?«

»Ich habe keine Ahnung!«, antwortete Ryan.

»Es gibt ein rationales Element im Tod.« Er zog etwas aus der Hosentasche. *»Bleibst du nüchtern und rational, kannst du den Moment deines Todes bestimmen. Tust du es nicht, helfen andere vielleicht nach. Und wenn du zu viel mit den falschen Leuten herumhängst, dann passiert … das hier!«*

Er zeigte Ryan das Foto.

Er hatte es über einige Kontakte bekommen.

Es zeigte die Leiche von Lisa in der Rechtsmedizin.

Und endlich sah er in Ryans Augen die Angst, die er sehen wollte.

58

TAG 8: SAMSTAG, 8. SEPTEMBER 2012

Sie war noch zu schwach.

Das hatten die Ärzte gesagt.

Darum hatten sie Emily eine weitere Nacht im Krankenhaus behalten.

Sie fühlte die Finger an ihrer Hand.

»Das ist für dich«, sagte eine Stimme. »Ich weiß, dass du noch Ruhe brauchst, aber trag diesen Ring, damit du weißt, dass wir immer für dich da sind.«

Sie öffnete langsam die Augen. Sah eine Gestalt. Die Gesten, die Figur, das Gesicht. Sie kannte diesen Menschen. Kannte ihn sehr gut.

Etwas war an ihrem linken Ringfinger. Etwas Silbernes. Es war wunderschön und glitzerte im Licht der Nachttischlampe.

»Ich habe mit den Ärzten gesprochen«, sagte die Stimme. »Sie sagen mir sofort Bescheid, wenn es dir besser geht. Und dann reden wir in Ruhe.«

Sie dachte nach, soweit sie das in ihrem vom Beruhigungsmittel gedämpften Zustand konnte.

Das ist … Das ist … Aber wieso ist er hier?

Sie öffnete die Augen noch weiter.

Und dann erkannte sie ihn vollständig.

Dad!

»Du wirst bald wieder gesund«, sagte er. Und dann verschwamm alles vor ihren Augen.

Ein wenig später wachte sie wieder auf.

Öffnete die Augen.

Hatte sie geträumt?

Da sah sie den Ring.

Den Ring an ihrer linken Hand, am Ringfinger. Mit einem wunderschönen Brillanten.

»Was ist das?«, fragte Emily verdutzt.

»Ein Ring«, antwortete Julia.

»Das sehe ich auch. Wo kommt der her? Ich dachte, ich hätte geträumt?«

»Nein, hast du nicht.« Julia grinste wieder. »Er war wirklich hier.«

»Mein Vater?«

Julia nickte. »Dein Vater. Ja, er war hier. Hatte ein wichtiges Meeting in New York, musste aber wieder zurück. Ich soll ihn sofort anrufen, wenn es dir wieder besser geht.«

Ihr Vater war hier gewesen. Schnell hin und dann wieder weg. Zuzutrauen war ihm das. Und dann hatte er ihr diesen Ring hiergelassen.

»Er sagte«, sprach Julia weiter, »er kommt sofort vorbei, wenn du entlassen wirst. Er hat mit den Ärzten geredet. Du sollst über die Sache hier nur mit ihm sprechen, nicht mit deiner Mutter, die würde komplett ausrasten. Er hat dir diesen Ring hiergelassen, wahrscheinlich weil er ein schlechtes Gewissen hatte, da er direkt wieder weg musste.«

Emily schaute auf den Brillantring. Schön war er allerdings.

Ihr Vater, der Ring, die Ereignisse der letzten Tage.
Langsam kamen die Erinnerungen wieder.
Sie hatte lange mit Julia überlegt, wie sehr sie die Polizei weiterhin einweihen sollten. Vielleicht könnten sie in einer gezielten Aktion Ryan befreien? Doch wäre es nicht auch möglich, dass Jonathan, der, genau wie damals in London, überall war, doch zu früh davon Wind bekommen würde und Ryan irgendetwas antun würde? Etwas Unverhofftes und Schreckliches?
So wie Lisa.
Die Tüte.
Fashion Shop.
Die Bilder tauchten vor ihrem inneren Auge auf, wie Brandsiegel aus dem Reich der Hölle.
Dann siegte die Erschöpfung. Und sie schlief wieder ein.

***

Am späten Vormittag saßen sie zusammen in der Eingangslobby des St. Vincent Hospital.
Es war Samstag, der Tag des Saturns, des sechsten Planeten. Der Planet, den die Babylonier feierten, wenn er nach dreißig Jahren die Sonne umrundet hatte. Dann war ein sogenanntes Jubeljahr angebrochen, es gab Feste, und den Armen wurden die Schulden erlassen.
Doch ihnen war nicht zum Feiern zumute.
Jones hatte sie vehement gedrängt, mehr Informationen zu dem Psychopathen preiszugeben. Aber was konnte sie ihm schon sagen? Sie wusste ja nicht, wo er war. Er konnte überall und nirgends sein. Und wo Ryan war, das wusste sie leider nur zu gut. Bei dem, der sie jagte. Den sie fürchtete. Und von dem sie dachte, er wäre in London gestorben.

Sie hatte vorhin mit Dad telefoniert und ihm versichert, dass sie sich sofort bei ihm melden würde, wenn sich der Irre wieder meldete. Ihr Dad war zwar längst wieder unterwegs, aber sie war es ihm schuldig, ihn auf dem Laufenden zu halten. Auch wenn sie Angst davor hatte, dass er die Polizei rufen und dadurch Ryan in Gefahr bringen würde. Genau deswegen sträubte sich auch etwas in ihr, ihrem Vater alles zu sagen. Und deswegen hoffte sie auch, dass das Spiel jetzt irgendwann sein Ende nehmen würde. Besser ein Ende mit Schrecken als ein Schrecken ohne Ende.

Es war zwar kaum nachvollziehbar, aber irgendwie wartete sie auf ein Lebenszeichen des Psychopathen. Und nicht nur deswegen, weil damit auch ein Lebenszeichen von Ryan verbunden sein könnte, sondern auch, weil sie dann endlich wusste, wie es weitergehen würde.

Sie schaute auf ihr Smartphone. Doch es klingelte nicht.

Verdammt! Wenn man will, dass die Zeit vergeht, vergeht sie nicht. Wenn man vor Stress nicht weiß, wo einem der Kopf steht, geht alles rasend schnell.

In dem Moment klingelte das Telefon.

Nachdem es die ganze Zeit lauernd und still wie eine schwarze Kröte auf dem Tisch gehockt hatte, kam Emily das Klingeln noch viel lauter vor als gewöhnlich.

Face your fears, pflegten die Engländer zu sagen. Sieh deiner Angst ins Gesicht. Während sie sich nach vorn beugte, ging sie all die Nummern durch, die infrage kämen. Die ihrer Eltern. Die von Lisas Eltern. Jones. Carter. Oder – anonym.

Sie blickte aufs Display.

Anonym.

»Hallo, Emily«, begrüßte die Stimme sie. Und es war ihr, als würde Eiswasser durch ihren Körper fließen.

Sie formte in Richtung Julia mit den Lippen ein Wort, das in etwa wie *Er* aussah. Julias Augen weiteten sich. Sie verstand sofort.

»Du hast viel Zeit verloren«, sagte die Stimme. »Nicht nur Zeit …« Er machte eine bedeutungsvolle Pause. »Auch eine von deinen Wegbegleitern hast du verloren. Wir wollen doch einmal sehen, ob die Damen Emily und Julia auch ohne ihr *Gehirn* die ihnen aufgetragenen Rätsel lösen können. Darum hört gut zu!«

Instinktiv griff Emily nach einem Zettel, der auf dem Tisch lag.

»Was ist es?«, fragte die Stimme. »Es ist da, aber nicht hier. Je mehr man es hat, desto mehr will man davon. Man verliert es schneller, als man es bekommt. Ihr habt eine Minute.«

Die Verbindung endete.

»Verdammt, wir haben nur eine Minute«, zischte Emily und kritzelte ein paar Notizen auf den Zettel. Ihr Kopf fuhr hoch, und sie fixierte Julia. »Hast du mithören können?«

»Nein, nur Rauschen, du hättest auf Laut stellen sollen.«

»Hinterher ist man immer schlauer.« Sie las vor. »Was ist da, aber nicht hier?«

Julia zuckte die Schultern. »Einiges. Was hat er noch gesagt?«

Die Zeiger tickten umbarmherzig weiter. *Die Sechs,* dachte Emily. *Sechzig Sekunden. Sechzig Minuten. Die Babylonier und die Sumerer …*

»Was hat er noch gesagt?« Julias Stimme war schneidend.

»Em, ich denke, wir haben nicht viel Zeit.«

»Irgendwas mit … Je mehr man hat, desto mehr will man.«

»Trifft auf einiges zu. Luxus, Autos, Häuser, Macht, Männer …«

»Julia!«

Julia lächelte kurz.

»Und man verliert es schneller, als man es bekommt.«

»Kann auch Geld sein.«

»Könnte. Aber auch alles mögliche andere.«

»Moment!« Da fiel es Emily ein. Ein Spruch, den ihr Vater öfter sagte. *Das Geld ist da, aber nicht hier.* Das schien aus der Bankersprache zu stammen. Und der Irre bildete sich doch auch immer etwas auf seine Finanzkenntnisse ein. Das konnte unmöglich ein Zufall sein.

»Doch«, sagte sie, »es ist Geld!«

»Bist du sicher?«

»Todsicher.«

Julia nickte. »Na gut.«

Das Handy klingelte.

Emily zuckte zusammen.

»Und?«, fragte die Stimme lauernd.

»Geld!«

Schweigen.

Eine Sekunde. Zwei. Drei.

»Richtig«, sagte die Stimme dann.

Emily fiel ein Stein vom Herzen.

Wieder eine Pause.

»Jetzt wird es etwas schwerer.«

Emily stellte das Handy auf Laut. Julia beugte sich vor.

»Wir ... bleiben beim Geld«, sagte die Stimme bewusst gedehnt und langsam. Doch dann sprach der Irre stakkatohaft los: »Ein Bettler geht in die Kirche und betet: ›Lieber Gott, bitte verdopple das wenige Geld, das ich bei mir habe. Als Dank werde ich auch sechzehn Euro spenden.‹ Das Wunder geschieht, und der Bettler spendet, wie versprochen, die sechzehn Euro. Weil es tatsächlich funktioniert hat, beschließt der Bettler, es noch einmal zu wiederholen – wieder funktioniert es, und er spendet weitere sechzehn Euro. Ganz erfreut wiederholt er seine Bitte zum dritten Mal und hat wieder Erfolg. Nachdem er das dritte Mal sechzehn Euro gespendet hat, verlässt er die Kirche ohne Geld.«

Emily hatte in Hektik die Zahlen auf den Zettel gekritzelt.

Die Stimme machte eine Pause. Dann sprach sie weiter: »So kann es mit dem Geld kommen. Und wir fragen uns: Wie viel Geld hatte der Bettler bei sich, als er die Kirche betrat?«

Wieder Stille.

»Ihr habt ... fünf Minuten.«

Die Verbindung endete.

»Fünf Minuten!« Emily schwirrte der Kopf. »Er kriegt das Doppelte, spendet sechzehn Euro, am Ende hat er nichts mehr.«

»Em!«, sagte Julia. »Wir müssen logisch vorgehen. Anders geht es nicht.«

»Aha, und wie?« Emily schaute abwechselnd auf den Zettel, das Handy und nach draußen durch das Fenster, als könnte irgendwelche Hilfe von außen kommen. Doch die war nicht in Sicht.

»Warum zäumen wir das Pferd nicht von hinten auf?«

Emily wusste, dass Julia in solchen Dingen manchmal besser war als sie. »Und wie?«

»Er bekommt immer das Doppelte von dem, was er hat«, sagte Julia, »und davon spendet er sechzehn Euro. Wenn er beim letzten Mal ohne Geld die Kirche verlässt, kann er nicht mehr als sechzehn Euro gehabt haben.«

»Warum?«

»Weil er immer sechzehn Euro spendet. Er muss noch acht gehabt haben, wenn am Ende null übrig bleibt. Die Acht verdoppelt ergibt sechzehn. Sechzehn muss er abgeben, ergibt null.«

Emily musste zugeben, dass das logisch klang.

»Okay, das war dann die dritte Runde. Wie war es in der zweiten?«

»Er hatte am Ende acht, die er komplett abgegeben hat. Vorher hat er aber noch sechzehn gehabt. Um also die Menge vor der Spende zu wissen, müssen wir sechzehn dazu addieren.«

»Also sechzehn und acht?«

»Genau! Ergibt vierundzwanzig.«

»Und dann wurde das, was er hatte, zu Beginn der Runde verdoppelt. Er hatte also vor der Spende, aber nach der Verdoppelung vierundzwanzig.« Julia schaute Emily an. »Dann muss er vor der Verdoppelung zwölf gehabt haben.«

»Wieso?«

»Mann, Em, zwölf mal zwei sind vierundzwanzig!«

»Ach ja, klar!«

»Wirklich?«

»Ja, langsam habe ich den Bogen raus.«

Julia blickte auf die Uhr. »Wird auch Zeit, wir haben nur noch zwei Minuten!«

»Damit haben wir Runde zwei«, sagte Emily. »Und was war nach der ersten Runde?«

»Zum Ende hat er wieder sechzehn gespendet.«

»Also hatte er vor der Spende und nach der Verdoppelung sechzehn mehr?«

»Genau: zwölf plus sechzehn ergeben?«

»Achtundzwanzig!«

»Genau.«

»Und vor der Verdoppelung?«

»Die Hälfte davon! Also vierzehn!«

»Er ist mit vierzehn Dollar in die Kirche gegangen?«

Julia schrieb noch einmal alles auf das Papier.

»Noch eine Minute!«

»Vierzehn in der ersten Runde, verdoppelte auf achtundzwanzig. Davon sechzehn weg, ergibt am Ende der ersten Runde zwölf. Zweite Runde: zwölf verdoppelt ergibt vierundzwanzig, davon sechzehn weg, ergibt acht. Dritte Runde: acht verdoppelt ergibt sechzehn, davon sechzehn weg, ergibt null!«

»Super.« Emily machte fast einen Luftsprung. »Das ist die Lösung!«

In der Sekunde klingelte das Telefon.

Es war die gewohnte Stimme. Gewohnt, doch immer noch schrecklich.

»Und?«

»Vierzehn«, antwortete Emily, ohne dem noch etwas anderes hinzuzufügen.

»Gut gemacht.«

Emily merkte, wie sie erleichtert aufatmete.

»Jetzt hört zu: Mit was habt ihr es eben zu tun gehabt?«

»Mit Geld!«, platzte es aus Emily heraus.

»Richtig. Geht zur Liberty Street und dort zur Zahl der Babylonier, die geteilt und gedoppelt wird. Dort werdet ihr weitere Instruktionen erhalten.«

»Geteilt und gedoppelt?«, fragte Emily.

»Geteilt und gedoppelt«, sagte die Stimme ohne Regung. »Und im Übrigen stelle ich hier die Fragen.«

Dann einige Sekunden Stille.

»Gleichzeitig«, sagte die Stimme, »habe ich noch zwei Nachrichten für euch: eine gute und eine schlechte. Wollt ihr sie hören?«

»Ja«, sagte Emily, ohne Betonung in der Stimme.

»Wenn alles gut geht, hast du Ryan zu deinem Geburtstag wieder. Das war, wie du dir vielleicht denken kannst, die gute Nachricht.«

Emily wollte die schlechte Nachricht nicht hören. Doch da sprach der unheimliche Anrufer schon weiter.

»Wenn du nicht rechtzeitig zu ihm kommst, dann wird es Ryan an deinem Geburtstag nicht mehr geben.«

Die Verbindung endete.

59

Sie wird den Ort finden müssen, wo ihr irischer Prinz ist. Oder sie wird ihn nie wiedersehen. Oder nur noch in Einzelteilen.

Den Sprenggürtel wird er nicht so schnell abnehmen können, wenn er durch die Straßen von New York hetzt.

Und ab jetzt werde ich immer wissen, wo sie ist. Auch ohne ihr Handy.

Es ist immer gut, wenn man Leute kennt, die anderen Menschen für genügend Geld Ortungschips unter die Haut spritzen können.

Und es ist gut, wenn gewisse Leute stundenlang in einem Krankenhaus schlafen und es nicht merken, wenn jemand so etwas macht.

Und das Signal, das Emily funkt, wird dafür sorgen, dass an Ryans Gürtel ein anderes Signal ausgelöst wird, wenn sie nicht zu einer bestimmten Zeit bei ihm sein wird.

Ein Signal, das den Sprenggürtel aktiviert.

Sobald die englische Prinzessin versagt, wird der irische Prinz ...

... sterben.

Und ich selbst muss gar nichts dafür tun.

Es geht alles automatisch.

Romeo sagte zu Julia, wäre sie der Sternenhimmel, dann würde sich jeder Mensch in die Nacht verlieben.

Er lächelte über seine eigenen Gedanken.

Wenn Ryan sich in der Explosion über ganz New York verteilte …

… dann würde sich Emily vielleicht in New York verlieben.

Er ging rüber in Ryans Zimmer.

»Ab jetzt hängt alles von Emily ab«, sagte er.

60

Was hatte er nur vor mit Ryan?
Er würde sterben, wenn er sich ihr näherte?
Es konnte mit diesem Sprengstoffgürtel zu tun haben. Konnte er ihn nicht abstreifen? Oder wusste er vielleicht gar nicht, dass er so einen Gürtel trug?
Jonathan.
Der Irre. Der Spieler. Der Psychopath.
Warum dieser Hass?
Gönnte er ihr Ryan nicht? Das Glück, das sie hatten, die Freude, das Zusammensein?
Sie dachte daran, was er ihr alles in der Villa ihrer Eltern erzählt hatte, und irgendwo, tief in ihrem Herzen hatte sie noch immer Mitleid mit diesem Jungen, der für drei Monate das Paradies gefunden hatte, aus dem er wieder vertrieben worden war. Damals tat er ihr leid, weil sie dachte, dass er tot wäre. Heute hasste sie ihn, aber sie verstand dennoch nicht, warum ein Mensch derart fanatisch seine kranke Mission verfolgte, und all seine anderen Fähigkeiten brachliegen ließ oder sie nur dieser Mission unterordnete. Was hätte Jonathan mit seinen Begabungen und Fähigkeiten aus sich machen können, wenn er einfach seinen Frieden mit Emily machen würde? Aber viel-

leicht war es genau dieser Hass auf sie, was ihn antrieb. Und wenn er diesen nicht mehr ausleben könnte, würde vielleicht sein gesamtes Leben sinnlos werden?

Ihr Geburtstag stand vor der Tür.

Übermorgen.

Vielleicht wäre es dann zu Ende.

Auf welche Weise auch immer.

Bis dahin musste sie durchhalten.

Und sie würde es ihm heimzahlen. Sie wusste nur noch nicht, wie.

»Emily!« Julias Stimme durchbrach ihre Gedanken. »Denkst du nach?«

»Nachdenken?«, fragte sie, so als würde sie nicht mehr wissen, was das ist.

»Oder sollen wir deinen Dad anrufen? Der kann uns doch vielleicht auch helfen?«

»Dad?«, fragte Emily. »Der schaltet bestimmt die Polizei ein, und dann macht der Irre …« Sie blickte Julia an. »Weißt du nicht, dass Ryan in Gefahr ist?«

»Ja doch«, sagte Julia resigniert, »weiß ich.« Sie schnitt eine Grimasse. »Das Rätsel mit der Liberty Street«, sprach sie dann weiter. »Was meint er damit schon wieder?«

»Was hatte er da noch gesagt?«

»Mensch, Emily, dass du immer weiterträumst.« Julia schüttelte den Kopf. Sie hielt Emily den Zettel mit dem Rätsel hin.

GEHT ZUR LIBERTY STREET UND DORT ZUR ZAHL DER BABYLONIER, DIE GETEILT UND GEDOPPELT WIRD. DORT WERDET IHR WEITERE INSTRUKTIONEN ERHALTEN.

Emily zog die Stirn kraus. »Stimmt, die Zahl der Babylonier. Mal geteilt und dann gedoppelt.«

»Kann das nicht wieder die Sechs sein?«, fragte Julia.

»Möglich. Die Sechs geteilt ist drei. Dann wieder gedoppelt ist wieder sechs.«

Julia schaute in ihr Smartphone. »In der Liberty Street Nummer 6 ist aber nichts Besonderes.«

»Vor allem«, warf Emily ein, »muss es doch irgendwas mit Geld zu tun haben. Er ist doch vorhin immer wieder so auf dem Geld herumgeritten.«

»Das stimmt. Aber in der Liberty Street 6 ist nichts mit Geld!«

Auch Emily begann auf ihrem Smartphone herumzutippen.

»Vielleicht ist es auch gar nicht die Sechs?«, gab Julia noch mal zu bedenken.

»Moment!« Emily hob die Hand und sah Julia an. »Die Sechs halbiert ist?«

»Drei.«

»Und die dann gedoppelt?«

»Ich denke, sechs.«

»Oder ...«

»Oder was?«

»Oder 33.«

Julia nickte. »Hat auch eine gewisse Logik.« Dann beugte sie sich nach vorn. »Und, ist in der Liberty Street 33 irgendetwas mit Geld?«

Emily strahlte. »Das will ich meinen: Die Notenbank von New York!«

61

Das Gebäude der New York Federal Reserve war einer der Ableger der US Notenbank in Washington. Das Gebäude war ein Jahrzehnt vor dem großen Crash im Jahre 1929 gebaut worden und sah aus wie eine Renaissancefestung mit vergitterten Fenstern, das mit vierzehn Stockwerken klein und gedrungen zwischen den riesigen Wolkenkratzern kauerte. Hier, unter den vierzehn Stockwerken – und nicht etwa in Fort Knox – lagen die größten Goldreserven der Welt. Jede Nation der Welt besaß hier ihre eigenen Panzerräume, die durch neunzig Tonnen schwere Türen geschützt waren, und hoch oben hatte schon manche Krisensitzung stattgefunden, um die Welt mal wieder vor dem finanziellen Zusammenbruch zu retten.

Ein Mann mittleren Alters mit Sonnenbrille drückte Emily einen Werbeflyer in die Hand. Sie wollte das Papier gerade wegschmeißen, da sah sie die Schrift, die überhaupt nicht zum Flyer passte.

IHR SEID DA, stand dort. GUT. JETZT GEHT IN DIE AUSSTELLUNGSBIBLIOTHEK. UND NEHMT EUCH DAS HEFT MIT DER ZAHL, DIE AM ANFANG DES OBERSTEN GOTTES IST. IHR HABT FÜNFZEHN MINUTEN.

»Verdammt«, fluchte Emily. »Wo ist …« Sie drehte sich um. Aber der Mann war verschwunden. »Also so was.« Emily stemmte die Hände in die Hüften. »Was soll das schon wieder heißen? Ist das *von ihm*?«

»Mit Sicherheit ist das von ihm«, sagte Julia und schob sie vorwärts. »Lass uns erst einmal reingehen.«

Emily blickte sich unbehaglich um.

»Warum werde ich das Gefühl nicht los, dass dieser Kerl überall ist?«

»Du wirst das Gefühl nicht los, *weil* dieser Kerl überall ist. Und jetzt geh endlich rein!«

Die Ausstellung *History of Money* war eine Dauerausstellung in der Federal Reserve Bank of New York.

Sie standen an einer der Vitrinen und klickten hektisch durch Julias Smartphone.

»Rollen wir das Ganze mal wieder von hinten auf«, schlug Julia vor. »Was kann eine Zahl sein, die am Anfang eines Namens steht?«

»Vielleicht hat dieser Gott ja eine Nummer?« Emily zuckte die Schultern. »Gott Nummer eins oder Gott Nummer zwei?«

Julia schüttelte den Kopf. »Glaube ich nicht. Vielleicht ein Buchstabe?«

»Ein Buchstabe mit einer Nummer?«

»Eine alphabetische Nummer vielleicht.«

»Ach so.« Emily wiegte den Kopf hin und her. »Bei einem A wäre das also die Eins, bei einem B die Zwei und so weiter?«

»Kann sein.«

GEHT IN DIE AUSSTELLUNGSBIBLIOTHEK. UND NEHMT EUCH DAS HEFT MIT DER ZAHL, DIE AM

ANFANG DES OBERSTEN GOTTES IST. IHR HABT FÜNFZEHN MINUTEN.

»Wer ist mit oberstem Gott gemeint?«

»Was fragst du mich das«, sagte Julia, »vielleicht Jesus?«

»Jesus ist kein Gott, sondern der Sohn Gottes. Außerdem gibt es im Christentum nur einen einzigen Gott, da kann es keinen *obersten Gott* geben.«

»Und was ist mit Jesus und dem Heiligen Geist?«

»Keine Ahnung.« Emily zuckte die Schultern. »Ich bin keine Theologin. Aber Christentum passt nicht.«

Julia schaute einen Moment zur Decke und ließ ihren Blick dann über die Vitrinen schweifen. Dort waren Banknoten der Vereinigten Staaten abgebildet. Die Banknoten, die von der Federal Reserve Bank of New York stammten, in der sie gerade standen, waren mit einem »B« versehen.

»Wieso ein B?«, fragte Julia.

Emily zuckte wieder die Schultern. »Vielleicht als Anspielung auf … Babylon?«

Auf einmal war das Wort aus ihr herausgerutscht. Babylon! Darauf ritt doch dieser Irre immer herum!

Emilys Blick flog von dem Geldschein zu dem Zettel, dann zu Julia und dann zu ihrem Smartphone.

»Wer ist der oberste Gott von Babylon?«

»Woher soll ich das wissen?«

»Mann, schau doch in deinem Telefon nach!«

»Ist ja gut, ich mach ja schon.«

»Beeil dich!«

»Marduk!«, sagte Julia nach einer Weile und las von der Wikipedia-Seite ab. »Ursprünglich war Marduk ein Stadtgott von Babylon. Als es Hammurapi gelang – «

»Wer ist Hammurapi?«

»Keine Ahnung, warte mal ab. Also, als es Hammurapi gelang, die Zwistigkeiten der anderen Stadtstaaten auszunutzen und diese unter die Herrschaft von Babylon zu zwingen, erklärte er den babylonischen Stadtgott zum obersten Gott des Pantheons. Dementsprechend wurde Marduk im Codex Hammurapi bereits als Sohn von Ea bezeichnet.«

»Interessant. Und was ist jetzt die Zahl? Steht da irgendetwas?«

Julias Blick flog weiter über den Text. »Nein.«

»Moment mal«, sagte Emily, »wir hatten doch vorhin überlegt, ob nicht das A Nummer eins ist, das B Nummer zwei und so weiter?«

Julia wiegte den Kopf hin und her. »Klingt plausibel. Dann ist das M…«

Emily kritzelte die Buchstaben des Alphabets auf einen Zettel.

»A, B, C, D, … Das M ist die Nummer dreizehn! Das M ist der dreizehnte Buchstabe!«

»Also los!« Julia steckte das Smartphone zurück in ihre Tasche. »Schauen wir uns dieses Buch Nummer dreizehn an. Falls es das geben sollte!«

Das Buch Nummer dreizehn gab es tatsächlich. Es war eine mehrbändige *Geschichte des Geldes*. Darin schon wieder ein Hinweis, noch seltsamer, als der vorherige.

SUCHT AUF DEM EINEN GRÜNEN, DAS ALLES BEHERRSCHT, DIESE ZAHL. BRINGT MIR AUS DEM GRÜNEN DIE FÜNF DINGE MIT DIESER ZAHL UND OPFERT SIE AUF DEM NAHEN ALTAR.

»Altar?«, fragte Emily. »Welcher Altar?

»Vielleicht eine Kirche?«

»Gibt es hier eine in der Nähe?«

»Em, ist doch erst mal wurscht. Hier in New York gibt es Hunderte von Kirchen. Wir sollten vielleicht zu erst einmal wissen, was er mit *dem Grünen* meint.«

»Du hast recht«, stimmte Emily zu. »Lass uns zu den Vitrinen zurückgehen, da ist uns auch vorhin was eingefallen.«

»Das eine Grüne, das alles beherrscht«, wiederholte Emily und schaute auf die Dollarnoten in der Vitrine. Ihr Blick war auf die Eindollarnote geheftet, auf den Adler und die Pyramide mit dem Auge.

»Wusstest du, dass dieses Auge auch das Zeichen der Illuminaten ist?«, fragte Julia.

»Schon mal davon gehört, ja.« Emily merkte, wie müde sie war und dass ihr fast im Stehen die Augen zufielen.

»Hier, schau dir doch mal diese Zahl an.« Julias Finger zeigte auf die römische Zahl auf dem Eindollarschein. MDCCLXXVI.

»Das heißt?«

»1776.«

»Ist das nicht das Gründungsjahr der USA?«

»Das Gründungsjahr ist eigentlich 1789, das Jahr, in dem die Verfassung in Kraft trat und George Washington erster Präsident wurde. 1776 ist das Jahr der Gründung des Illuminatenordens. Du weißt doch, Adam Weishaupt, der Typ, der George Washington ermordet hat und dann selbst Präsident der USA wurde!«

»Ja, hast du mir erzählt«, sagte Emily und biss sich auf die Lippen. »Wir haben trotzdem nicht viel Zeit und sollten uns vielleicht mal mit dem Rätsel befassen, anstatt …« Ihr Blick flog über einen Text, der neben dem Dollarschein stand.

THE DOLLAR BILL, ALSO CALLED »GREENBACK«.

Der Dollarschein, auch »Grünrücken« genannt.
»Moment mal.« Sie drehte sich abrupt zu Julia um. »Was stand da noch genau?«
Julia las den Zettel noch einmal vor.

SUCHT AUF DEM EINEN GRÜNEN, DAS ALLES BEHERRSCHT, DIESE ZAHL. BRINGT MIR AUS DEM GRÜNEN DIE FÜNF DINGE MIT DIESER ZAHL UND OPFERT SIE AUF DEM NAHEN ALTAR.

»Der eine Grüne!« Emily rüttelte Julia am Arm. »Das ist der Greenback. Der alles beherrscht! Geld regiert die Welt.«
»Tatsächlich«, sagte Julia und beugte sich vor. »Da stehen wir hier direkt vor dem Schein, und genau darum geht es. Also, was will er noch wissen?«
Sie las den Text noch einmal vor: »Bringt mir aus dem Grünen die fünf Dinge mit dieser Zahl.« Sie schaute Emily an. »Mit welcher Zahl?«
»Keine Ahnung.« Emily zuckte die Schultern. »Die einzige Zahl, die wir eben hatten, ist die …«
»Die Dreizehn? Dann los.«
Sie klebten beide mit ihrer Nase auf dem übergroßen Abbild des Dollarscheins. Links auf dem Dollar war die Pyramide zu sehen. Rechts davon der Weißkopfseeadler der Vereinigten Staaten. In der Mitte in großen Buchstaben die Worte *IN GOD WE TRUST – IN GOTT VERTRAUEN WIR.*

Über dem Kopf des Adlers war eine Art Siegel mit Sternen. Daneben eine Schriftrolle mit dem Aufdruck *E Pluribus Unum – Aus vielen zu Einem.*

»Vielleicht die Sterne?«, flüsterte Emily und begann zu zählen. »Also eins, zwei, drei, vier …«

»Und hier«, ergänzte Julia. »Dieser Adler hat einen Olivenzweig in der Kralle. Und in der anderen einen Haufen Pfeile. Mal sehen …«

»Bingo!«, sagte Emily. »Das sind schon mal dreizehn Sterne auf dem Siegel über dem Adler.«

»Und hier haben wir dreizehn Pfeile in der einen Kralle des Adlers.« Julia ging noch näher heran. »Und in den Zweigen in der anderen Kralle … das gibt's doch nicht: dreizehn Oliven!«

»Gut, wir haben Sterne, Pfeile und Oliven. Sonst noch was?«

»Der Adler hat eine Art amerikanische Flagge vor der Brust. Vielleicht ist dort …«

»Schauen wir mal.« Julia blinzelte. »Wir haben hier sechs grüne Streifen. Darin wieder jeweils drei Streifen.« Sie schaute Emily an. »Oh Gott, schon wieder die 666!«

»Julia, du fängst an zu spinnen!«

»Gut, was noch? Wir haben sechs grüne Streifen und … ah, hier, sieben weiße Streifen. Sechs und sieben ergibt: dreizehn!«

»Also auch noch Streifen.« Emily blickte suchend über das Bild. »Was noch?«

»Schauen wir uns doch mal die Pyramide an!«

Annuit Coeptis, stand über der Pyramide. Was so viel wie *begonnen, gewährt* hieß, wie der Erläuterungstext über dem Bild sagte. Warum es allerdings überall dreizehn Gegenstände waren, darüber gab es keine Informationen. Unter der Pyramide war die Jahreszahl MDCCLXXVI, die 1776, die Julia mit dem Gründungsdatum der Illuminaten verbunden hatte. Und darunter eine Schriftrolle mit dem Aufdruck *NOVUS ORDO SECLORUM*.

»Novus Ordo Seclorum«, murmelte Emily, »die neue Weltordnung.«

»New World Order, wie die Amis sagen«, ergänzte Julia. »Hatte ich dir doch vorhin gezeigt.«

»Du solltest Wahrsagerin werden«, sagte Emily. »Also schauen wir mal, wo es bei der Pyramide die Dreizehn gibt. Wir haben …« Ihre Augen hellten sich auf. »Na bitte, die Pyramide hat dreizehn Schichten. Dann haben wir's doch!«

»Meinst du nicht, es fehlt noch etwas?«

Sie schauten auf das nächste Bild, auf dem die Vorderseite des Dollars abgebildet war. Dann zog Emily selbst einen Dollarschein aus ihrer Tasche. Doch hier war nichts zu sehen.

»Offenbar war es das.« Sie schaute auf die Uhr. »Außerdem haben wir nicht mehr viel Zeit. Also, was haben wir?«

Julia zählte auf: »Die Oliven, die Pfeile, die Sterne, die Streifen und die Schichten der Pyramide. Fünf verschiedene Dinge.«

»Und die sollen wir kaufen?«

Julia zuckte die Schultern. »Vielleicht?«

»Wie willst du denn eine Pyramide kaufen?«

»Wir schauen gleich unten im Souvenirshop nach, vielleicht gibt es da etwas?«

»Meinetwegen! Und wo sollen wir die jetzt hinbringen?«

SUCHT AUF DEM EINEN GRÜNEN, DAS ALLES BEHERRSCHT, DIESE ZAHL. BRINGT MIR AUS DEM GRÜNEN DIE FÜNF DINGE MIT DIESER ZAHL UND OPFERT SIE AUF DEM NAHEN ALTAR.

»Auf dem nahen Altar. Also vielleicht eine Kirche?«

»*Naher Altar,* hat er geschrieben. Die Kirche muss also ganz in der Nähe sein.«

»Die einzige Kirche, die hier ganz in der Nähe ist, ist die St. Pauls Chapel.«

»Schon wieder St. Pauls.« Emily seufzte, denn die Hetzjagd nach St. Paul in London war ihr noch gut in Erinnerung.

»Also los!«

62

Sie hatten etwas improvisiert und ein paar behelfsmäßige Dinge auf den Stufen des Altars in der St. Pauls Chapel hinterlegt – nicht ohne sich ein paar verwunderte Blicke zuzuziehen.

Eine Pyramide aus einem Souvenirshop, ein paar Oliven vom Straßenhändler, einen Spielzeugpfeil mit Bogen, eine US-Flagge und ein paar Glitzersterne aus einem Bastelladen, den sie in der Nähe entdeckt hatten.

Offenbar war es aber mehr oder weniger richtig gewesen. Denn als sie gerade die Kirche verlassen wollten, sahen sie auf den Stufen eine grüne Mappe.

Grün.

War die Mappe für sie? Sie war grün, passte also zum Rätsel. Kam dieser Irre ihnen immer so nah? Er hatte den Brief in der Bibliothek hinterlegt, kurz bevor sie zum Postamt und zum Citigroup Center gefahren waren. Er hatte Lisa ermordet, kurz bevor Emily und Julia sie in der Bibliothek gefunden hatten. Dann hatte er einen Mann geschickt, der Flyer verteilte und der plötzlich wie vom Erdboden geschluckt gewesen war. Eben gerade. Und nicht zu vergessen den seltsamen Parcour-Künstler im Metropolitan Museum of Art.

Und jetzt? Diese seltsame Mappe.

»Wollen wir sie aufheben?«, fragte Emily.

Julia schürzte die Lippen. »Vielleicht ist sie ja gar nicht für uns.«

»Und wenn doch?«

»Und wenn irgendwas Explosives drin ist?«

»Wenn wir explodieren, kann uns der Irre nicht mehr schikanieren.« Emily war langsam sarkastisch geworden. »Also an der Stelle Entwarnung, würde ich sagen.«

Sie hob behutsam die Mappe auf.

Darin ein mit Computer ausgedruckter Text.

HABT IHR EUCH SCHON EINMAL GEFRAGT, WAS AUF DEM DOLLAR DAS $-ZEICHEN ZU SUCHEN HAT? WARUM EIN »S« FÜR ETWAS, DAS MIT »D« ANFÄNGT? UND WAS SOLL DER STRICH DAZWISCHEN? WISST IHR ES? ODER NICHT?

Diesmal schien es zunächst kein Rätsel zu sein. Der Text ging weiter.

ES HÄNGT AUCH MIT BABYLON ZUSAMMEN. UND SOMIT AUCH MIT NEW YORK.

DAS DOLLARZEICHEN, DAS $, IST DIE SCHLANGE. DIE BRUDERSCHAFT DER SCHLANGE, DIE IM JAHR 3000 VOR CHRISTI IN MESOPOTAMIEN GEGRÜNDET WURDE, WAR DIE TREIBENDE KRAFT HINTER DEN EROBERUNGSZÜGEN SARGONS VON AKKAD. IHR ZIEL WAR ES, DIE GESAMTE MENSCHHEIT ZU UNTERWERFEN. ES WAR DIE SCHLANGE DER ZEIT, DIE SICH IN DEN SCHWANZ BEISST, DIE

MIDGARDSCHLANGE, DIE DIE ERDE UMSCHLIESST UND DIE UNS ALS KRONOS DRACHEN UND ALS BIBLISCHE SCHLANGE DER VERSUCHUNG WIEDERBEGEGNET.

SARGON VON AKKAD SCHUF DAS ERSTE, GROSSE VORDERASIATISCHE REICH, DAS DREIHUNDERT JAHRE LANG BESTAND HATTE. DANN BRACH ES AUSEINANDER, UND DIE NACHFOLGER SARGONS ZOGEN NACH WESTEN.

ICH ERZÄHLE EUCH VON DEN EINFLÜSSEN ÄGYPTISCHER KULTE IN DEN GOTTESBILDERN VON AKKAD, VOM ÄGYPTISCHEN SCHÖPFERGOTT ATUM, DER AUCH RE GENANNT WURDE, DER NUT UND GEB GRÜNDETE, EBENFALLS HIMMEL UND ERDE, UND VON PTAH, DEM HAUPTGOTT DER STADT MEMPHIS, DER DIE DINGE ERSCHUF, INDEM ER IHREN NAMEN NANNTE. AUF SARKOPHAGEN UND AN DEN WÄNDEN DER PYRAMIDEN WURDE PTAH GEZEIGT, WIE ER RAMSES II ERWECKTE, PTAH, EIN ALTER, BÄRTIGER MANN, DER DEN PHARAO AUS DEM NICHTS ENTSTEHEN LIESS, EINEN MANN, DER ETWAS IN DER HAND HIELT, WAS EINER SICHEL GLICH, WÄHREND EINE SCHLANGE AM BODEN ENTLANGKROCH. ICH ERZÄHLE EUCH VON NINURTA UND MARDUK.

UND ICH BEFEHLE EUCH, DORTHIN ZU GEHEN, WO DIE BRUDERSCHAFT DER SCHLANGE HERKOMMT. ZU IHREM BERG. NACH SÜDOSTEN.

»Schon wieder Marduk!« Julia blickte Emily an.

»Der wird ja immer länger und komplizierter«, sagte die

und ließ den Zettel sinken. »Als Nächstes schreibt er auch noch ein Buch für uns.«

»Die Sache ist klar«, sagte Julia. »Wir sollen irgendwo hingehen.«

»Und wo kann das sein?«

Emily blickte sich um. Tausende von Passanten waren um sie herum, aber niemand konnte ihr helfen. Sie hatte einmal gehört, dass der heutige Mensch an einem einzigen Tag im Einkaufszentrum oder in der großen Stadt mehr Menschen sieht, als der Urmensch in seinem ganzen Leben. Entsprechend verloren fühlte man sich häufig.

»Das ist doch wieder alles Blabla«, meinte Julia. »Bis auf diesen letzten Absatz.«

UND ICH BEFEHLE EUCH, DORTHIN ZU GEHEN, WO DIE BRUDERSCHAFT DER SCHLANGE HERKOMMT. ZU IHREM BERG. NACH SÜDOSTEN.

»Gibt es hier einen Berg?« Emily sah ihre Freundin fragend an.

»Na ja, diesen komischen Müllberg, wo wir waren. Ich hoffe aber, dass wir da nicht noch einmal hinmüssen.«

»Der ist es wahrscheinlich auch nicht.«

»Und was ist mit Südosten gemeint?« Julia stemmte die Hände in die Hüften. »Dieser Sargon von Akkad lebte ja offenbar in Babylonien oder sonst wo. Der Irre erwartet doch von uns nicht ernsthaft, dass wir nach Vorderasien reisen?«

»Kann ich mir nicht vorstellen. Würde viel zu lange dauern, und dieser Typ will ja immer mit neuen Sensationen gefüttert werden. Die hat er nicht, wenn wir stundenlang im Flugzeug sitzen.«

»Auch wieder wahr. Also ist es wahrscheinlich irgendwo in der Nähe.«

Julia schaute sich um. An der Ecke Liberty Street, Broadway war ein Informationsbüro. Es gab Theaterkarten, Kinokarten, Stadtpläne, Tickets für Ausflüge mit der Staten Island Fähre nach Ellis Island und der Freiheitsstatue und vieles mehr.

»Vielleicht fragen wir da mal?«

Emily verzog das Gesicht. »Meinst du, die wissen das?«

»Keine Ahnung, fragen wir einfach mal unverbindlich.« Julia war schon auf dem Weg.

»Und wie?«

»Ganz unvoreingenommen.« Sie zwinkerte Emily zu. »Lass mich nur machen!«

Eine schwarze Frau mit Rasterlocken saß Kaugummi kauend hinter dem Tresen des Informationsbüros. *Hi, ich bin Tammy*, stand auf ihrem Namensschild.

»Guten Abend, Madam«, sagte Julia. »Wir sind auf ein exquisites Event eingeladen, für das wir eine ziemlich kryptische Einladung bekommen haben. Das machen die immer so. Wir müssen herausfinden, welche Location das ist. Diesmal sind wir aber etwas unter Zeitdruck und dachten, dass Sie uns vielleicht helfen können.«

»Schauen wir mal«, sagte Tammy. »Was habt ihr denn an Infos bekommen?«

»Das hier.«

Julia zeigte ihr den letzten Satz auf dem Brief. Emily zuckte kurz zusammen, doch was sollte eigentlich passieren? Die Frau würde wohl kaum mit Jonathan zusammenarbeiten, und falls doch, dann wäre es nicht das erste Mal, dass dieser Irre überall seine Finger im Spiel hatte. Und abgesehen davon war das Emily mittlerweile auch herzlich egal.

UND ICH BEFEHLE EUCH, DORTHIN ZU GEHEN, WO
DIE BRUDERSCHAFT DER SCHLANGE HERKOMMT.
ZU IHREM BERG. NACH SÜDOSTEN.

»Ist das ein Restaurant oder ein Museum?« Tammy schob ihr Kaugummi von einer Backentasche in die andere und schaute abwechselnd den Text und Julia an.

»Tja, das wissen wir auch nicht genau, es sind immer andere Locations, die die sich ausdenken.« Emily war beeindruckt, wie schnell Julia irgendwelche Sachverhalte erfinden konnte. Vielleicht hätte sie eher Jura studieren sollen?

»Südosten hier in New York?«, fragte Tammy.

Emily und Julia schauten sich an.

»Wahrscheinlich.«

»Dann kann das ja nur die Lower East Side sein. Also von der Südspitze Manhattans über den East River rüber nach Red Hook.«

Red Hook, dachte Emily, das klang unheimlich.

Tammy war Emilys Gesichtsausdruck nicht entgangen. »Sie machen sich wahrscheinlich Sorgen, aber da hat sich einiges getan. Ist nicht mehr ganz so abgerissen wie früher. Am besten, Sie nehmen eine Fähre.«

»Und wo müssen wir da genau hin?«

DIE BRUDERSCHAFT DER SCHLANGE. ZU IHREM
BERG. NACH SÜDOSTEN.

»Vielleicht gibt es da etwas mit Schlange und Berg?« Julia beugte sich nach vorn.

Tammy schaute in ihrem Verzeichnis nach.

»Kann sein«, sagte sie. »Es gibt hier einen *Snake Mountain*.

Ein ziemlich abgefahrener Club. Gothic, Techno und so was. Soll recht schräg sein. Einlass nur mit Einladung oder bei speziellen Events.« Sie schaute Julia und Emily an. »Das könnte schon passen.«

Snake Mountain, dachte Emily, der Berg der Schlange. Warum nicht?

»Snake Mountain.« Emily und Julia tauschten einen kurzen Blick. »Probieren wir es.«

»Die Fähre fährt alle halbe Stunden vom Battery Park«, sagte Tammy, »das geht am schnellsten.«

»Danke, Miss!« Die beiden machten sich auf den Weg.

63

Die Fahrt mit der Fähre von Battery Part nach Red Hook hatte etwas Magisches. Die Sonne ging über der Freiheitsstatue und New Jersey unter, die Insel Ellis Island, wo die ersten Einwanderer New York erreicht hatten, erhob sich im Abendlicht, und die Gischt des Deltas, wo sich Hudson River und East River vereinten, spritzte bis zu der Reling hinauf, auf der Emily und Julia standen. Sie ließen zur Linken Governor's Island liegen und nahmen Kurs auf Reed Hook, dessen Kräne und Hafenanlagen sich am Südzipfel Brooklyns in den Abendnebel erhoben.

Und für einen Moment war es Emily, als würde sie mit ihrer besten Freundin Julia eine Fahrt mit der Fähre genießen und als wäre die einzige Sorge, die sie hätte, wo man sich gleich zum Abendessen treffen würde.

Leider war das nicht der Fall.

* * *

Mittlerweile war es dunkel geworden, und die Kräne und Terminals von Red Hook leuchteten in gespenstischem Licht der Hafenanlagen wie die Skelette von mechanischen Sauriern.

Sie liefen vorsichtig die Straße entlang und ärgerten sich über ihr Smartphone, auf dem der Kartendienst mal wieder langsam bis gar nicht funktionierte, bis sie aus einer Ecke wummernde Bässe und laute Technoklänge vernahmen, die hier und da mit harten Metal-Gitarrenriffs unterlegt waren.

Snake Mountain.

Wahrscheinlich waren sie ganz in der Nähe.

Ein massiger Türsteher mit kahlem Schädel, Piercings und Tätowierungen an den Armen rauchte eine Zigarette und musterte sie halb belustigt und halb misstrauisch, als sich die beiden jungen Damen dem Eingang näherten.

»Seid ihr denn schon einundzwanzig?«, wollte er wissen.

»Nein«, sagte Julia als Erste, »und wir wollen auch nichts trinken.«

»Was wollt ihr dann?«

»Wir sollen hierherkommen. Wir sind eingeladen worden?«

»Von wem?«

»Das wissen wir nicht genau.«

Der Mann zog ein letztes Mal an der Zigarette und ließ sie dann demonstrativ zu Boden fallen.

»Das wisst ihr nicht?«

»Nein, aber wir wissen, was dieser Mensch, der uns eingeladen hat, zu uns gesagt hat.« Emily folgte zuerst Julias Blick und betrachtete dann die Zigarette, die noch qualmend am Boden lag.

Der Türsteher zog belustigt die Mundwinkel hoch. »Und, was hat dieser Mensch gesagt?«

Gleich würden sie wissen, ob der Tipp von Tammy stimmte. Ob sie hier überhaupt richtig waren. Oder ob sie in der Dunkelheit wieder zurückmussten, entweder mit der Fähre, die vielleicht gar nicht mehr fuhr, oder mit einer verkommenen Bahn, die wahrscheinlich genauso selten fuhr, oder einem sündhaft teuren Taxi. Und vielleicht meldete sich der Irre auch gleich wieder, um sie ...

»Und ich befehle euch, dorthin zu gehen, wo die Bruderschaft der Schlange herkommt. Zu ihrem Berg. Nach Südosten«, las Julia den Text vor und fixierte den Türsteher aufmerksam.

Dessen Gesicht entspannte sich. »Willkommen in Snake Mountain«, sagte er und trat zur Seite. »Snake erwartet euch!«

»Und wie erkennen wir Snake?«, fragte Emily.

Der Türsteher grinste und zeigte Emily seine mit Metall beschlagenen Zähne. »Den erkennt ihr schon!«

Das Innere von *Snake Mountain* war eine Collage aus Industriehanger, Hafenanlage und Friedhof, und genauso mischten sich auch die Stile aus Gothic, Punk, Techno und Heavy Metal. Wenn es in der Musik Action-Painting gäbe, hätte man es hier sehen und hören können. Abgestandene Luft aus ranzigen Kippen und Alkohol stieg ihnen entgegen, getragen von der dröhnenden Musik, die ihnen wie ein Presslufthammer die Luft aus den Lungen zog.

Hinter ihnen schloss der massige Türsteher wieder die Tür, und sie waren endgültig von dem von Blitzen durchzuckten Club verschluckt.

Emily blickte auf die tanzenden Lichter, die über die Decke des Clubs wanderten, und die Männer und Frauen, die den Club bevölkerten.

Gepiercte und bleiche Gesichter an den Tischen. Was immer sie tranken oder auf anderem Wege zu sich nahmen, wollte Emily nicht wissen.

In der Mitte befand sich eine riesige Bar, hinter der, wie bei einem Altar, mehrere bronzene Schlangen in sich verwoben an der Wand hingen. Und hinter der Bar stand der Mann, der diesem Club offenbar seinen Namen gegebenen hatte, denn seine riesige Gestalt von fast zwei Metern war über und über mit Schlangentätowierungen bedeckt.

Selbst Julia, die sonst das Selbstbewusstsein in Person war, stockte für einen kurzen Moment. »Ist er das?«, fragte sie.

Emily nickte und trat instinktiv einen Schritt zurück. Sie versuchte, Snake nicht anzusehen. »Ich denke schon.«

Doch da hatte Snakes Blick, der wie ein Suchscheinwerfer den Raum durchpflügte, die beiden schon gesehen, und seine Augen fixierten Emily.

Die Augen, dachte sie.

Gelb und mit schräger Pupille. Tatsächlich wie bei einer Schlange.

Auch wenn es wahrscheinlich nur gefärbte Kontaktlinsen waren, der Kerl sah einfach unheimlich aus. Genauso wie der ganze Club.

Snake ließ sich zu einem Grinsen herab, das in seinem tätowierten Gesicht allerdings nicht freundlich aussehen wollte, und nickte beiden zu.

»Kennen wir uns nicht?«, fragte er.

»Ich glaube nicht«, sagte Emily unsicher.

»Aber meinen Bruder«, fuhr Snake fort, »meinen Zwillingsbruder, den kennst du doch noch?«

Und da dämmerte es Emily: Sie hatte diesen Mann schon einmal gesehen. Oder einen Mann, der so ähnlich aussah. Damals in London! In Whitechapel. Das war eine ähnliche Bar. In einem ähnlichen, seltsamen Viertel. Und diese Bar hieß »Scythe« – »Sense«. Genauso wie der Besitzer.

Von dort war sie vor einem Jahr in den Untergrund gelangt.

Hatte dort Jonathan gefunden.

Und ihre Eltern.

Hatte alles auf eine Karte gesetzt.

Und hatte gewonnen.

Allerdings nur vorläufig.

Auch der Typ damals war mindestens zwei Meter groß gewesen. Sie sah den kahlen Schädel noch vor sich, genau wie hier. Der Schädel war bei dem in London so tätowiert, als würde man das Gehirn darunter sehen, hier waren es Schlangen, die scheinbar aus dem Kopf herauskamen. Und auch dieser Mann, der sich offenbar Snake nannte, nahm einen letzten Zug von seiner Zigarette, streckte dann seine Zunge heraus, löschte die Asche an seiner Zunge und warf die verglühte Kippe zu Boden.

»Snake zu Diensten«, sagte dieser und vollführte eine leichte Verbeugung, die bei seiner gewaltigen Größe automatisch etwas Ungelenkes hatte.

»Ich kenne dich nicht, aber ich glaube, du kennst ja, wie ich annehme, meinen Bruder.« Er fuhr sich mit der Zunge über die Lippen. Und erst jetzt sah Emily, dass Snakes Zunge gespalten war. Wie bei einer echten Schlange. »Meinen Zwillingsbruder!«

»Der in London«, murmelte Emily. »Whitechapel.«

Snake grinste zufrieden, wie ein Lehrer, der von seiner Schülerin die richtige Antwort gehört hatte.

»So ist es. Insofern kennen wir uns indirekt auch. Und es freut mich, dich wiederzusehen.« Er beugte sich vor. »Dich hoffentlich auch?«

»Geht so«, sagte Emily tonlos.

Julia stand daneben und blickte Emily fassungslos an, so als wollte sie sagen. *Den kennst du? Woher? Wovon? Wie?*

Solch eine Bekanntschaft hatte sie von Emily, die immer die etwas bravere von ihnen beiden war, nun überhaupt nicht erwartet.

»Ihr sucht jemanden, nehme ich an?« Er grinste.

Emily nickte.

»Und dieser Mensch hört auf den Namen Ryan?«

»Ja.« Es war klar, dass dieser seltsame Kerl hier eingeweiht war.

»Manchmal«, sagte Snake, »muss man sich in die Niederungen begeben, um ganz nach oben zu kommen.« Er machte eine Pause.

»Ihr wisst, wo es jetzt hingeht?«, fragte er dann und schaute sie erwartungsvoll an.

»Du wirst es uns sicher gleich sagen«, sagte Emily abwartend.

Snake zeigte mit dem Daumen zum Boden. »Nach unten«, meinte er dann.

»Also alles wie beim letzten Mal?«, fragte Emily.

»Exakt!«, gab Snake zurück. »Ganz nach unten und dann immer gerade aus.«

Er warf ihnen ein Zippo-Feuerzeug auf den Tresen.

»Das werdet ihr brauchen.«

Sie stiegen nach unten.

Es kam Emily vor wie ein Déjà-vu. Wieder vorbei an penetrant riechenden Toiletten, an denen obszöne Angebote und zweifelhafte Telefonnummern standen, noch eine Treppe hinunter und dann noch eine. Bis zu einer Kellertür.

Schließlich waren sie in einer großen, unterirdischen Halle. Wasser tropfte von der Decke, und hier und da schien das Licht des Treppenhauses und einiger anderer verirrter Lampen herein. Dennoch war es so dunkel, dass man nur mit Mühe irgendetwas erkennen konnte und höllisch aufpassen musste, sich nicht irgendwo zu stoßen.

Sie blickten sich um. Ein etwa drei Meter hoher Gang führte vor ihnen in die Finsternis, und seine Konturen verloren sich nach ein paar Metern in der Dunkelheit.

Ein Pappschild war dort befestigt, und auf dem Schild war mit Edding ein Wort gekritzelt. Zusammen mit einem Pfeil, der genau in die Dunkelheit führte.

RYAN

Es war klar. Wenn sie Ryan retten wollten, dann mussten sie in die Dunkelheit.

»Wir sollen durch diesen Gang?«, fragte Julia. Sie schaute zurück auf die Tür hinter ihnen, die Richtung Treppenhaus führte.

Emily folgte ihrem Blick. Die Tür war geöffnet und der Weg zurück nach oben in die verrauchte Spelunke von Snake erschien ihr zwar nicht sonderlich verlockend, aber immer noch besser, als stundenlang einem Gang zu folgen, der ins Nirgendwo führte.

»Ich schon«, sagte sie, »wenn Ryan dort ist, habe ich keine andere Wahl.«

Aber Julia schien das nicht zu überzeugen. »Nun hör mal zu, Em! Es ist eine Sache, dass dieser Irre irgendwelche Spielchen mit uns spielen will und wir dabei mehr oder weniger mitmachen müssen, weil er Ryan bedroht. Es ist eine Sache, Rätsel zu lösen, und eine andere Sache, in irgendeinen dunklen Gang zu gehen, bei dem wir überhaupt nicht wissen, ob wir uns nicht in einem riesigen Labyrinth verlaufen, ob die Decke einstürzt oder ob wir jemals wieder herauskommen. Und wir auch überhaupt nicht wissen, ob Ryan hier irgendwo in der Nähe ist!« Sie schaute sich um. »Weißt du was?« Sie blickte Emily an und zog an den Kordeln ihres Kapuzenpullovers. »Wir gehen jetzt da oben hin und geigen diesem Snake die Meinung. Keine zehn Pferde bringen mich dazu, stundenlang diesen dunklen Gang entlangzulatschen.«

»Ich verstehe dich ja, Julia, aber was sollen wir denn machen?« Das fehlte gerade noch, dass Julia jetzt ging und sie allein den dunklen Gang entlangirren musste. »Wir haben doch keine andere Möglichkeit als …«

BUMM!

In diesem Moment schlug die Tür zu, und die Scharniere rasteten ein.

64

»Nein!«, schrie Julia und rannte zur Tür.
Die Dunkelheit umfing sie wie ein Mund, als wären Decke und Boden die Kiefer eines riesigen Ungeheuers.

Jetzt nur nicht in Panik geraten, dachte Emily. Sie hatte das schon einmal erlebt. Damals in London. Sie war in dem Heizungskeller des King's College gewesen. Und auch Julia war von dem Irren eingesperrt worden.

Allmählich gewöhnten sich ihre Augen an die Dunkelheit, wie ein Gemälde Realität wurde, das nach und nach aus einem diffusen Chaos aus Schwarz- und Grautönen Kontur annimmt.

Julia stemmte sich gegen die Tür, doch sie bewegte sich so wenig wie ein Bunker. Und die Tür hatte nicht einmal eine Türklinke außen. Und war zudem noch aus Stahl.

Sie rüttelten beide eine Weile an der Tür.

»Lass uns hier raus! Wir wollen hier raus!«, rief Julia. »Das ist Freiheitsberaubung.«

Doch irgendwann wurde ihnen klar, dass weder der Besitzer dieses Clubs noch sein Auftraggeber es mit zivilrechtlichen Regeln allzu genau nahmen. Abgesehen davon, dass sie wahrscheinlich ohnehin keiner hörte.

Julia ließ sich an der Wand auf den Boden sinken.

»Also gut«, sagte sie resigniert. »Wir hatten eben zwei Scheißmöglichkeiten: die Tür nach oben und den Gang nach vorn.« Sie schaute Emily an. »Jetzt haben wir nur noch eine.« Sie schaute auf den Gang. »Oder wir rufen Hilfe.«

Emily blickte auf ihr Handy. »Kein Empfang hier unten.«

Julia zuckte mit den Schultern. »Dann kann uns dieser Verrückte wenigstens nicht anrufen oder mit SMS nerven.« Sie stand auf.

Emily entzündete das Feuerzeug, und schon konnten sie wenigstens die nächsten Meter des dunklen Ganges sehen. Doch sie wusste nicht, wie viel Benzin noch in dem Feuerzeug war. Daher wollte sie lieber nicht allzu viel davon verbrauchen.

»Also gehen wir!«

Der Gang war unendlich. Die Dunkelheit war unendlich. Die Stille war unendlich. Und die Angst war unendlich.

Sie gingen, einen Schritt vor dem anderen, Schritte, die sich zehnmal, hundertmal oder vielleicht sogar tausendmal wiederholten – gezählt hatten sie nicht. Und immer wieder fragten sie sich unterwegs, ob sie nicht doch umkehren sollten, wie ein Grabräuber in den Pyramiden, der genau weiß, dass er irgendwann nicht mehr zurückfinden wird, um für immer in einem steinernen Grab zu bleiben.

Bei jedem Geräusch zuckte Emily zusammen, in jedem Moment glaubte sie, sie würde gegen irgendetwas Hartes oder Spitzes laufen, dass sie verletzten oder aufspießen würde. Oder die Decke würde einstürzen und sie beide für immer in einem Grab aus Schwärze und Schweigen vergraben.

Und das Ganze nur mit der Aussicht, vielleicht irgendwann am Ende Ryan zu finden? Und falls Ryan gar nicht da war? Hatten sie dann wieder eine gefährliche, grausame und völlig überflüssige Aufgabe des Irren erfüllt?

Weiter und weiter gingen sie.

Sekunden wurden zu Minuten, Minuten zu Stunden. Und Stunden vielleicht zu Tagen.

Irgendwann hatten sie sich auf den Boden gesetzt. Und es war ihnen, als wären sie in der Dunkelheit eingeschlafen, doch genau wussten sie es nicht. Zu sehr waren in dieser ewigen Finsternis Traum und Wirklichkeit, oder besser Albtraum und Wirklichkeit vereint.

Und irgendwann standen sie wieder auf. Und gingen weiter. In die scheinbar unendliche Dunkelheit, die niemals enden würde. Nach einer Ewigkeit stieg der Boden leicht an. Und irgendwo war Licht zu sehen, wenn auch so schwach, dass Emily nicht wusste, ob das eine Illusion in ihren Träumen oder wirklich Realität war.

Der Aufgang war unendlich. Kein Licht, keine Taschenlampe, keine Hoffnung. Schritt für Schritt konnte man sich nur vorantasten, einen Fuß nach dem anderen. Emily hatte schon lange aufgehört, irgendwelche Stockwerke zu zählen, falls es überhaupt welche gab.

Als sie schon dachten, dass sie im Kreis laufen würden und der Gang nie mehr ein Ende nehmen würde, gelangten sie irgendwann an eine Tür. Und dort ging es wieder nach oben. Eine endlos lange Treppe, wer weiß wie viele Stockwerke hinauf.

65

TAG 9: SONNTAG, 09. SEPTEMBER 2012

Das Feuerzeug war mittlerweile leer. Oben angekommen fanden sie sich in einer staubigen Lagerhalle wieder. Die Glastür, die nach draußen führte, war halb geöffnet. Geklapper und Stimmen waren von draußen zu hören.

Sie strichen ihre Kleidung glatt und gingen durch die Glastür. Sie waren müde und verschwitzt und froren gleichzeitig, als sie nach einer scheinbar endlosen Reise durch die Unterwelt schließlich irgendwo in Manhattan wieder das Licht der Welt erblickten. Es musste irgendwo an den alten Hafenpiers nahe dem FDR Drive sein. Sie blickten zurück. Konnte das sein?

Auf einem kleinen Hügel sahen sie südlich von sich, weit entfernt, die Hafenanlagen von Red Hook und die Containerterminals. Die Sonne hatte sich längst erhoben, von ruhelosen Wolkenfetzen begleitet, die der Ostwind über den Himmel trieb. Ihr Licht schimmerte auf den Häusern, Containern, Kränen und Terminals.

»Unglaublich«, sagte Julia, »wir sind einmal unter dem East River hindurchgegangen. Es muss einen Gang geben unter dem Fluss!«

Emily konnte noch immer kaum sprechen und starrte auf den vertrauten Anblick von New York, als hätte sie das alles noch niemals gesehen.

»Wie lange sind wir unterwegs gewesen?«

Julia schaute auf die Uhr. »Vielleicht sechzehn Stunden? Vielleicht länger? Ich weiß nicht, wie lange wir zwischendurch geschlafen haben.«

Auch Emily war sich nicht sicher. Sie hatten eine Zeit lang auf dem Boden gesessen und sich an die Steinwand gelehnt. Vielleicht hatten sie wirklich geschlafen. Zu Beginn hatten sie noch auf die Uhr auf ihren Smartphones geschaut, doch irgendwann hatten sie auch das gelassen. Nur weil die Zeit verging hieß das nicht, dass sie diese ewige und höllische Strecke meistern würden.

Doch jetzt hatten sie es geschafft.

Beide sanken zu Boden und lagen minutenlang auf dem früheren Hafenkai, auf dem in den Cafés und Restaurants geschäftiges Treiben herrschte. Nach einer Weile standen sie auf. Emily atmete noch immer schwer, und ihre Augen mussten sich an das helle Licht gewöhnen.

Eine Weile noch schwiegen sie nur und blickten auf die Stadt und auf Red Hook hinunter. Das Klingeln von Emilys Handy riss beide aus ihren Gedanken.

Sie nahm den Anruf an.

Es war wieder die Stimme des Psychopathen.

»Ihr seid durch den Gang gegangen, um Ryan zu suchen. Ihr seid am Ende des Ganges, und habt ihn nicht gefunden. So ist es manchmal im Leben.« Die Stimme kicherte. »Aber es gibt eine gute Nachricht: Ihr seid Ryan jetzt näher als zuvor! Darum hört gut zu! Auf ihrer Stirn steht der Name der Stadt, in der wir uns befinden. Und die Köpfe davon sind die sieben Berge. Geht zu dem, der der Zahl unserer Stadt entspricht. Und seid heute am frühen Abend dort. Dort wirst du weitere Instruktionen erhalten.«

66

Sie hatten mindestens eine halbe Stunde über dem Rätsel gegrübelt, ohne allzu große Fortschritte gemacht zu haben. Jetzt wurde allmählich die Zeit knapp.

»Ich verstehe das langsam nicht mehr«, klagte Emily. »Was meint er denn damit schon wieder? Sieben Berge? Wo gibt es hier sieben Berge?«

»Weißt du, was uns fehlt?«, fragte Julia.

»Erst einmal Zeit«, sagte Emily.

»Ja. Und irgendjemand, der sich mal wirklich gut mit diesen Themen auskennt. Fällt dir jemand ein?«

Emily dachte an die ersten Vorlesungen, die sie in Classical Studies hatte, die Seminare zu den dreihundert Spartanern, die den Einmarsch der Perser aufgehalten haben.

»Es gibt da jemanden«, sagte sie, »aber ob wir den heute am Sonntag erreichen können, ist fraglich.«

»Wer ist denn diese geheimnisvolle Person?«

»Bayne«, sagte Emily, »Professor Gerold Bayne. Außer dem fällt mir niemand mehr ein.«

»Wir wissen nicht, wie viel Zeit wir noch haben. Früher Abend kann ja alles heißen. Darum sollten wir jede Chance nutzen. Probieren kann man es ja mal.«

Emily zuckte resigniert die Schultern. »Auch wieder wahr.«
»Also los«, sagte Julia.

* * *

Gerold Bayne war tatsächlich zu Hause. Er hatte seine Wohnung auf dem Campus der Universität und schien sich fast zu freuen, dass zwei Studentinnen mit einem derart seltsamen Rätsel zu ihm kamen.

»Besser, als irgendwelche Klausuren zu korrigieren«, sagte er.

Emily und Julia hatten nicht umhin gekonnt, Bayne ein wenig in ihr seltsames Geheimnis einzuweihen. Er schlug auch sofort vor, die Polizei zu rufen, doch als ihm Emily von der Entführung Ryans berichtete, rückte er schnell davon wieder ab.

Sie saßen in seinem Studierzimmer, die Balkontür stand offen, und draußen sah man den Riverside Park und dahinter den Hudson River träge dahinfließen.

Der Text, den Emily auf einen Zettel gekritzelt hatte, lag vor Bayne auf dem Tisch.

HÖRT GUT ZU! AUF IHRER STIRN STEHT DER NAME DER STADT, IN DER WIR UNS BEFINDEN. UND DIE KÖPFE DAVON SIND DIE SIEBEN BERGE. GEHT ZU DEM, DER DER ZAHL UNSERER STADT ENTSPRICHT. UND SEID HEUTE AM FRÜHEN ABEND DORT. DORT WIRST DU WEITERE INSTRUKTIONEN ERHALTEN.

»Mit *unserer Stadt* meint er sowohl Babylon als auch New York«, sagte Julia. »Das haben wir mittlerweile schon verstanden.«

»Das scheint auch richtig zu sein«, sagte Bayne. »Babylon und New York werden häufig miteinander in Verbindung gesetzt. Jetzt ist von sieben Köpfen und von sieben Bergen die Rede.« Er blätterte in einigen Büchern. Eines davon war eine Bibel mit Goldschnitt. »Schauen wir doch mal.« Er blätterte durch das Neue Testament. »Ah hier, Offenbarung 17,5. Hier steht: Auf ihrer Stirn war geschrieben ein Name, ein Geheimnis: Das große Babylon, die Mutter der Hurerei und aller Greuel auf Erden.«

»Babylon und New York«, murmelte Emily.

»Allerdings.« Bayne nahm ein Blatt Papier und schrieb zwei Namen auf das Blatt.

NEWYORK
BABYLON

Emily und Julia schauten mit aufgerissenen Augen auf das Blatt.

»New York und Babylon«, sagte Bayne. »Beide Worte sind gleich lang, beide haben sieben Buchstaben. Und beide werden in der Mitte durch das Ypsilon gehalten.«

»Faszinierend«, sagte Emily, die aber dennoch nicht wusste, wie ihr dieser Hinweis helfen sollte, vor allem, da die Zeit drängte. »Und was sagt uns das jetzt?«

»Die Hure Babylon wird in der Offenbarung oft mit dem Großen Tier verglichen.« Er schaute beide an. »Habt ihr davon schon einmal gehört?«

Beide nickten. »Sie meinen die Stelle mit der 666?«

»Genau die.« Er zitierte die Passage, aus dem Kopf, wie es Emily schien. »*Und ich sah ein Tier aus dem Meer steigen, das hatte zehn Hörner und sieben Häupter und auf seinen Hörnern zehn Kronen und auf seinen Häuptern lästerliche Namen.«* Er hielt kurz inne. »Und hier ist die Passage mit der Zahl: »*Hier ist Weisheit! Wer Verstand hat, der überlege die Zahl des Tieres, denn es ist eines Menschen Zahl und seine Zahl ist sechshundertsechsundsechzig.*«

»Ich habe gehört, dass die Zahl sechs die heilige Zahl der Babylonier ist?« Das war Emily. »Und dass deswegen immer noch jede Minute sechzig Sekunden hat anstatt hundert, wie man das eigentlich erwarten sollte.«

»Vollkommen richtig, junge Dame«, sagte Bayne. »Selbst in der Bibel taucht die Sechs noch in positiven Konnotationen auf.« Er blickte kurz zur neugotischen Decke seines Arbeitszimmers empor, als müsste er seine Gedanken sammeln. »Vierzehn Generationen waren es von Abraham bis zu König David, der Goliath besiegt hatte, dann wieder vierzehn Generationen von David bis zur babylonischen Gefangennahme der Israeliten durch Nebukadnezar.«

»Schon wieder Babylon«, sagte Julia.

»Allerdings.«

»Und von der babylonischen Gefangennahme bis zur Geburt Christi ebenfalls vierzehn Generationen. König David, der den Tempel von Jerusalem gebaut hat, war in der Mitte des Ganzen.« Bayne schrieb den Namen *David* in hebräischen Zeichen auf das Papier:« ד ו ד », bestehend aus dem vierten, dem sechsten und wieder dem vierten Buchstaben des hebräischen Alphabets. 4 + 6 + 4 = 14.

»Also vierzehn, nicht sechs?«, fragte Julia, fast ein wenig enttäuscht.

»Abwarten«, meinte Bayne. »Insgesamt waren es von Abraham bis zu Jesus Christus dreimal vierzehn Generationen. 14 + 14 + 14 = 42.«

»Und die Quersumme von zweiundvierzig ist …« begann Emily.

»Sechs!«, sagten Julia und Bayne im Chor.

»Hatte Douglas Adam im *Anhalter durch die Galaxis* deshalb die Zweiundvierzig genommen?«, fragte Julia. »Um dem Ganzen irgendeinen Sinn zu geben?«

»Das entzieht sich meiner Kenntnis«, sagte Bayne, »aber in jedem Fall war die Sechs nicht nur als Zahl des Tieres oder des Satans gebrandmarkt. Ich nehme an, Johannes machte sie in seiner Offenbarung dazu, in dem er sie in Vergangenheit, Gegenwart und Zukunft aufteilte und auf diese Weise daraus die 666 entstand.«

Emily hörte halb interessiert, halb verwundert zu. Wahrscheinlich alles reiner Zufall, dachte sie, aber dennoch eindrucksvoll. Zahlen und Buchstaben konnten in sich Bedeutungen haben, die völlig konträr zu ihrer eigentlichen Bedeutung standen. Oder auch nicht. Ab und an schaute sie auf die Uhr. Sie hatten nicht mehr viel Zeit, denn die Sonne bewegte sich schon wieder auf den Horizont zu, aber ihr war auch klar, dass sie ohne Bayne wahrscheinlich gar nicht erst auf die Lösung kommen würden, sie die letzten Rätsel des Irren nicht würden lösen können und Ryan dann vielleicht komplett verloren wäre.

Bayne machte eine kurze Pause. »Interessanterweise war er nicht der Letzte, der das so gemacht hatte. Immer, wenn es um irgendwelche riesigen Herrscher und Mächte ging, wurden die gerne mit dem Großen Tier oder der 666 verglichen.«

»Ich habe gehört, dass das bei Kaiser Nero so war«, sagte Emily.

»Bei ihm.« Bayne nickte. »Und beim Papst.«

»Beim Papst? Der ist doch eigentlich ein Gegner des Großen Tieres?«

»Hat aber seine Gegner nicht davon abgehalten, ihn genau mit diesem Großen Tier zu vergleichen.« Er holte ein anderes Blatt Papier. »Schaut mal hier:«

»›Du bist Petrus, und auf diesen Felsen will ich meine Kirche bauen‹, hatte Jesus zu Petrus gesagt, ›und die Pforten der Hölle sollen sie nicht überwältigen. Ich will dir die Schlüssel des Himmelreichs geben‹« Er ging zurück zum Schreibtisch.

Vicarius Filii Dei, schrieb er auf das Blatt Papier.

»Was heißt das?«, fragte Julia, die sich nicht zu schade war, zu fragen.

»Stellvertreter des Sohnes Gottes, um genau zu sein«, antwortete Bayne. »Oder auch der Stellvertreter Christi. Was man gemeinhin als Papst bezeichnet. Und jetzt«, sagte Bayne, »schreiben wir das Ganze mal in lateinischer Schrift, wobei wir das ›U‹ in römischer Tradition wie ein ›V‹ schreiben: VICARIVS FILII DEI, STELLVERTRETER GOTTES AUF ERDEN. Einigen Buchstaben«, fuhr er fort, »kann man römische Zahlen zuordnen, V ist die römische Fünf, C die römische Hundert, D die römische Fünfhundert.«

Er trat einen Schritt zurück und schrieb den Satz VICARIVS FILII DEI in jeweils drei Spalten untereinander.

V	F	D
I	I	E
C	L	I
A	I	
R	I	
I		
V		
S		

»Jetzt fügen wir dem Ganzen die Zahlen hinzu«, sagte er und machte sich ans Werk.

Als er fertig war, trat er zurück, sodass Emily und Julia das Werk betrachten konnten.

V = 5	F = 0	D = 500
I = 1	I = 1	E = 0
C = 100	L = 50	I = 1
A = 0	I = 1	
R = 0	I = 1	
I = 1		
V = 5		
S = 0		
112	53	501

Emily trat einen Schritt nach vorn. Das Ganze begann interessant zu werden.

»Sie, junge Dame«, sagte er zu Emily, »rechnen Sie doch mal die Zahlen der ersten Spalte zusammen.«

Emily war keine gute Kopfrechnerin.

»Fünf plus eins plus hundert sind hundertsechs. Plus eins und fünf sind hundertzwölf.«

»Richtig«, sagte Banye. »Jetzt sie.« Er zeigte mit dem Kopf auf Julia.

Die war etwas schneller. Obwohl es auch einfacher war.

»Fünfzig plus dreimal eins sind dreiundfünfzig!«

»Brillant, Sie sollten Mathematik studieren. Ich mache die letzte Reihe: Fünfhundert plus eins sind fünfhunderteins.« Er schaute beide an. »Welche drei Zahlen haben wir also?«

»112 und 53 und 501«, sagten beide.

»Und das ergibt zusammengezählt?«

Julia schrieb die Zahlen auf das Blatt Papier.

112 PLUS 53 ERGIBT 165. PLUS 500 ERGIBT 656. PLUS EINS ERGIBT

Sie schaute die anderen beiden entgeistert an. »666«, sagte sie dann.

»Exakt.« Bayne nickte.

112 + 53 + 501 = 666

»Kann das sein?«, sagte Julia. »Oder haben wir uns vielleicht irgendwo verrechnet? Vielleicht haben wir ja auch – «

»Nein«, widersprach Bayne, »das stimmt alles so weit.« Er räusperte sich. »Worauf ich nur hinauswollte, ist, dass das Monströse des Großen Tieres und seine Zahl, die 666, überall dort angewandt werden, wo Macht negativ dargestellt werden soll. Und das gilt auch in einer anderen Manifestation des Großen Tieres, nämlich Babylon. Und dessen jüngster Manifestation. Nämlich New York.«

Emily atmete leise aus. Endlich kam er mal zur Sache.

Ihr ging noch einmal der Satz durch den Kopf.

HÖRT GUT ZU! AUF IHRER STIRN STEHT DER NAME DER STADT, IN DER WIR UNS BEFINDEN. UND DIE KÖPFE DAVON SIND DIE SIEBEN BERGE. GEHT ZU DEM, DER DER ZAHL UNSERER STADT ENTSPRICHT. UND SEID HEUTE AM FRÜHEN ABEND DORT. DORT WIRST DU WEITERE INSTRUKTIONEN ERHALTEN.

»Hier haben wir eine Stelle«, sagte Bayne. »Offenbarung 13,1: *Und ich sah ein Tier aus dem Meer steigen, das hatte zehn Hörner und sieben Häupter.* Und dann 17,8 und 9: *Das Tier, das du gesehen hast, ist jetzt nicht und wird wieder aufsteigen aus dem Abgrund und wird in die Verdammnis fahren.* Und hier: *Die sieben Häupter sind die sieben Berge.*«

»Und welche Berge sollen das sein?«, wollte Emily wissen.

»Ist Rom nicht berühmt für seine sieben Berge?« fragte Julia.

Bayne nickte. »Der Aventin, das Capitol, der Caelius, der Palatin, der Viminal, der Quirinal und der Equilin.«

»Was ist mit dem Vatikan?«

»Vatikan, Pincio und Gianicolo gehören nicht dazu, da sie außerhalb der alten Stadtmauer liegen.«

»Gut«, sagte Emily, »wir haben also sieben Berge, die die Köpfe des Großen Tieres sind, oder die von Babylon.« Sie schaute Bayne an. »Aber gibt es in Babylon Berge? Oder hier in New York?«

»Gehen wir mal von New York aus«, begann Bayne, »dann gibt es …«

»Dann gibt es doch reichlich Berge«, platzte es aus Julia heraus. »Wenn man sich die ganzen Wolkenkratzer und das alles anschaut!«

»Sie haben recht«, pflichtete Bayne ihr bei. »Ich habe da mal etwas gelesen.«

67

Er holte ein großes Architekturbuch hervor.
»Die Wolkenkratzer, die im zwanzigsten Jahrhundert in New York gebaut wurden, waren damals die größten ihrer Zeit. Es ging los im Jahr 1908.«

Sie beugten sich alle über das Buch.

»Das Singer Building«, las Julia vor. »1908 erbaut mit einer Größe von 187 Metern.«

»Der steht längst nicht mehr«, sagte Bayne und blätterte weiter. »Als Nächstes haben wir den Metropolitan Life Tower, erbaut 1909 mit einer Größe von 213 Metern. Dann, Nummer drei, ahhh, das Woolworth Building, 1913, 241 Meter.« Er zeigte auf die Abbildung des verschnörkelten Wolkenkratzers, der eher wie der Turm einer riesigen Kathedrale aussah. »Neugotisch, wie ihr seht.«

»Hübsch«, sagte Emily und schaute auf die Uhr.

»Dann hier, Nummer vier, das Chrysler Building, schönes Art Deco, gebaut 1930, 319 Meter hoch, mit der Spitze jedenfalls, ohne sind es 282 Meter.«

»Okay, weiter.«

»Nummer fünf, 40 Wall Street, ein Bürogebäude, 1930 errichtet, 283 Meter hoch. Und hier.«

»Das kenne ich auch«, fiel Julia ein.

»Wer kennt das nicht. Errichtet 1931 und mit einer Höhe von 381 Metern noch immer eines der höchsten Hochhäuser der Welt: Das Empire State Building!«

»Mit der Antenne sind es sogar 443 Meter«, fügte Emily hinzu. »Eines haben wir da noch.«

»Richtig.« Bayne blätterte die Seite um. Die zwei Zwillingstürme, die dort standen, kannte Emily. Jeder kannte sie, weil ihre Zerstörung so kinoreif ausgesehen hatte, dass jeder glaubte, er wäre in einem Actionfilm mit übertriebenen Schockeffekten gelandet. Nur leider war es real gewesen.

»Das World Trade Center, erbaut 1973, 417 Meter.«

»Moment«, rief Emily, »da stand doch irgendwas in der Bibel.« Sie suchte nach der Stelle. »Hier: *Das Tier, das du gesehen hast, ist gewesen und ist jetzt nicht mehr*« Sie schaute beide an. »Meint er das?«

Julia zuckte die Schultern. »Vielleicht. Aber das World Trade Center steht nicht mehr. Und außerdem ...«

»Außerdem?«

»Er hat uns doch diesen seltsamen Auftrag gegeben.« Sie wiederholte das, was der Irre ihnen vorhin gesagt hatte.

»Auf ihrer Stirn steht der Name der Stadt, in der wir uns befinden. Und die Köpfe davon sind die sieben Berge. Geht zu dem, der der Zahl unserer Stadt entspricht. Und seid heute am frühen Abend dort. Dort wirst du weitere Instruktionen erhalten.«

»Auf ihrer Stirn«, sagte Julia, »steht der Name. Das ist Babylon. Oder heute New York. Dann haben wir die sieben Berge. Das sind die sieben Wolkenkratzer, die wir eben gesehen haben. Und dann sollen wir zu dem gehen, der der Zahl unserer Stadt entspricht.«

Emily blinzelte. »Die Zahl. Das war doch immer …«

»Die Sechs!« Julia beendete den Satz.

Bayne schaute aufmerksam zwischen den beiden hin und her.

»Welcher war noch der sechste Wolkenkratzer?« Julia schaute noch einmal in das Buch.

»Das Empire State Building«, sagte Emily.

Julia klappte das Buch zu.

»Da müssen wir hin!«

68

Das Empire State Building, dachte er.
Ob sie es wohl herausfinden würden? Aber sie schienen ja schon auf dem Weg zu sein.

Was man damals doch alles geschafft hatte.

Das Gebäude war in nur einem Jahr fertig gewesen.

Und selbst als 1945 versehentlich ein B25-Flugzeug in das Gebäude hineinflog, stürzte es nicht gleich in sich zusammen, sondern konnte nach einem Tag wieder geöffnet werden.

Er schaute ein wenig melancholisch in den blauen Himmel über New York.

Das Empire State Building, dachte er. Manchmal gab es Poesie in Namen. Hier hatte King Kong die weiße Frau verteidigt und die Flugzeuge abgewehrt. Hier hatten schwindelfreie Mohawk-Indianer gearbeitet, denen es nichts ausmachte, zweihundert Meter über dem Abgrund auf einem dünnen Balken zu balancieren.

Apropos Mohawk-Indianer, dachte er. Hoffen wir doch mal, dass unsere Emily auch ein wenig schwindelfrei ist.

69

Das Empire State Building erhob sich vor ihnen in den Himmel. Und wenn es irgendetwas gab, das für New York als Ganzes stand, dann war es dieses Gebäude. Eine Kabine für Fensterreiniger befand sich im oberen Viertel des Wolkenkratzers. Emily, die nicht schwindelfrei war, beneidete niemanden, der in so einem Job arbeiten musste.

»Weißt du, wie viel Stahl hier verbaut wurde?«, fragte Julia, die in ihrem Smartphone gerade etwas über das Empire State Building gelesen hatte.

»Wie viel?«, erwiderte Emily, obwohl es sie kaum interessierte. Aber vielleicht wurde das ja auch wieder ein Rätsel von Jonathan.

»60 000 Tonnen. Schon wieder die Sechs.«

»Julia, du fängst an zu spinnen.«

»Und weißt du, wie schnell das Grundgerüst stand?«

»Du wirst es mir sicher gleich sagen.«

»In dreiundzwanzig Wochen.« Sie zwinkerte mit einem Auge. »Du weißt doch, die Dreiundzwanzig. Die Zahl der Illuminaten.«

»Illuminaten, Babylonier«, meinte Emily. »Ich könnte mit allen gut leben, solange es nicht dieser Irre ist.«

Sie hatten den Eingang erreicht.

»Und was sollen wir jetzt hier machen?«, fragte Julia, als sie die Fassade hinaufblinzelte.

»Das wird uns dieser Irre sicherlich gleich sagen«, sagte Emily.

In dem Moment klingelte ihr Handy.

Instinktiv riss sie das Smartphone ans Ohr.

»Ja?«

»New York«, sagte die bekannte, verzerrte Stimme, »nannte man auch einmal den Empire State. Und aus dem Gebäude, das New York wie kein anderes versinnbildlicht, wurde dann das *Empire State Building*.«

Emily schluckte einen Moment. Konnte dieser Wahnsinnige etwa auch Gedanken lesen?

»Es wurde in nur einem Jahr gebaut«, sprach die Stimme. »Und hat dennoch über hundert Stockwerke.« Kurze Pause. »Jetzt hör zu.«

Emilys Nerven waren zum Zerreißen gespannt. »Du gehst zum Empfang und fragst nach der Firma Archer & Spade. Einer Anwaltskanzlei. Du sagst, dein Name ist Emily Waters und du kommst wegen des Vorstellungsgesprächs als Sekretärin – «

»Sekretärin?«, platzte es aus Emily heraus.

»Ich bestimme«, tönte es weiter aus dem Telefon. »Denn wenn du das hier überstehst, wirst du froh sein, Sekretärin zu sein *und* zu leben. Wie auch immer.«

Wieder eine von diesen Pausen.

»Du sagst, du kommst wegen des Vorstellungsgesprächs. Oben wird dich eine Dame in Empfang nehmen und in einen Warteraum bringen. Und dort machst du das, wofür dieser Raum da ist. Warten. Und ...«

»Und was?«

»Und deine gute Freundin bleibt schön hier unten.«

Die Verbindung endete.

Emily blickte ratlos auf ihr Smartphone, das noch kurz leuchtete und dann wieder dunkel wurde.

»Verdammt«, sagte sie und erklärte Julia, was ihr gerade befohlen worden war.

»Meinst du, er sieht, wenn du mitkommst?«

Julia zuckte ratlos die Schultern. »Diesem Psycho traue ich alles zu.«

»Gut«, sagte Emily und straffte die Schultern, als wollte sie tatsächlich zu einem Vorstellungsgespräch. »Passieren kann mir da oben doch eigentlich nichts?«

»Hoffen wir mal.« Wider Erwarten musste Julia lachen. »Wenigstens hast du da oben eine schöne Aussicht. Kostenlos. Andere zahlen dafür fünfzehn Dollar.« Sie blickte auf die Preisliste am Eingang, wo die Aussichtsplattform angepriesen wurde.

»Sehr witzig. Du bleibst aber hier?«

Julia lächelte wieder ihr unwiderstehliches Grinsen. »Klar, ich bin deine beste Freundin und werde hier brav auf dich warten.«

Emily betrat die Lobby des Empire State Buildings. Wie hieß die Firma noch? Archer und Spade?

»Guten Tag«, sagte sie dem Herrn am Empfang, der von seinem Sudoku-Rätsel aufblickte, »mein Name ist Emily Waters. Ich habe ein Vorstellungsgespräch bei der Firma Archer & Spade.«

Der Mann blickte in seinen Kalender und griff dann zum Telefon.

»Ah ja, hier haben wir's.« Er schaute sie an. »Ich rufe an, dass Sie da sind. Einen Moment.«

Emily blickte sich um. Anzugsträger und Touristen strömten gleichermaßen in das Gebäude und aus dem Gebäude heraus. Eine Gruppe japanischer Touristen, angeführt von einer Reiseleiterin, die einen kleinen Regenschirm in die Höhe hielt, pilgerten Richtung Aufzug zur Aussichtsplattform.

»Ms Waters«, sagte der Mann jetzt zu ihr, »nehmen sie Aufzug drei.« Er zeigt auf den Fahrstuhl, der sich gerade öffnete. »Fährt direkt in den neunundneunzigsten Stock. Dort wird man sie in Empfang nehmen.«

»Danke.«

Sie schaute noch einmal in das Glas vor dem Empfang, in dem sich ihr Abbild spiegelte, und hoffte, dass sie gut aussah. Kurz kam es ihr vor, als wäre sie wirklich auf dem Weg zu einem Vorstellungsgespräch.

Der Aufzug fuhr nach oben. Die Stockwerke zogen über die digitale Anzeige, als der Fahrstuhl Etage um Etage mit blitzartiger Geschwindigkeit hinter sich ließ. 10, 12, 13, 14, 15. Sie spürte in ihrem Magen die Geschwindigkeit, und sie stellte fest, dass mit solcher Geschwindigkeit nach oben zu fahren ähnlich war, als würde man nach unten fallen. Und je höher man kam, desto tiefer konnte man fallen. Für einen kurzen Moment sah sie vor ihrem inneren Auge New York unter sich. Und gleich wurde ihr schwindelig. Sie öffnete die Augen.

In dem Moment öffnete sich auch die Fahrstuhltür.

Eine untersetzte Dame mit Hornbrille und Hochsteckfrisur wartete bereits am Eingang.

»Ms Waters?«

»Das bin ich.«

»Schön, dass Sie gekommen sind.« Sie wies mit einer Hand Richtung Korridor. »Nehmen Sie noch einen Moment im Warteraum Platz. Möchten Sie ein Wasser oder einen Kaffee?«

»Äh, nein, vielen Dank.«

Der Warteraum sah aus wie jeder Warteraum in einer Anwaltskanzlei, Beratung oder was auch immer das hier war.

Ihr Blick zog über den Raum, die Zeitungen, die auf dem Tisch lagen, die *Financial Times*, die *New York Times*, über die teuren, schwarzen Ledersessel und den Fernseher, der mit gedämpfter Lautstärke *Bloomberg-TV* zeigte. Börsenkurse ratterten über den unteren Rand des Bildschirms. Sie wollte gerade unruhig wieder aufstehen, da klingelte das Telefon wieder.

»Emily.«

Jonathan.

»Du hast die Gondel gesehen zum Fensterreinigen?«

»Welche Gondel?«

Dann blieb ihr Blick haften. Jetzt hatte sie sie gesehen! Direkt vor dem Fenster befand sich die Kabine für den Fensterreiniger, die sie vorhin von unten gesehen hatte. Konnte das Zufall sein?

»Ja«, sagte sie tonlos.

»Sehr gut! Und du weißt, dass Fenster in solchen Gebäuden normalerweise nicht zu öffnen sind? Nun, dieses hier schon. Also, steh auf und öffne das Fenster.«

Sie schaute zum Fenster. »Das ist doch verboten?«

»Verboten ist es nicht, wenn ich es sage. Öffne das Fenster.« Die Stimme wurde tiefer. »Und denk immer an Ryan.«

Das reichte.

Das Fenster ließ sich tatsächlich öffnen.

»Siehst du die Gondel?«

»Ja.«

»Rein mit dir!«

»Ich soll in die Gondel klettern?«

»Das habe ich gesagt.«

»Warum?«

Allein der Gedanke, über das Fenster in dreihundert Metern Höhe in die Gondel zu steigen, ließ ihr den Schweiß ausbrechen. Und was wäre, wenn jetzt jemand in den Raum käme und …

»Weil ich es sage, darum! Oder gab es bisher eine andere Begründung? Ich denke, unsere Verhandlungspositionen sind etwas, sagen wir mal, asymmetrisch. Ich habe alle Macht. Und du keine.«

Sie klemmte das Handy an das Ohr und stieg zitternd über den Fenstersims. Unten gähnte der Abgrund. Fast wäre sie zusammengezuckt, und das Handy wäre in der Unendlichkeit des Abgrunds verschwunden. Was wäre dann gewesen? Sie hätte Ruhe vor dem Irren gehabt. Aber was wäre dann mit Ryan?

»Ich muss das Handy in die Tasche stecken, sonst fällt es mir herunter.«

»Kein Problem«, sagte die Stimme. »Klettere in die Gondel und dann nimm das Handy wieder ans Ohr.«

Sie stieg über die Brüstung und hielt sich mit schweißnassen Händen an der Balustrade fest, versuchte, auf keinen Fall nach unten zu schauen. Wohin dann? Nach oben? Nein, das ging auch nicht. Nach vorne? Nein, dann sah sie den Hudson River und weiter südlich den Südzipfel von Manhattan. Alles das, was ihr zeigen würde, dass es hier nach wie vor verdammt hoch war und dass Emily Höhenangst hatte. Jetzt viel mehr als je zuvor.

Sie klammerte sich an der Gondel fest, die bedrohlich hin und her schwankte. Legte ein Bein über den Rand der Gondel, während unter ihr der Abgrund gähnte. Jetzt das andere Bein.

Für einen kurzen Moment warf sie einen Blick nach unten. Sie sah die Straße, die Tiefe, die winzigen Menschen, die sich dort wie Punkte bewegten, die Autos wie winzige Reißzwecken auf einer gigantischen, quadratischen Pinnwand.

»Nein!« Sie gab sich einen letzten Schwung und landete wie ein Sack im Inneren der Kabine.

Sie setzte sich auf die Knie. Zog das Handy aus der Tasche.

»Ich bin drin«, sagte sie und ihre Stimme zitterte so sehr, dass sie nicht wusste, ob der Anrufer sie verstanden hatte.

»Ich bin sicher, dass du das bist.« Er räusperte sich. »Jetzt schau nach unten.«

Sie zwang sich nach unten zu sehen und hielt sich mit beiden Händen verkrampft an der Kabine fest, während die Gondel wie verrückt schwankte. Etwa vier Stockwerke tiefer lag auf einem Sims ein schwarzer, schwerer Gegenstand. Darunter – ein Blatt Papier.

»Hast du es gesehen?«

»Ja.«

»Du wirst runterfahren mit der Kabine und das Papier holen. Denn darin sind die nächsten Anweisungen für dich.«

»Und wie mache ich das?«

»Schau dir die Armaturen an. Das sollte für eine *Studentin*«, er spuckte den Begriff fast aus, »ja nicht so schwer sein.«

Es gab Armaturen. Sie drückte auf einen Knopf.

Mit einem ruckartigen Surren setzte sich die Maschine nach oben in Bewegung. Emily verlor beinah das Gleichgewicht.

Falsche Richtung, verdammt!

Dann der andere Knopf.

Langsam ruckelte die Kabine nach unten, schwankte im eisigen Wind, der hier oben wehte. Es fehlte nicht viel, und sie würde sich über den Rand der Gondel erbrechen.

Nach einer gefühlten Ewigkeit hatte sie das untere Stockwerk erreicht. Mit zitternden Händen griff sie nach dem schwarzen Stein, der das Papier bedeckte.

Da kam eine Windböe, furchte durch Emilys Haar – und ergriff das Blatt Papier. Nein, das durfte nicht passieren! Instinktiv zuckte ihre Hand nach vorn, fasste das Papier, sodass es sich zusammenknüllte. Dann ließ sie sich auf den Boden der Gondel fallen, das Handy neben sich, das Papier in ihrer Faust.

Und übergab sich.

70

Wieder unten schauten sie auf das Blatt Papier, das Emily aus eisiger Höhe geholt hatte. Dort stand:

WO STREBT DIE UNABHÄNGIGKEIT IN DIE HÖHE, SO EXAKT, WIE NIRGENDS SONST?

Beide blickten sich erst einmal verdutzt an.
 Der zweite Satz änderte allerdings ihren Gesichtsausdruck.

SEID IN VIERZIG MINUTEN DA, SONST GEHT ES EINEM IRISCHEN PRINZEN SCHLECHT.

»Verdammt«, fluchte Emily. »Das wird mal wieder ganz schön knapp!«
 »Dann hilf mir mal, welche Unabhängigkeit meint der denn jetzt wohl?«
 Emily biss sich auf die Lippen, als könnte sie so das Wissen aus sich herauspressen, während Julia weiter überlegte.
 »Unabhängigkeit, Independence Day«, murmelte Julia. »Das muss doch irgendein Datum sein, oder was meinst du?«

Emily war noch immer grün im Gesicht von der Reise mit der Reinigungskabine und konnte nicht so recht antworten.

Julia zog ihr Smartphone hervor.

»Unabhängigkeitstag … Unabhängigkeitserklärung … Ah, hier haben wir's ja!«

Emily beugte sich über das Smartphone.

»1776 gab es die Unabhängigkeitserklärung der USA.« Julia hob den Kopf und sah Emily an. »Und an dem Tag wurde ja auch der Illuminatenorden gegründet, hatte ich dir ja gesagt.«

Emily verdrehte die Augen.

»Aber wo strebt die in die Höhe?«, fragte Emily.

Julias Augen leuchteten auf. »Vielleicht ist das so ähnlich wie damals in London? St. Paul?«

»Was war da noch?«

»Mann, Em, das Jahr, das in die Höhe strebt. Das waren 365 Fuß beim Turm von St. Paul.«

»Dann hätten wir hier also 1776 Fuß, die in die Höhe streben? Wow, ist ja etwas mehr.«

Sie schaute auf die Uhr.

Noch fünfunddreißig Minuten.

»Mist, wir müssen los!«

»Aber wohin?«

»Irgendwas, was 1776 Fuß hoch ist. Wie viel ist denn das in Metern?«

Julia nestelte an ihrem Smartphone. »Bestimmt mehr als fünfhundert Meter.«

»So was Großes muss doch auffallen.«

»Würde ich auch denken.«

Emily richtete ihren Blick nach innen, dachte noch einmal an die paar Minuten oben im Empire State Building, und was sie dort gesehen hatte. Dann fiel es ihr wieder ein! Dieses riesige Gebäude an der Südspitze von Manhattan. Es war noch nicht fertig, aber es hatte sich wie ein gigantischer Obelisk aus den anderen, auch nicht gerade kleinen Wolkenkratzern erhoben. Doch dieser hatte alle überragt.

»Schau mal schnell bei Maps«, sagte Emily. »Oder, nein, dauert viel zu lange.« Sie blickte sich um. »Wir fragen einfach ... Hey, Taxi!«

Das gelbe Taxi hielt mit quietschenden Reifen.

Noch dreißig Minuten.

»Wo soll's hingehen?«, erkundigte sich der Fahrer.

»Kennen Sie ein Gebäude, das gerade im Süden Manhattans gebaut wird und das über fünfhundert Meter hoch ist?«

Der Fahrer guckte sie verdutzt an. »Klar, Miss, Sie etwa nicht? Das ist der Freedom Tower. Wobei er jetzt *One World Trade Center* heißt, obwohl die meisten immer noch *Freedom Tower* sagen. Wird nächstes Jahr fertig. Steht jetzt da, wo mal früher das World Trade Center stand.«

Freedom Tower. Also wieder ein halbfertiger Wolkenkratzer, auf den sie hinauf musste.

»Da müssen wir hin! Und zwar schnell.«

»Okay.« Der Fahrer gab Gas.

»Man kann aber noch nicht rauf.«

»Wollen wir auch nicht«, versicherte Julia.

Doch Emily wusste genau, dass sie wahrscheinlich genau das mussten.

71

Noch achtundzwanzig Minuten.
Sie saßen im Taxi Richtung One World Trade Center. Im Radio des Wagens lief *Shout* von Tears for Fears. Es war ein Song, der lange vor Emilys Zeit in die Hitparaden gekommen war. Doch er wurde noch immer gespielt, und daher kannte Emily ihn. Genau so, wie sie *Satisfaction* von den Rolling Stones und *We are the Champions* von Queen kannte.

Vor ihnen baute sich die gigantische Fassade auf. Julia hatte ihr Smartphone geöffnet und erzählte Emily von dem gigantischen Bauwerk. Emily hörte nur mit einem Ohr hin. Heute Abend, das wusste sie, als sie in den rötlichen Abendhimmel blickte, dessen Fläche von der unfertigen Spitze des One World Trade Centers durchschnitten wurde – heute Abend würde der entscheidende Abend sein.

Du hast die Wahl, Emily, hatte Jonathan damals gesagt, Sieg oder Tod. Das dachte sie, als sie die Silhouette des Turms sah und mit einem Ohr Julias Ausführungen lauschte.

Seit 2006 wurde an dem riesigen Turm gebaut. Es sollten ungefähr zwölf Jahre nach den Anschlägen des 11. September vergehen, bis das One World Trade Center endgültig fertig sein würde. Wenn er fertig wäre, wäre das 541,3 Meter hohe Gebäude das höchste der USA und auch der westlichen Welt. Weltweit würde es nur zwei höhere Gebäude geben: den Burj Khalifa in den Vereinigten Arabischen Emiraten mit 829 Metern und der Makkah Royal Clock Tower in Saudi Arabien mit 601 Metern.

Seltsam, dachte Emily, so als sollte dieser Turm die zwei Türme in der arabischen Welt in Schach halten – in der Welt, die höchstwahrscheinlich New York des alten World Trade Centers beraubt hatte. Ihr Vater hatte ihr früher einmal von den Versicherungsverhandlungen erzählt, die der Eigentümer des World Trade Centers mit der Versicherung nach dem Terroranschlag führte. Es seien zwei Türme, hatte der Mann gesagt, also wollte er auch zweimal Geld. Es sei aber nur ein Anschlag, hatte die Versicherung gekontert, also würde auch nur einmal gezahlt. Am Ende hatte dann der Besitzer der Türme gegen die Versicherung gewonnen, nachdem ein wochenlanger Prozessmarathon beendet worden worden war.

Der Taxifahrer hatte Gas gegeben. Trotzdem hatte die Fahrt wertvolle Zeit vergeudet.

Noch zwölf Minuten.

Schließlich hatten sie den Bauzaun erreicht, der die gigantische Baustelle umschloss. Und wieder musste sie sich an das letzte Jahr in London erinnern. Am neunten September. Vor einem Jahr. Auch damals musste sie, im Auftrag des Irren, der sie auch diesmal wieder lenkte, einen riesigen Wolkenkratzer hinaufsteigen, der noch nicht fertig war. *The Shard* in London.

Sie bezahlten den Fahrer, stiegen aus und blickten ehrfürchtig an der Fassade hinauf, die so hoch zu sein schien, als würde sie sich in den Himmel bohren.

72

An der Südseite des Bauzauns befand sich eine Öffnung. Sie gingen geduckt durch den Eingang hindurch. Die Baustelle strahlte im Licht der untergehenden Sonne. Hier und da war noch einer der Arbeiter zu sehen, der aber offenbar keine Notiz von ihnen nahm.

Noch zehn Minuten.

Sie mussten sich beeilen.

Einer der Aufzüge schien schon zu funktionieren.

»Rein?«, fragte Julia.

»Rein«, sagte Emily.

Der Aufzug hob sich surrend und schnell in die Höhe. Dreißig Meter unterhalb der Spitze hielt der Fahrstuhl an.

»Was ist das denn jetzt?«, fragte Julia und stemmte die Hände in die Hüften.

»Keine Ahnung«, sagte Emily. »Vielleicht geht der Fahrstuhl erst einmal nur bis hier?«

»Woher wissen wir eigentlich, dass der Irre uns gerade ganz oben erwartet?« Julia schaute Emily skeptisch an.

»Na, wo soll der uns denn sonst erwarten? Das passt doch zu seinem Größenwahn.«

Noch acht Minuten.

Sie verließen die Aufzugkabine.

Am anderen Ende des Ganges führte die Treppe nach oben. Daneben war ein Bauarbeiteraufzug. Längst nicht so komfortabel wie der erste. Er erinnerte Emily in grausamer Weise an die Fensterreinigungskabine, mit der sie sich gerade am Empire State Building fortbewegt hatte.

Julia machte ganz selbstverständlich einen Schritt auf diese Kabine zu.

»Willst du *damit* fahren?« Emily schaute ihre Freundin aus großen Augen an.

»Womit denn sonst? Oder meinst du, ich will zehn Stockwerke laufen?«

»Also gut!« Eigentlich hasste Emily enge Räume, vor allem, wenn diese so aussahen, als würden die Drahtseile, die sie eigentlich halten sollten, jederzeit reißen. Aber jetzt war nicht der richtige Zeitpunkt, um über so etwas nachzudenken.

Sie stiegen in die Kabine.

Julia drückte den Knopf.

Erst einmal passierte gar nichts.

Doch anstatt nach oben zu fahren, ruckelte und schwankte die Kabine hin und her, als würde jederzeit das Stahlseil reißen.

»Der funktioniert nicht«, sagte Emily. »Wir nehmen die Treppe.«

»Du willst die ganzen Stockwerke hochrennen?«, fragte Julia, »mit dem Aufzug sind wir schneller oben.«

Jetzt reichte es Emily. »Dann versuch du es weiter, und ich nehme die Treppe. Besser, wir bewegen uns beide irgendwie nach oben, anstatt uns hier zu streiten. Das Ding fährt doch überhaupt nicht! Fahrstuhl kommt schließlich von ›fahren‹!«

Mit diesen Worten spurtete sie die Treppe nach oben, während Julia noch einmal auf den Knopf in der wackeligen Kabine drückte.

Noch fünf Minuten.

Sie stieg eine Treppenflucht nach der anderen hinauf. Bald klebte ihr der Schweiß an der Stirn, und ihre Beine schmerzten.

Als sie fast die Spitze erreicht hatte, hörte sie einen wütenden Schrei.

Er schien von Julia zu kommen.

»… nicht … raus … zu«, waren die Worte, die sie hörte.

Emily griff zum Handy. Wählte Julias Nummer. Doch da war kein Freizeichen zu hören.

»… Emily … kann … nicht … erreichen … eingesperrt …«

Da dämmerte es Emily.

Dieser Mistkerl! Er hatte Julia in dem Fahrstuhl eingesperrt! Und dann wahrscheinlich einen Mobile-Jammer oder was auch immer in die Kabine eingebaut, sodass sie nicht mit ihrem Handy nach draußen telefonieren konnte.

In dem Moment piepte ihr Handy. Eine SMS.

EINS GEGEN EINS, stand dort. AUF JULIA MUSST DU ERST EINMAL VERZICHTEN.

Dieser verdammte Irre, dachte Emily. Hatte er etwa gewusst, dass Emily die Treppe und Julia den Aufzug nehmen würde? Oder war das Zufall, und er tat jetzt ganz allwissend?

Einen Moment stockte sie. Sollte sie Julia befreien?

Doch dann sah sie auf die Uhr. Die Zeit raste! Was half es, wenn sie Julia befreite, aber Ryan dabei starb?

Noch vier Minuten.

»Ich komme nachher zurück zu dir«, schrie Emily und hoffe, dass Julia es hörte.

Dann rannte sie die restlichen Stufen hinauf, hörte Julias Schreien, das langsam leiser wurde.

Sah die Tür.

Öffnete sie.

Und trat ins Freie.

73

Noch drei Minuten.
Die Plattform des One World Trade Centers befand sich in über vierhundert Metern Höhe. Eine Windböe erfasste Emily und hätte sie fast von den Füßen geworfen. Ihr Magen krampfte sich zusammen. Wenn sie das Gleichgewicht verlieren würde, würde sie in die endlose Tiefe geworfen werden. Sie krallte sich an der Wand fest. Schloss die Augen gegen den eisigen Wind, der ihr entgegenblies.

Dann zuckte ihr Blick nach vorn.

Dort sah sie ihn, auf einem seltsamen Stahlgerüst gefesselt.

Ihn, der mit traurigen, aber jetzt überraschten Augen in die Dämmerung schaute, hier oben in einem halben Kilometer Höhe.

Sah ihn, der den schwarzen Sprengstoffgürtel trug, an dem irgendetwas rot blinkte.

Sie sah ihn, der sie so anblickte, als würde er etwas von ihr erwarten und bei seinem Leben hoffen, dass sie es erfüllen könnte.

Sie sah Ryan, den Mann, den sie liebte.

Doch Ryan war nicht allein.

Eine schwarz gekleidete Gestalt stand vor ihm, auf dem

Kopf eine schwarze Maske, die nur die Augen freigab. In der Hand, die von schwarzen Lederhandschuhen bedeckt war, hielt die Person eine Pistole mit Schalldämpfer. In der anderen eine Apparatur mit mehreren Knöpfen. Irgendeine diabolische Stimme in ihrem Kopf sagte Emily, dass diese Apparatur etwas mit dem Sprenggürtel zu tun hatte, den der gefesselte Ryan trug. Vielleicht ein Fernzünder?

Emily zitterte plötzlich vor Spannung, doch irgendwie hatte sie keine Angst, so als wüsste sie schon längst, was sie hier, in einem halben Kilometer Höhe erwarten würde.

Die schwarze Gestalt näherte sich langsam, machte noch einen Schritt auf sie zu und blieb stehen, indem sie den zweiten Fuß an den ersten heranzog, elegant und geschmeidig, so als koste sie jeden Moment der Bewegung aus, so als genieße sie es, Emily so lange wie es nur ging auf die Folter zu spannen.

Die Gestalt blickte einen Moment auf die zahlreichen Lichter der Stadt, auf das Meer zu ihrer Linken und die Landmassen zu ihrer Rechten, die sich nahezu unendlich erstreckten. Auf den Abendhimmel, an dem schon einzelne Sterne blitzten und den der Wind zu einem Flickenteppich machte, auf dem einzelne, zerfetzte Wolkenteile wie huschende Schatten vorbeizogen.

Emilys Gedanken, dass nun irgendetwas geschehen müsste, mit dem sie nicht rechnen würde, der letzte Schritt der schwarzen Gestalt, das alles geschah in einer kurzen Sekunde – derselben Sekunde, in der die Gestalt die Pistole von der rechten in die linke Hand wechselte, zum Kopf griff und sich die Maske abzog. Emily konnte sich nicht bewegen, konnte nicht schreien, konnte nichts sagen, als sie in das Gesicht blickte, das vorher noch von dieser bedrohlichen Verkleidung der Maske bedeckt war, die nun fallen gelassen wurde und langsam zu Boden fiel. Sie kannte dieses Gesicht, und sie war darauf gefasst gewesen, dieses Gesicht zu sehen, auch wenn es eigentlich schon vor einem Jahr in einer Londoner U-Bahn-Station vollkommen entstellt worden sein und jetzt auf dem Friedhof liegen sollte.

Sie hatte ihn erwartet.

Sie wusste, dass es nur er sein konnte.

Und am Ende war er es auch.

Sie hatte das Gesicht erst vor einem Jahr gesehen, an einem anderen Ort, in einer anderen Stadt. Dieses hochmütige Gesicht, das sich in eigentümlicher Weise von den durchdringenden, aber stets etwas traurig und melancholisch dreinblickenden Augen abhob, die gebogene Nase, deren Nüstern sich immer etwas nach oben reckten, so als würden sie Witterung aufnehmen, der Blick, der sie wie Dolche durchdrang.

Er war es, weil es niemand anders sein konnte.

Jonathan!

»Willkommen, Ms Waters«, sagte er, nahm die Pistole zurück in die rechte Hand und verbeugte sich. »Sie haben uns leider, wie soll ich es sagen, zu einem ungünstigen Zeitpunkt erwischt.«

74

Jonathan blickte Emily mit durchdringenden Augen an. Dann zuckte ihr Blick zu Ryan.

»Ryan, dein irischer Prinz, ist zwar hier. Aber er ist noch längst nicht da, nicht wahr? Und umso wertvoller wird er für dich. Und warum?« Er wartete eine Sekunde und sprach dann weiter. »Weil er jetzt gerade nicht da ist. Was nicht da ist, wird begehrt. Was da ist, wird sofort langweilig.«

Er ging einen Schritt auf den Abgrund zu und machte dann kehrt.

»Es ist schlimm, wenn einem jemand nach dem Leben trachtet, aber noch schlimmer ist es doch, wenn das Leben eines lieben Menschen in Gefahr ist, nicht wahr?«

Er grinste.

»Denn wenn wir um den Tod eines Menschen trauern, dann trauern wir doch in Wirklichkeit um die nahen Angehörigen. Denn was passiert mit dem Toten? Entweder ist er weg oder er kommt in eine Art Himmel oder Hölle, was auch immer er verdient hat. Aber die, die zurückbleiben, auf Erden«, er zeigte auf Emily, »die leiden wirklich, je nachdem, wie sehr sie den, der gegangen ist«, dabei zeigte er auf Ryan, als wäre er schon tot, »je nachdem, wie sehr sie den geliebt haben. Denn es ist schlimmer, etwas einmal gehabt zu haben und dann zu verlieren, als niemals etwas gehabt zu haben.« Er starrte sie unverwandt an. »So wie die kurze Zeit in deiner Familie, die ich hatte, Emily Waters, und die mir dann weggenommen wurde!«

»Ich habe dir schon gesagt, dass ich nichts dafür kann«, sagte Emily und funkelte Jonathan an. »Und auch wenn du Ryan und mich noch so quälst, daran wird sich nichts ändern.«

»Ahaaa!« Jonathan zog in gespielter Affektiertheit den Kopf zurück. »Die Unverrückbarkeit des Schicksals, nicht wahr? Aber ich muss dich korrigieren. Sollte Ryan deswegen heute Abend hier und jetzt sterben, dann wird sich einiges ändern! Und zwar für dich, liebe Miss Emily Waters!«

Er drohte schon wieder mit Ryans Tod.

Emily hörte wie betäubt zu. Es war Gift, was da aus dem Mund dieses Psychopathen kam, nichts weiter.

»Doch selbst ist die Frau«, sagte er dann, »und es ist ja noch nicht aller Tage Abend.« Er machte eine Geste über die grandiose Szenerie des Sonnenuntergangs.

Dann verzog sich sein Gesicht, das eben noch höhnisch wie der Joker von Batman dreingeblickt hatte, in eine eiskalte Maske. »Genug geredet!« Er hielt den Auslöser in die Höhe. »Das Spiel läuft folgendermaßen, meine liebe Ms Waters. Ich zähle bis zehn. Dann aktiviere ich den Auslöser. Und dann ...« Er genoss es, wie er die Worte in die Länge zog, »dann hast du eine Minute Zeit, um den Sprengsatz zu entschärfen. Doch pass gut auf ...«, er senkte die Stimme, »wenn es dir nicht innerhalb von einer Minute gelingt, den Sprengsatz zu entschärfen, dann geht die Bombe hoch. Und nicht nur Ryan explodiert, sondern die ganze Etage hier.«

Er trat einen Schritt zurück. »Irgendwann, innerhalb dieser Minute, wird sich die kleine Ms Waters die Frage stellen, ob sie die Zeit, die ihr von dieser einen Minute minus X noch bleibt, ob sie die dafür nutzt, um weiter an dem Sprengsatz herumzutüfteln, oder ob sie die Zeit nutzt, um zu flüchten, wissend, dass sie zwar selbst ihr Leben rettet, dass sie aber in dem Moment, wo sie sich in Sicherheit wiegt, die Bombe explodiert. Und sich ihr hochverehrter irischer Prinz an tausend Stellen als rötlicher Regen über New York verteilt.«

Emily versuchte, die schreckliche Vorstellung, die Jonathan da eben an die Wand gemalt hatte, unter die Oberfläche ihres Bewusstseins zu drücken. Doch Jonathans Show war noch nicht zu Ende.

»Es ist soweit«, sagte er. Dann blickte er Emily noch einmal an, und es schien, als würde seine statuenhafte Fassade, sein Gesicht, das alle Emotionen verbergen konnte, plötzlich für einen kurzen Moment erhellt, als würde eine Welle des Wohlwollens darüber fließen, ein letzter Strahl der Sonne zu einer bestimmten Zeit des Jahres in eine verborgene Höhle scheinen.

Und dann begann er, zu zählen.

»Eins. Zwei. Drei. Vier. Fünf. Sechs. Sieben. Acht. Neun …«

»Nimm die Hände hoch!«

Eine Stimme hinter ihr durchschnitt die Abendluft. Sie sah Jonathan zusammenzucken.

Sie drehte sich um.

Und sah die zehn schwarz gekleideten Männer, die Waffen auf Jonathan gerichtet hatten.

75

Der Anführer des Trosses stand hinter dem schwarz gekleideten Spezialkommando. Er trug einen schwarzen Armani-Anzug, ein graues Hemd und eine schwarze Krawatte. Die mit platinblonden Strähnen durchsetzten Haare waren mit Gel glatt zurückgekämmt, und seine wie in Stein gemeißelten Züge machten einen Eindruck, der irgendwo zwischen Entspannung und höchster Aufmerksamkeit lag.

»Das Spiel ist aus, Harker«, sagte der Mann. »Wir sind Ihnen schon lange auf den Fersen. Oder glaubten Sie etwa, unser Auftraggeber schaut es sich tatenlos an, wie Sie Ms Waters terrorisieren?«

Die Männer bewegten sich langsam nach vorn, Gewehre im Anschlag, ihre Augen wie Patronen, langsam einen Fuß vor den anderen setzend. Sie waren eher ein Tsunami, der sich langsam und unvermeidlich nach vorn bewegte.

Emily blickte Jonathan an. Wer waren diese Leute? In Jonathans Augen erkannte sie die gleiche abwartende Unwissenheit. Doch Angst schien er keine zu haben.

»Und wer ist Ihr Auftraggeber?«, fragte er. »Wenn ich fragen darf?«

Der Mann zog die Mundwinkel zu einem Grinsen nach

oben, so als würde er sich auf diese Antwort ganz besonders freuen.

»Mr Thomas Waters«, sagte er. Und fügte dann hinzu. »Emilys Vater!«

76

Jonathan schaute abwartend erst Emily, dann die Marines und dann Ryan an.

»Das ist aber eine schöne Show, die ihr hier abzieht«, sagte Jonathan, und es wirkte so, als hätte er nicht die mindeste Angst. »Aber ihr müsst euch drei Fragen stellen. Verlängert euer Aufmarsch die Zeit, bis die Bombe explodiert? Nein! Seid ihr also in der Lage, durch euren martialischen Aufmarsch Naturgesetze zu verändern? Nein! Die Zeit ist selbst wie eine Lunte. Sie ist kurz und brennt schnell. Und ihr könnt nichts dagegen tun. Im Gegenteil!« Er hob die Pistole. »Selbst diese Waffe brauche ich dafür nicht!«

Anstatt zurückzuweichen, ging er einen Schritt auf die Gruppe zu.

»Noch gut eine Minute«, sagte er und hob den Zünder. »Und wenn ich es will, geht das Ding sofort hoch!«

»Lassen Sie die Faxen, Harker«, sagte der Anführer, »wenn Sie sich kooperativ zeigen, kommen Sie mit dem Leben davon. Dass ist mehr, als einer wie Sie verdient hätte.«

Emilys Blick folgte den Augen des Anführers, schoss zurück zu Jonathan, dann zu Ryan, der nichts tun konnte und sich seinem Schicksal fügen musste.

Die Zeit schien stillzustehen, als wäre die Realität eingefroren worden – als hätte jemand das Getriebe der Wirklichkeit um drei Gänge nach unten geschaltet.

Emily merkte, dass sie nicht einmal mehr atmete.

Wenn sie jetzt nachgaben, dann wäre alles zu Ende. Dann wäre von Ryan nur noch eine amorphe, blutige Masse übrig. Oder gar nichts. Das durfte nicht geschehen! Aber was sollte sie tun?

Sie setze den traurigsten Blick auf, zu dem sie fähig war. Und sie sah, wie Jonathan sie betrachtete, so als wollte er sich an ihrer Angst weiden.

Aus diesem Grund sah er nicht, wie sich einer der Marines im Halbdunkel langsam von der Seite an ihn heranschlich.

77

Zwei Sekunden später war der Marine bei Jonathan, stürzte sich auf ihn. Doch offenbar hatte er Jonathans Reflexe unterschätzt.

»Hier, fang!« Er warf Emily den Zünder zu, auf dem zwei Knöpfe in Grün und Blau leuchteten. »Drück den richtigen, und die Bombe ist entschärft, drück den falschen, und Ryan explodiert sofort.« Er schaute sie an. »Sieg oder Tod, du hast die Wahl!«

Weiter kam er nicht, den in dem Moment hatte sich der Marine bereits auf Jonathan gestürzt. Jonathan war schnell und wendig, aber gegen den Marine hatte er keine Chance. Seine Waffe fiel zu Boden.

Emily blickte auf den Zweikampf, auf Ryan und auf den Zünder wie auf ein verfluchtes Artefakt. Ihre Hände zitterten so stark, dass sie wahrscheinlich beide Knöpfe auf einmal drücken würde.

Dann wurde ihr Blick wieder zu den Kämpfenden geworfen. Sie sah – nein, das konnte nicht sein! – sie sah, wie Jonathan sich allmählich dem Abgrund näherte und den Marine langsam mitzog. Langsam, einen Schritt nach dem anderen.

»Harker, was soll das?«, schrie der Marine. »Wollen Sie sich umbringen?«

Sie standen dort.

Blickten sich Auge in Auge.

Emily sah die Gesichter der Marines.

Sah die Unsicherheit.

Sollten sie schießen? Oder nicht?

Man kannte die Geschichten der Scharfschützen, die einen Entführer auch dann trafen, wenn er die Geisel umklammert hielt. So ähnlich war es hier auch.

Aber Geschichten waren Geschichten. Und die Realität war die Realität.

Und da konnte es durchaus passieren, dass einer der Marines auf Jonathan schoss. Und stattdessen seinen eigenen Kollegen erwischte.

Doch von einer Sekunde auf die andere änderte sich die Relevanz dieser Frage.

Denn schießen konnte man nur auf etwas, was existierte. Und was vor allem im eigenen Blickfeld war.

»Wollen Sie sich umbringen?«, hatte einer der Schützen gefragt.

»Mich nicht«, sagte Jonathan. »Wenn schon, uns beide.«

Das waren seine letzten Worte.

Und dann sprang er.

Und beide – Jonathan und der schwarze Angreifer – verschwanden in der bodenlosen Tiefe.

Ein langgezogener Schrei, der langsam leiser wurde, gellte aus der Tiefe, der mit einem Mal abrupt abbrach und von einem dumpfen Krachen abgelöst wurde.

Emily konnte ihnen nicht hinterherblicken. Sie schaute noch immer auf den Zünder wie ein Kaninchen auf die Schlange.

Ein zweiter Marine rannte zu ihr.

Noch zehn Sekunden.

»Geben Sie her, dafür sind wir ausgebildet worden!«

Sie reichte ihm anstandslos den Zünder. Jetzt konnte sie ohnehin nur noch hoffen.

Der Mann rannte zu Ryan, drückte auf einen der Knöpfe und kniff mit einer kleinen Zange einen Draht durch.

Der Countdown lief weiter.

Acht.

Sieben.

Sechs.

Emilys und Ryans Blicke trafen sich.

Zum letzten Mal?

Fünf.

Vier.

Drei.

Zwei.

Alles lief in Zeitlupe ab. Die Marines, die an den Abgrund traten und nach unten schauten, der Sprengexperte, der sich an Ryan zu schaffen machte, Ryans Augen, die sie noch einmal anblickten. Und es war ihr, als würde sie automatisch mitsterben, wenn Ryan etwas passieren würde.

Eins.

Und nichts.

Der Marine zog Ryan den Sprenggürtel aus und warf ihn weit von sich. Dann öffnete er die Fesseln.

Sie lief auf Ryan zu, langsam, unsicher, wie ferngesteuert.

Dann nahm sie ihn in die Arme, hielt ihn so fest, wie sie ihn noch nie gehalten hatte.

Es war zu Ende, dachte sie.

Jonathan war tot. Und Ryan lebte.

78

Sie hielt Ryan fest umklammert.

»Emily ... ich ... liebe ... dich«, brachte er noch hervor. Dann verlor er das Bewusstsein.

Einer der Marines hatte ein Handy am Ohr, rief einen Krankenwagen.

»Sie müssen ihn jetzt leider erst mal wieder loslassen, Miss«, sagte einer der schwarz gekleideten Männer und nahm Ryan zwischen sich und einen Kollegen. »Wir bringen ihn sicher nach unten und dann in ein Krankenhaus. Sie können dann gleich zu ihm. Versprochen.«

Emily hatte noch immer nicht alles begriffen.

In ihrem Kopf drehte sich alles.

»Mein Vater hat Sie geschickt?«, fragte er. »Wieso? Woher weiß er ...«

»Das wird Ihnen Ihr Vater sicher persönlich erzählen, Ms Waters«, antwortete der Marine. »Nur so viel: Ihr Vater hat Sie in New York besucht.« Er zeigte auf Emilys Hand. »Und er hat Ihnen diesen schönen Ring geschenkt.«

Langsam begriff sie. Er hatte doch nicht etwa ...

»In dem Ring«, sprach der Marine weiter, »ist ein Peilsender, durch den wir immer wussten, wo sie waren.«

Ihr Vater hatte sie beschatten lassen. Seitdem er sie im Krankenhaus besucht hatte. Der Ring war kein Geschenk. Er bedeutete Überwachung. Auch wenn das nun höchstwahrscheinlich ihr Leben gerettet hatte, fühlte sie sich verraten und betrogen.

»Ich weiß, was Sie fühlen, Miss«, sagte der Marine, »aber Sie sollten Ihrem Vater dankbar sein. Ohne ihn wären Sie jetzt tot.«

»Und warum wart ihr nicht schon da, als ich mit Julia durch diesen ewig langen Gang hindurchmusste? Unter dem Fluss hindurch?« Emily funkelte ihn vorwurfsvoll an.

»Unter dem Fluss?« Dem Marine war das sichtlich unangenehm.

»Unter dem Fluss«, wiederholte Emily. »Dieser Irre hat uns auf eine Reise unter den East River geschickt.«

»Dann gibt es diesen Gang also wirklich«, sagte der Marine. Er blinzelte einen Moment in den Abendhimmel. »Wie auch immer, da unten gibt es keinen Empfang. Die Erde. Das Wasser.« Er zuckte die Schultern. »Vergessen Sie's. Wir haben uns verdammte Sorgen gemacht, als der Empfang plötzlich weg war. Als sie dann wieder hochgekommen sind, hatten wir sie wieder.«

»Und zugreifen konnten Sie erst …«, begann Emily.

»… als Jonathan auch aufgetaucht war. Es passte zum Timing. Die Nacht vor Ihrem Geburtstag. Das Finale. Ihr Vater hat uns davon erzählt. Und das war heute Abend der Fall. Sonst hätten wir ihn nie gekriegt.« Er blickte nach unten, wo der Irre irgendwo zerschmettert zwischen den Häusern lag.

Dann drehte er sich um. »Kommen Sie, wir müssen runter. Ihr Dad ist unterwegs nach New York. Und wir …«, er wandte sich an seine Kollegen, »wir werden die Leiche unseres Kollegen bergen und schauen, wo wir die Leiche dieses Psychopathen von der Fassade kratzen müssen.«

Emily schaute ein letztes Mal auf das Panorama der riesigen Dachplattform, wo mittlerweile in einem halben Kilometer Höhe ein kalter Wind wehte, sah die Sterne am Firmament, New York unter sich und, wie einen blutigen Schnitt, ganz weit am Horizont einen allerletzten Rest der Abenddämmerung, dort, wo die Sonne eben untergegangen war.

Es war kurz vor Mitternacht. Diesmal lag Ryan im Krankenhaus.

Und ihren Geburtstag verbrachte Emily, wie schon im letzten Jahr, ebenfalls dort. Ryan war durch den Stress sehr entkräftet und auch etwas dehydriert, hatte aber sonst alles bemerkenswerterweise gut überstanden.

In dem Moment öffnete er die Augen.

»Emily«, sagte er und blinzelte sie an. »Da bist du ja!«

Er umarmte sie.

Dann sahen sie beide auf die Uhr, die über der Eingangstür des Zimmers hing.

Mitternacht.

»Happy Birthday, Emily«, sagte Ryan.

Und dann kamen die Tränen.

79

»Das Boarding für den British-Airways-Flug von New York JFK nach London Heathrow verzögert sich um voraussichtlich dreißig Minuten«, tönte die blechernde Durchsage durch das Flughafenterminal. »Wir bitten Sie …«

»Verspätung, mal wieder«, sagte Julia, »aber dann haben wir noch etwas Zeit.«

Julia hatte ihr Gepäck bereits eingecheckt, und sie standen vor der Sicherheitskontrolle. Emily, ihr Vater, Ryan und Julia.

Emily konnte nicht sagen, wie erleichtert sie war.

Detective Jones hatte berichtet, dass sie die Überreste von zwei Leichen irgendwo auf einer Dachterrasse zweihundert Meter unterhalb des One World Trade Centers gefunden hatten. Eine davon war der Marine, die andere würde noch identifiziert werden.

»Zwei Leichen?«, hatte Emily absichtlich noch einmal nachgefragt.

Jones hatte genickt. Es seien ausdrücklich zwei Leichen gewesen, und man würde die DNA der zweiten Leiche so schnell wie möglich mit dem Kollegen in London bei Scotland Yard abgleichen. Inspector Carter sei schon informiert.

Auch sonst hatte der Tod eine Rolle gespielt in den letzten

Stunden. Lisas Leiche war nach Deutschland gebracht worden und sollte dort in den nächsten Tagen bestattet werden. Emily und Ryan hatten Lisas Eltern einen langen Brief geschrieben. Zu viele waren gestorben, zu viele, die es nicht verdient hatten.

»Mach keine Dummheiten«, sagte Julia zum Abschied.
»Nicht mehr, als ich sie mit dir machen würde.«, erwiderte Emily.
»Und bald seht ihr euch ja wieder. In London«, ergänzte Emilys Vater. »Unsere große Tochter muss schließlich irgendwann auch mal wieder ihre Eltern besuchen.«
»Und in der Zwischenzeit«, sagte Emily zu Julia, »komm gerne mal wieder nach New York. Du siehst ja, langweilig wird es hier nicht.«
Jetzt konnte sie schon wieder darüber lachen.
»Allerdings.« Julia nickte. »Wobei ich nicht weiß, ob das an der Stadt oder an dir liegt. Mit dir wird es offenbar nirgends langweilig.« Sie warf Ryan einen Blick zu. »Da hast du eine gute Wahl getroffen, mein irischer Freund. Von wegen langweilige Göre aus gutem Hause.«
Emilys Vater verzog ein wenig das Gesicht. Doch lachen musste er auch.
Dann schulterte Julia ihre Tasche, umarmte alle noch einmal und ging mit schnellen Schritten Richtung Sicherheitskontrolle.
Emily blickte ihr nach, spürte Tränen in ihren Augen.
Ihre beste Freundin.
Das war sie, besonders hier in New York, immer gewesen. Und sie freute sich auf die Tage, an denen sie ihre Freundschaft einfach mal wieder ganz entspannt genießen konnten, anstatt gemeinsam ums Überleben kämpfen zu müssen.

80

Der Tiffany Flagship Store an der 5th Avenue war der größte der Welt. Gegenüber stand der Trump Tower, und nördlich erstreckte sich die grüne Lunge des Central Park.

Emily stand mit ihrem Dad, Thomas Waters, und mit Ryan vor den Vitrinen. Ryan hatte sich die letzten Tage gut erholt und wollte Emily unbedingt begleiten.

»Was hältst du von diesem Armband?«, fragte ihr Dad und zeigte auf ein Silberarmband mit einem Brillanten in der Mitte.

»Ist das nicht etwas teuer?«

»Für eine ganz spezielle Tochter wie dich ist nur ein ganz spezielles Armband gut genug«, sagte ihr Dad. »Und außerdem war dein Geburtstag. Auch wenn wir den schon wieder, wie auch letztes Jahr, nicht so feiern konnten, wie wir es gern getan hätten.« Emily warf Ryan einen verstohlenen Blick zu. So war ihr Dad schon immer gewesen. Zeit hatte er kaum für sie gehabt, darum hatte er ihr häufig schöne Dinge gekauft. Doch diesmal hatte er ihr möglicherweise das Leben gerettet. Ihr und Ryan.

Mr Waters sprach weiter. »Und außerdem willst du sicher ein schönes Armband haben, wo der Brillant auch wirklich ein Brillant ist. Und kein Peilsender.«

Emily lächelte. Das wollte sie in der Tat.

Ryan trat neben sie. »Das solltest du nehmen«, sagte er, »es ist eine schöne Vorbereitung.«

Emily sah ihn verwundert an. »Schöne Vorbereitung? Warum?«

Ryan blickte sie verschmitzt an und wusste nicht so recht, wie er weitersprechen sollte. »Weil … irgendwann ….« Er suchte nach Worten. »Na ja, irgendwann werde ich wieder hier stehen. Und einen Ring für dich aussuchen.«

»Einen Ring?« Emily sah ihn erstaunt an. »Und ich bin nicht dabei? Wird das eine Überraschung?«

Ryan blickte zu Boden. »Ja«, antwortete er. »Das wird es. Es wird unser … na ja … es wird unser … Verlobungsring sein.«

»Oh, Ryan, du bist süß!« Emily sprang auf ihn zu und umarmte ihn. Sie war so glücklich, Ryan wiederzuhaben, so glücklich, das Spiel zu Ende gespielt zu haben, dass sie die ganze Welt hätte umarmen können.

»Das heißt, wir werden heiraten?«

Ryan nickte. »Wenn du willst …«

Emilys Vater hob die Hand.

»Dann, lieber Ryan«, sagte er, »musst du aber um Emilys Hand anhalten. Und dafür brauchst du einen Ring. Und damit …« Er schaute auf die Brillantringe, die ebenfalls in der Auslage lagen, und kniff ein Auge zu. »Na ja, die Dinger sind nicht billig.« Er schaute Emily an. »Ich habe bei Mum gewartet, bis ich meinen ersten Job hatte.« Er schaute Ryan an. »Vorher war das einfach zu teuer.«

»Oh Dad«, sagte Emily, »du bist wirklich unromantisch!«

Ryan legte den Arm um sie. »Dein Dad ist nur praktisch veranlagt.« Er küsste sie. »Aber was immer auch passiert: Heiraten werde ich dich trotzdem.«

Sie verließen den Tiffany Flagship Store und blickten auf die

Skyline New Yorks. Einige der Wolkenkratzer sah Emily jetzt mit anderen Augen. Das Empire State Building, das MetLife Building und weiter im Süden die riesige Silhouette des One World Trade Centers. Die Sonne blitzte in Emilys neuem Armband, als sie sich an Ryan schmiegte und sich jetzt schon auf den nächsten Tag mit ihm freute.

Einen neuen Tag. In einem weiteren Kapitel ihres Lebens.

EPILOG

»Wie ist denn das passiert?«, fragte der Arzt. Es war in der Nacht von Sonntag auf Montag, vom neunten auf den zehnten September. Aber dieser Arzt hatte ihn trotzdem in seine Praxis gelassen und behandelt. Weil der Mann ihn kannte. Und weil er von dem Mann viel Geld bekam.

»Fallschirmspringen«, erklärte der junge Mann, der sich halb sitzend, halb liegend auf der Liege niedergelassen hatte, während der Arzt seinen Fuß mit Eisspray und einem Verband behandelte.

»Nur eine Stauchung des Sprunggelenks und eine Überdehnung der Bänder«, sagte der Arzt. »Lassen Sie es in den nächsten Tagen etwas ruhiger angehen und belasten Sie den Fuß nicht allzu sehr.«

Der junge Mann zog vorsichtig seine Füße von der Bahre auf den Boden und setzte langsam einen Fuß auf den anderen. Er dachte an die Reste des Fallschirms, die er verbrannt hatte. Dann griff er in seine Tasche.

»Was bekommen Sie?«

»Dreihundert«, meinte der Arzt. »Weil Sie es sind.«

»Hier sind tausend«, sagte der junge Mann und lächelte. »Weil Sie es sind.«

Der Arzt pfiff leise durch die Zähne und ließ das Geld durch die Finger gleiten. Dann steckte er das Bündel aus Hundertdollarscheinen ein.

»Wie heißen Sie überhaupt?«

Er sah, wie der junge Mann die Augenbrauen hob.

»Wenn ich fragen darf?«

»Für den dreifachen Stundensatz«, begann der junge Mann, »kann ich doch eigentlich ein bisschen mehr Verschwiegenheit und ein bisschen weniger Neugierde erwarten, oder?«

Der Arzt schaute verlegen zu Boden, wie ein neugieriger Junge, der seine Weihnachtsgeschenke schon vor Heiligabend ausgepackt hatte.

»Aber da Sie einen so guten Job gemacht haben«, sprach der junge Mann weiter, »dürfen Sie mich Jonathan nennen.«

Der Arzt streckte die Hand aus.

Der junge Mann nahm sie.

»Dann wünsche ich Ihnen gute Genesung, Jonathan.«

Der Mann, der Jonathan genannt werden wollte, verbeugte sich leicht.

»Und ich danke Ihnen sehr für die schnelle Hilfe.«

Er humpelte aus dem Behandlungsraum und ging am Empfang vorbei, der in dieser Nacht natürlich nicht besetzt war. Der Rest der Praxis war genauso still wie die restlichen Büroräume.

»Darf ich noch eine Frage stellen?«, rief der Arzt ihm hinterher.

»Jede, die Sie wollen.« Der junge Mann lächelte. »Nur werde ich entscheiden, ob ich sie beantworten will.«

Der Arzt nickte, so als wollte er sagen: Klingt nach einem fairen Deal.

»Wo waren Sie denn Fallschirmspringen?«

Das Lächeln des jungen Mannes wurde breiter. »Ganz in der Nähe«, sagte er, während der Arzt ihn ungläubig anstarrte. »Ganz in der Nähe.«

Dann verließ er die Praxis, nahm den Aufzug nach unten und trat mit etwas unsicheren und vorsichtigen Schritten auf die Straße. Er atmete die New Yorker Nachtluft ein und dachte an die letzten neun Tage, die sie beide zusammen verbracht hatten.

Er und Emily.

War das Spiel schon zu Ende?

Er blickte die riesigen Hochhausfassaden hinauf, die sich blitzend im Dunkel der Nacht in die Höhe streckten.

Es war zu Ende, wenn es zu Ende ist.

Und bei den schönsten Dingen, dachte er, ist es doch am besten, wenn sie nie zu Ende gehen.

Er lachte leise vor sich hin, während er mit langsamen Schritten die Straße entlangging, links und rechts gesäumt von den riesigen Wolkenkratzern, während er an die letzten Tage in dieser Stadt, die niemals schläft, dachte und die Atmosphäre der Nacht mit seiner boshaften Freude erfüllte.

Nach dem Spiel ist vor dem Spiel, dachte er.

Und dann war er schon im Gewirr der Menschen, die diese Straßen Tag und Nacht bevölkerten, verschwunden.

Veit Etzold
Spiel des Lebens
Thriller

»Einer nach dem anderen ...«

Willkommen im Spiel des Lebens, Emily. Du hast die Wahl. Sieg oder Tod, liest Emily völlig fassungslos auf dem zerknüllten Zettel in ihrer Hand, und damit geht der Horror los. Ein Psychopath jagt sie durch ganz London und stellt sie vor unbegreifliche Rätsel. Falls sie diese nicht in der vorgegebenen Zeit löst, gibt es einen Toten. Der Killer treibt Emily an den Rand des Wahnsinns. Wer ist dieser Irre? Und warum hat er ausgerechnet sie für sein mörderisches Spiel ausgewählt?

Ein abgründiges Verwirrspiel – abwechselnd aus der Perspektive der Protagonistin und ihres Verfolgers erzählt. Nervenaufreibend und hochdramatisch!

Band 1 · 352 Seiten, broschiert mit Klappe und bedrucktem Buchschnitt
€ 14,99 [D]
ISBN 978-3-86396-048-3

Veronika Bicker
Optimum
Blutige Rosen
Thriller

Tote Mädchen stellen keine Fragen

Vom ersten Tag in der Daniel-Nathans-Akademie an spürt Rica, dass hier etwas Seltsames vor sich geht. Alle Schüler stehen unter strenger Aufsicht. Die meisten von ihnen sind ungewöhnlich begabt. Einige Jugendliche neigen ohne erkennbaren Grund zu Gewaltausbrüchen, manche scheinen die Gefühle und Gedanken anderer beeinflussen zu können. Als dann auch noch ein Mädchen tot aufgefunden wird, beginnt Rica, Nachforschungen über die Eliteschule anzustellen, und bringt sich damit selbst in größte Gefahr ...

Der Auftakt einer aufregenden Trilogie – absolut aufwühlend und mörderspannend!

Band 1 · 352 Seiten, broschiert mit Klappe und bedrucktem Buchschnitt
€ 14,99 [D]
ISBN 978-3-86396-044-5

www.egmont-ink.de

Ilsa J. Bick
ASHES

Roman

Was ist, wenn du die Nächste bist?

Nach einer schrecklichen Katastrophe ist unsere Welt aus den Fugen geraten. Die größte Bedrohung geht von den Veränderten aus – jenen Jugendlichen, die sich in blutrünstige Kannibalen verwandeln. Auch die siebzehnjährige Alex fürchtet diese Bestien und kämpft nun Tag für Tag ums Überleben. Mutiert sie am Ende sogar selbst noch zu so einem Monster? Warum sind ausgerechnet sie und ein paar wenige Ausnahmen von dieser Verwandlung bisher verschont geblieben?

»Eine packende und heroische Geschichte über das Überleben in einer zerstörten Welt. ASHES ist ein absolutes Lesemuss.« *Bestsellerautor Michael Grant*

Band 1: Brennendes Herz
512 Seiten, gebunden mit Schutzumschlag
€ 19,99 [D]
ISBN 978-3-86396-005-6

Band 2: Tödliche Schatten
576 Seiten, gebunden mit Schutzumschlag
€ 19,99 [D]
ISBN 978-3-86396-006-3

Band 3: Ruhelose Seelen
448 Seiten, gebunden mit Schutzumschlag
€ 17,99 [D]
ISBN 978-3-86396-007-0

Band 4: Pechschwarzer Mond
448 Seiten, gebunden mit Schutzumschlag
€ 17,99 [D]
ISBN 978-3-86396-063-6

www.egmont-ink.de

Alex Morel

Survive – Wenn der Schnee mein Herz berührt

Roman

Liebe ist mächtiger als jede Naturgewalt

Wie durch ein Wunder überlebt Jane einen Flugzeugabsturz mitten in den Rocky Mountains. Ironie des Schicksals – genau für diesen Tag hat sie ihren Selbstmord geplant. Außer Jane hat es nur noch ein einziger Passagier geschafft: Paul. Gemeinsam schlagen sich die beiden Teenager durch die eisige Wildnis, und dabei erkennt Jane zum ersten Mal seit Langem: Sie will leben. Das ist vor allem Paul zu verdanken. Nie zuvor hat Jane so etwas für jemanden empfunden, und für diese unverhoffte Liebe wächst sie über sich selbst hinaus …

Das hochdramatische Abenteuer einer starken Heldin, die im erbitterten Kampf ums Überleben zu sich selbst findet und dabei ihrer großen Liebe begegnet. Aufreibend, ergreifend und herzzerreißend!

256 Seiten, gebunden
mit Schutzumschlag
€ 14,99 [D]
ISBN 978-3-86396-047-6

www.egmont-ink.de

Du suchst Gleichgesinnte, die wie du die spannenden und romantischen INK-Bücher lieben, mit dir mitfiebern und mitschmachten?

Dann werde Teil unserer INK-Community auf Facebook und tausche dich mit anderen Fans aus!

Hier verpasst du garantiert keine exklusiven Aktionen oder Gewinnspiele und bist immer top informiert, was es in der INK-Welt Neues gibt!

WIR FREUEN UNS AUF DICH!

Jetzt Fan werden unter:
www.egmont-ink.de/facebook